Helmut Krausser

Freundschaft und Vergeltung

HELMUT KRAUSSER

FREUNDSCHAFT UND VERGELTUNG

BERLIN VERLAG

Mehr über unsere Autorinnen, Autoren und Bücher:
www.berlinverlag.de

Von Helmut Krausser liegen im Berlin Verlag vor:
Alles ist gut
Geschehnisse während der Weltmeisterschaft
Trennungen, Verbrennungen
Für die Ewigkeit
Glutnester
Wann das mit Jeanne begann

ISBN 978-3-8270-1416-0

Satz: psb, Berlin
Gesetzt aus der Source Pro
Druck und Bindung: GGP Media GmbH, Pößneck
Printed in Germany

1985 waren viele Beteiligte noch am Leben, und ich klingelte an deren Türen, stellte mich vor als Anthony Brewer, 37, Anwalt für Zivilrecht und ehemaliger Schüler von Raven Hall. Fast alle baten mich herein und zeigten sich bereit, zur Lösung des Falles noch etwas beizutragen. Ihnen gilt mein Dank.

Begonnen werden muss am Anfang.

ERSTER TEIL

DAS RHM

Es ist jetzt, man glaubt es kaum, über ein halbes Jahrhundert her, aber nie werde ich den Tag vergessen, als wir Spalier standen in dunkelblauen Uniformen, zweihundert Jungs in kurzen Hosen, am Montag, dem 30. August 1965. Es war ein warmer Tag, nicht zu heiß, wir warteten darauf, eingelassen zu werden ins Hauptgebäude von Raven Hall.

Geruch von frisch gemähtem Gras hing in der Luft, der Kies unter unseren Sohlen wirkte fast künstlich, wie genormt in Farbe und Größe, als stünden wir auf blendend weißen Murmeln. Die Architektur der Gebäude besaß etwas zugleich Pompöses wie Anmutiges, sie flößte keine Furcht ein.

Die folgenden Ereignisse habe ich aus der Perspektive eines eher am Rande beteiligten Schülers miterlebt. Später, leider erst Jahrzehnte später, konnte ich mit Personen sprechen, die im Zentrum des Geschehens standen. Nach und nach, auch wenn die Darstellungen nicht immer übereinstimmten, ergab sich über weite Strecken, zumindest bis zu den Neujahrsferien, ein plausibles Bild dessen, was sich zugetragen haben muss. Wiewohl entscheidende Fragen immer noch unbeantwortet blieben.

An jenem Montag, früh um halb sieben Uhr, hatte ich Christian Bradshaw kennengelernt. Wir bestiegen gemeinsam, ohne voneinander zu wissen, den Zug von Brighton nach Westcott; ich trug bereits und mit einigem Stolz die Uniformjacke von Raven Hall, er noch nicht, er sprach mich an und stellte sich als zukünftiger Mitschüler vor, holte unter großem Gejohle einen Flachmann aus der Reisetasche und ließ ihn kreisen im Abteil. Chris war achtzehn Jahre alt, ein Jahr älter als die meisten von uns, und alle wollten wir in der kommenden Saison unseren Abschluss machen. Wir waren Brandy nicht gewohnt, schon gar nicht um diese Uhrzeit, wir nippten nur, täuschten aber einen enormen Schluck vor, um uns keine Blöße zu geben. Chris durchschaute das sofort, denn das Gewicht des Flachmanns hatte sich nicht wesentlich verändert, als er in seine Hände zurückkehrte. Chris lachte, doch keineswegs boshaft oder von oben herab. Bereits in diesem Moment war er dabei, uns zu rekrutieren, wovon wir nichts ahnten, denn er tat es mit Charme und dem Wissensvorsprung von einem Lebensjahr, was ihn zum natürlichen Anführer prädestinierte.

»Hey!«, rief er. »Ihr Kaulquappen! Freut euch! Wir werden Spaß haben!«

»Warum zum Teufel nennst du uns Kaulquappen?«, fragte ich.

»Mehr Schwanz als Hirn und komplett unterentwickelt, aber mit Prospekt!«

»Was zum Teufel meint er mit *Prospekt*?«, rief jemand, ich weiß nicht mehr, wer. Vielleicht Roger, und mir fällt ein, dass er sich die verschwitzte Stirn mit einem rotweiß karierten Taschentuch rieb. Eigenartig, warum das menschliche Gehirn sich eine solche Kleinigkeit einprägt, die nicht die geringste Rolle spielt.

Ja, Chris Bradshaw redete nicht von *Aussichten,* wie irgendeine von uns Kaulquappen, er redete von *Prospekt.* Himmelherrgott. Er kam damit durch, denn er hatte den Brandy.

Wir erfuhren an diesem Morgen, dass das altehrwürdige Knabeninternat Raven Hall seine 277. Saison eigentlich nicht mehr hätte erleben dürfen, aufgrund einer katastrophal zu nennenden Finanzsituation. Der Kollaps sei im letzten Moment abgewendet worden, durch eine generöse Schenkung des Keramikfabrikanten John Bradshaw. Ja, fügte Chris auf Nachfrage hinzu, seines Vaters.

»Mein Daddy! Dideldum. Dängäläng, tschup-tschuup!« Er sagte es nicht mit Stolz, eher nebenbei, wie eine nicht völlig zu übergehende Tatsache. Klar, dass Christian Bradshaw fortan nicht irgendein Schüler sein würde, dass es von Vorteil sein konnte – ja, musste –, mit ihm befreundet zu sein. Wir anderen entstammten eher kleinbürgerlichen Milieus. Unsere Väter, die allermeist nie eine höhere Ausbildung genossen hatten, waren froh, wenigstens ihre Kinder auf ein Institut wie Raven Hall schicken zu können, keines der ganz hochklassigen Häuser wie etwa Eton, doch mit einem alten Namen versehen, samt einem bis dahin recht anständigen Renommee. Chris erwähnte, dass es in dieser Saison keinen Sportunterricht gebe, weil die Turnhalle nicht mehr beheizbar war, und die Sanierung zu kostenaufwendig sein würde. Unsere Bestürzung darüber hielt sich in Grenzen. Auch das Fach Musik sei gestrichen worden. Na ja.

»Wir machen unseren eigenen Sport, und Musik sowieso, Kameraden. Kameramänner. Kormorane, kommt mal alle her, komma, nahe, näher!«

Das klang, als hätte er einen an der Waffel, aber wenn es beim ersten Anschein so aussieht, als wäre einer verrückt, ist das fast immer vorgetäuscht. Wichtigtuerei. Die wirklich Irren sind erst mal still. Chris Bradshaw holte eine kleine Sammlung von Bildchen hervor, wie man sie in Brighton an manchen Kiosken erwerben konnte, sechs Stück für ein Pfund, sofern man mindestens einundzwanzig war oder wenigstens so aussah. »Kleine Abwichslung gefällig?«

Es waren Schwarzweißfotos von spärlich bekleideten Fräuleins mit langen Beinen, hohen Absätzen oder gar Schaftstiefeln – und mindestens einer offen zur Schau getragenen Brust. Jedem von uns schenkte Chris eins der Bildchen, er meinte, das sei ja das Mindeste, um ein Jahr muschifreier Tristesse durchzustehen. Dazu ließ sich schlecht nein sagen, wollte man keine homophoben Sprüche kassieren.

Wie als krönenden Abschluss zeigte er uns seinen tragbaren Kassettenrecorder. Der allerneueste Wahnsinn. Dieses Ding beeindruckte uns mehr, als es selbst ein Lamborghini vermocht hätte. Das Fabrikat der Marke Philips war erst seit kurzem auf dem Markt und kostete ein Heidengeld. Für heutige Ohren dürfte der Sound wohl armselig geklungen haben – damals fühlten wir uns wie Auserwählte. Der erste Track war *I Got You Babe* von Sonny & Cher. Es folgte eine Lautstärkedemonstration.

»Jederzeit Musik, die ich hören will. Nicht diesen vermaledeiten Bevormundungsscheiß aus dem Radioradieschenranz!«

Chris benutzte Wörter wie *vermaledeit*. Wir fanden das lustig. Und er sagte: »Kommt, Koryphäen, Konsonanten, Kosmonauten, lasst uns noch Kurzweil treiben!« Manchmal war es nicht wirklich lustig, nur albern und aufgesetzt. Man musste trotzdem lachen, einfach durch die Art, wie er es sagte. Wenn Sie mich jetzt fragen: *Wie genau?* Dann könnte ich das schon irgendwie nachahmen. Aber es wäre nicht dasselbe. Er war er. Ich nur ich. Und wir sangen zusammen »I got you Babe«. Sehr laut und sehr falsch. Chris bewegte seine langen Arme wie ein Animateur, der gerne Dirigent geworden wäre. Bart und Roger stampften dazu im Takt, als hätten sie keine große Lust, müssten sich aber in Szene setzen, um nicht als öde beurteilt zu werden.

Der Schaffner sah herein und rief: »Gebt Ruhe, Jungs!«, wofür es nun wirklich keinen einleuchtenden Grund gab. Chris stand auf und zog einen imaginären Hut vom Kopf. Wir erwarteten einen frechen Spruch, er jedoch bat den Schaffner um Verzeihung für die, ich zitiere, »unausgegoren rohe Darbietung, die Ihrem strengen musikalischen Urteil nicht standzuhalten fähig war«. Um Himmels willen. Was für ein Satz! Aber das Gesicht des Schaffners vergesse ich nie. Ihm fiel keine Antwort ein, sein Mund stand offen. Als er die Abteiltür von außen schloss, ohne noch etwas gesagt zu haben, brachen wir in wildes Gelächter aus.

Nach etwa anderthalb Stunden Fahrt kam der Zug in Westcott an, einem Provinznest, dem kein edler Ritter je eine bleibende Legende beschert hat. Zu diesem Zeitpunkt war von Chris bereits entschieden worden, dass er sich mit mir und den beiden anderen, Bart und

Roger, die Stube teilen wolle. Wir empfanden das als Auszeichnung, stimmten begeistert zu. Warum auch nicht?

Bradshaws Aussehen ist leicht zu beschreiben. Er war schlank, groß, blond, mit nach hinten gekämmten Haaren, einem ausgeprägten Kinn. Meist lächelte er, mit schmalen, sonderbar blutleeren Lippen. Die Farbe seiner Augen war Grün, ein helles, stechendes Grün, aber das weiß ich nur aufgrund der Fotos, die von ihm existieren, damals achtete ich nicht auf derlei Details. Allenfalls spielt das für die Verfilmung eine Rolle.

An der Bahnstation angekommen, mussten wir Busse besteigen, dann, um mit den schweren Wagen nicht die Ordnung im Kiesbett der Auffahrt zu zerstören, noch etwa eine Viertelmeile zu Fuß zurücklegen. Man kann schon sagen, dass Raven Hall mit voller Absicht ein wenig abseits der Welt lag. Ursprünglich als Sommerresidenz eines Earls von Schlagmichtot errichtet, war daraus im 17. Jahrhundert per Testament des letzten, kinderlos gebliebenen Eigentümers ein Internat geworden. Neben dem imposanten einstigen Schloss gab es den kleinen Wohntrakt der Lehrerschaft und den viel größeren der Schüler; jeweils vier teilten sich eines der siebzig Zimmer. Nur der regierenden Direktorin, zu jener Zeit Mrs Iris Pinkerton, war das Privileg vorbehalten, im Schloss zu wohnen, was objektiv betrachtet eher einer Zumutung gleichkam, vor allem während der Wintermonate. Zwischen den Gebäuden lag ein sagenhafter, längst nicht mehr genutzter Brunnen, in dem sich vor etwa zweihundert Jahren ein kleiner Junge versehentlich ertränkt haben soll, weil er zu sehr einem verlorenen Spielzeug nachhing.

»Was ein Blödian!«, rief Chris. »Aber eben vielleicht der einzige Weg für diese kindliche Kreatur, um heute noch von sich reden zu machen!«

Von sich reden machen. Ungefähr verstanden wir den Sinn der Wendung. Ansonsten gab es keinerlei Gruselgeschichten rund um Raven Hall, keine, wie Chris es ausgedrückt hätte, *Mären und Mummenschanz-Fabeln.*

Ein wenig abseits vom Haupthaus stand die alte Kapelle, die aber schon seit Jahrzehnten abgeschlossen war und deren Holzbänke vor sich hin faulten. Ein kleines Backsteingebäude mit Platz für knapp dreißig Menschen. Im 17. Jahrhundert war es während der Sommerferien die Privatkapelle des Earls und seiner Familie gewesen.

Ich sollte erwähnen, dass es für Lieferanten eine schmale geteerte Straße gab, die hinter dem Hauptgebäude, direkt am Küchentrakt endete. Und dass es an der Bahnstation zwischen neun Uhr morgens und acht Uhr abends zwei Autodroschken gegeben hätte. Chris Bradshaw zog es vor, den Weg per Bus und zu Fuß zu bewältigen, wie alle anderen, die kein Geld für Extravaganzen besaßen. Ihm war offenbar ein Gespür dafür gegeben, zu unterscheiden, was Eindruck machte und was Neid erweckte. Vielleicht interpretiere ich zu viel hinein; es ist schwer, mit dem Abstand von über fünfzig Jahren Dinge zu beurteilen, die aus dem Bauch heraus entschieden wurden. Wir alle waren aufgeregt, von zu hohen Erwartungen beseelt, wie es üblich ist am ersten Tag der neuen Saison. Und es war ja nicht irgendeine Saison. Es war die, an deren Ende das sklavische Dasein als Schüler überwunden sein würde und ein neuer Lebensabschnitt als Student an einem College auf uns wartete. Wo wir dann Einzelzimmer haben würden und erste Freundinnen und keine Angst mehr vor der Prügelstrafe.

Gegen elf Uhr morgens standen wir alle in locker formierten Reihen vor dem Hauptgebäude und warteten auf den Ton der Glocke. Chris Bradshaw trug noch immer keine Schuluniform, sondern über dem Gürtel nichts als ein halb offenes weißes Hemd. Wir dachten uns nicht viel dabei; im Grunde gab es keine Vorschrift, laut derer das Tragen der Uniform vor der Zeremonie verpflichtend gewesen wäre. Ein protokollarisches Versäumnis, das später korrigiert wurde. Wir standen nicht stramm, wir taten betont leger, und wer sich eine besonders aufmüpfige Aura verleihen wollte, steckte seine Hände in die Hosentaschen oder lockerte den Knoten der Krawatte. Ehrlich gesagt hatten wir was anderes im Kopf, wollten endlich auf unsere Zimmer, wollten auf die Toilette, um uns zu erleichtern, eher vom Sperma als vom Urin. Daran hatten die von Chris verteilten Bildchen Schuld. Bitte um Verzeihung, wenn ich Gefühle verletze, wir waren Jungs im Alter der schlimmsten Testosteron-Diktatur, es sollte, es muss erwähnt sein; manches kann sonst nicht angemessen verstanden werden.

Im Folgenden werde ich in die Erzählung Aussagen der Zeitzeugen einbauen, die ich erst zwanzig Jahre später im Zuge einer Privatrecherche gemacht habe. Das erscheint mir sinnvoller, weil anschaulicher als ein chronologisches Vorgehen aus meiner eigenen Perspektive, bei dem doch nur herauskäme, dass ich anfangs kaum mehr als ein Zaungast der Ereignisse war.

Tonbandaufnahme 1985 Samuel Eastman (Alter damals – gemeint ist stets 1965 – 35), Lehrer für Chemie und Physik

In der Lehrerschaft herrschte an diesem Tag eine gewisse, ja, sonderbare Euphorie, eher eine Art von, wie soll ich sagen – gesteigerter Erleichterung. Wir waren nurmehr zwanzig. Ein Drittel des Lehrkörpers war gekürzt, gekündigt, Raven Hall gesundgeschrumpft worden. Die Übriggebliebenen hatten einen triftigen Grund, zu feiern, wenn auch mit etwas Wehmut, die ebenjenen Kollegen galt, die es nicht in die neue Saison geschafft hatten. Iris Pinkerton lud uns zu einem kleinen Umtrunk, es gab Sekt, bald kreiste aber auch die Ginflasche, wobei Zachary Wright als Einziger wagte, deren Ungekühltheit zu kritisieren, mit einem flapsigen Spruch. Den Wortlaut weiß ich nicht mehr. Iris, also Mrs Pinkerton, bedauerte, in ihrem Büro keine Eiswürfel zur Verfügung zu haben. Das mag sich jetzt völlig irrelevant anhören, aber ich habe erlebt, dass wegen solcherlei Kleinkram … ich will nicht sagen, Kriege losbrachen, aber Iris, also Iris – sie hatte ein Gedächtnis wie fünf Elefanten. Dann war da noch was. Ich beobachtete, dass Zachary zurückblieb, als sich alle anderen wegen der Eröffnungszeremonie in den Saal begaben. Er zupfte Deborah Rodgers am Ärmel, wollte offenbar etwas mit ihr diskutieren. Die schöne Deborah, ich glaube, sie war die einzige Lehrerin, die in diesem Jahrgang objektiv als *schön* bezeichnet werden konnte, ließ das nicht zu. Nach einem kurzen Wortwechsel ließ sie Zachary stehen und schloss sich den anderen an.

Ich wusste, dass Zach sehr verliebt gewesen war in Deborah, dass es beim Osterausflug wohl zu einer Art Techtelmechtel zwischen beiden gekommen sein muss, als Deb sich ein Glas Sekt zu viel gegönnt hatte. Bei der traditionellen Ansprache war Zach nicht im Saal, womit er sich endgültig Iris' Unmut zuzog. Als er später doch noch zu uns stieß, gab sie ihm zu verstehen, dass so etwas nicht geduldet werden könne. Auch monierte sie, dass Zachary keine Krawatte trug. War sicher keine Absicht, er hatte schlicht vergessen, sie umzubinden, schien nichts anderes als Deborah Rodgers im Kopf zu haben, und ich nahm ihn, weil wir, na ja, so was wie Freunde waren, beiseite, sagte ihm in etwa, er solle künftig auf sich achtgeben und diese Frau, diese schwer einschätzbare Frau, nicht zur Obsession werden lassen. Es kursierten, das ist durchaus von Wichtigkeit, Gerüchte, dass Deborah in den Sommerferien, vielleicht sogar schon vorher, eine Affäre gehabt hatte mit John Bradshaw, dem Keramikfabrikanten aus Brighton. Man munkelte, dass ebendiese Liaison dazu beigetragen habe, Raven Hall vor der Schließung zu bewahren. Ich wusste das von Abigail Jenkins, die davon per Zufall erfahren haben wollte, als sie Deborah und John in einem Strandbad poussieren sah. Mein Verhältnis zu Abigail war, ich gebe es offen zu, ein sehr vertrautes. Was wir selbstverständlich strikt für uns behielten. Intime Beziehungen innerhalb des Lehrkörpers galten als höchst unschicklich. Wären wir aufgeflogen, hätte uns beiden die Entlassung gedroht. Dabei waren wir nicht die Einzigen. Die Abgeschiedenheit von Raven Hall lud zu saisonalen Wahlverwandtschaften geradezu ein. Wie konnte jemand ernsthaft glauben, erwachsene Menschen würden einer sinnlosen Pflicht zur Enthaltsamkeit gehorchen? Erschütternd allerdings, wie viele dann doch gehorchten. Iris Pinkerton gab sich streng in diesen Dingen. Abigail und ich – wir hatten Glück und wurden nie erwischt. Zwar könnte es sein, dass Iris Pinkerton tief innen ein gütiges Herz besaß und vieles schlicht nicht wahrnehmen wollte. Doch das wäre eine These der eher steileren Art.

Als die zweihundert Schüler in den Saal strömten, als die Fahne gesegnet und das Wabern der übrigens deutlich verstimmten Orgel verklungen war, als Pinkerton ihre – wenig inspirierte – Rede hielt (mehr runternuschelte), fiel mir auf, dass einer der Jungs keine Uniform trug. Nach der Zeremonie begab er sich über die breite Treppe hinauf in Iris' Büro. Unglaublich dreist. Was dort geredet wurde, kann ich nicht im Wortlaut wiedergeben, doch hat mir Iris ein paar Tage später erzählt, dieser Christian Bradshaw habe sich ganz und gar ekelhaft aufgeführt, habe als Sohn des für Raven Hall so wichtigen Gönners *Privilegien* gefordert, woraufhin er von ihr mit scharfen Worten des Zimmers verwiesen worden sei. Jedem denkenden Menschen war klar, hier war der Grundstein zu einem Konflikt gelegt, der die Saison ernsthaft belasten konnte. Ich riet zu einem entschlossenen, kompromisslosen Vorgehen. Mir waren solche *Privatpatienten*, wie ich sie nannte, zutiefst verhasst. Ich stieß auf offene Ohren. Eines von Iris Pinkertons Grundprinzipien war, ganz altmodisch, *Gerechtigkeit*. Einen Schüler, aus welchen Gründen auch immer, zu bevorzugen, kam für sie nicht in Frage. Da waren wir uns einig.

Heute, im Rückblick, denke ich anders. Wir hätten pragmatischer sein, hätten deeskalieren, uns mit den Gegebenheiten abfinden müssen. Wir haben Chris Bradshaw schlicht unterschätzt. An einigen anderen

Schulen war er gescheitert, in Raven Hall aber würde er endlich seinen Abschluss machen, schon einfach deshalb, weil er der Sohn des Fabrikanten John Bradshaw war.

Dies hat er uns offen gesagt, mitgeteilt, *kundgetan* (letzteres wäre seine Wortwahl gewesen), wogegen wir uns verständlicherweise wehrten. Keinem Schüler wollten wir so ein Gehabe durchgehen lassen. Nur hatte er eben leider recht, und im Grunde war es genau das, was uns so heftig missfiel. Unsre Eitelkeit mündete in einen snobistischen Trotz, der nicht mehr zeitgemäß war und zu nichts Gutem geführt hat.

Direktorisches Tagebuch Iris Pinkerton (damals 58)
30. August 1965

(…) Ohne anzuklopfen, betrat ein Schüler mein Büro, der sich als Christian »Chris« Bradshaw zu erkennen gab, Sprössling unseres generösen Gönners. Auf meine Mitteilung hin, dass in Raven Hall jeder fair behandelt werde, aber niemand etwas geschenkt bekomme, antwortete er, dass »dudeldei, didadeldumm« ich derlei ja sagen müsse, um der lieben Ordnung halber. Er klang nassforsch und naseweis, sonderte kuriose Wortgebilde ab, und ich verwies ihn des Zimmers. Seine Antwort bestand in einem kleinen Tänzchen, das er vor mir aufführte, offensichtlich, um sich über mich lustig zu machen. Direkt nachzuweisen war ihm das aber nicht, und ich hätte ungern gleich am ersten Tag eine Sanktion verhängt. Traditionell gilt bis zum Ersttagsstreich in der Schule eine Art Schonfrist bzw. Welpenschutz. Der Rest des Tages war für alle frei, die Lehrerschaft kam am Abend zum Dinner in den Schloss-Saal an die lange Tafel, wie es seit einiger Zeit

aus Kostengründen nur noch zwei Mal im Jahr geschieht, am Anfang und am Ende der Saison. (...)

Tonbandaufnahme Abigail Jenkins 1985 (damals 33 Jahre alt), Lehrerin für Musik (in diesem Jahr nicht ausgeübt) und Französisch

Der Tag schien insofern geglückt, als das Procedere mit den Knaben beinahe reibungslos ablief. Leider musste ich mich wieder einmal über Sam ärgern, denn er hatte im Lauf des Tages deutlich zu viel getrunken und hatte am Abend, beim gemeinschaftlichen Dinner, unüberhörbar einen sitzen. Auch legte er mir dreimal eine Hand aufs Knie oder den Oberschenkel. Es war töricht, unnötig riskant, und ich sah mich gezwungen, ihm den Gutenachtkuss zu streichen. Er, dieser Bär von einem Mann, hätte sich hinlegen müssen, aber ausgerechnet ihn hatte das Los bestimmt, in dieser Nacht die Noxglocke zu läuten, also musste er um halb elf Uhr einmal um das ganze Gebäude latschen, mit dieser schweren und tiefen Silberglocke, und vier Mal, nämlich in jede Himmelsrichtung, die Spruchformel singen: »Gentlemen, es ist Zeit, gehen Sie in Ihre Betten, schlafen Sie wohl, schlafen Sie wohl!« Woraufhin eine Viertelstunde später das Zentrallicht gelöscht wird. Er hat es ganz gut hingekriegt, ich war erleichtert. Eine gute Stunde später sahen wir uns wieder, er übernachtete bei mir.

*

Die Zeremonie war gegen 13 Uhr beendet, den Rest des Tages und den Abend bekamen wir zur freien Verfügung. Einige liefen die zwei Meilen bis zum See.

Andere lernten ihre neuen Kameraden beim Kartenspiel kennen oder spielten Fußball auf der Wiese hinter dem ehemaligen Marstall, der schon lange nicht mehr für Pferde genutzt wurde, sondern für Gartengeräte, alte Möbel, Plunder, Vorräte an Holz und Kohle, et cetera. Chris erkundete die Gegend, und nachdem er sich über die sparsamen Dimensionen unseres Zimmers schon abfällig genug geäußert hatte, kam nun die Landschaft dran. Flach sei sie wie die Brust einer Elfjährigen, ihre Farben seien kraftlos und deprimierend, sogar der nahe Wald sei fade.

»Ein Laubwald – fade? Sag, wie geht das denn, Bradshaw?«

»Es hat alles seine Zeit und seine Möglichkeiten. Schaut, der See, ist er nicht eher ein größerer Braunteich? Mit Braunteichgetier? Blut. Blutt. Blutty! Bluttyge Egel, die euch die Eier abfressen?«

Er brachte uns zum Lachen, dann sagte er, die Gegend mache auf ihn den Eindruck, als sei ein im November gemaltes Bild nachträglich koloriert worden, mit viel zu viel Pastell.

Jemanden, der so redete, hätten wir normalerweise verdroschen, aber Chris war unser Anführer. Der sich an unseren Vornamen störte. Diese lauteten Anthony (das bin ich), Bartholomew und Roger. Chris gefielen sie nicht, sie waren ihm nicht kurz, nicht modern, nicht amerikanisch genug, er taufte uns kurzerhand um in Jim (das war fortan ich), Jack und Joe. Warum nicht gleich Huey, Dewey und Louie? Wir fanden es irgendwie originell, so wie man sich ein Kostüm anzieht, wir fragten nicht lange, was das sollte. Wenn man tiefenpsychologisch spekulieren möchte, könnte man auf den Gedanken kommen, Chris habe uns neue Namen gegeben, um uns auch in allen sonstigen Belangen für Neues zu öffnen. Das wäre zugegeben etwas weit hergeholt, doch auch nicht völlig auszuschließen.

Raven Hall in seiner Mischung aus spätbarocker, bereits etwas verspielter Bausubstanz und nach und nach hinzugefügten Funktionalbauten besaß etwas Traumhaftes, doch nicht so positiv, wie man das Wort sonst verwendet. Da war etwas Uraltes, Skurriles, auch Bizarres, ein wenig wie ein präraffaelitisches Gemälde, in dem ganz eigene Farbmischungen herrschen. Alle euphorischen Momente oder auch Tragödien, die je dort stattgefunden hatten, schienen, mehr oder weniger verborgen, immer noch da zu sein, wir mussten nicht einmal Genaueres davon wissen. Ein zugleich pittoresker wie unheimlicher Ort, der viele Generationen von Schülern erzogen und gebeugt, auch gequält haben mochte. In der großen Halle hingen Gemälde aller Schuldirektoren seit dem Jahr 1688. Wir Kids oder wenigstens ein paar von uns (die meisten interessierten sich einen Scheiß dafür, um ehrlich zu sein) bekamen in diesem Raum ein Gefühl für Zeit und Geschichte. Diese erste Gänsehaut, wenn die eigene noch so kurzlebige Existenz konfrontiert wird mit einer jahrhundertelangen Tradition. Das macht allgemein einen großen Teil vom Reiz, vom Zauber der altehrwürdigen englischen Institutionen aus, die auf manche verstaubt oder anachronistisch wirken mögen. Doch habe ich noch keinen gekannt, der hinterher nicht froh um diese Erfahrung gewesen wäre.

Ob wir Boogeymänner schon einen *First Day Caper* im Sinn hätten?

Wir drei frisch getauften *Jimjackjoes*: »Ernsthaft jetzt?«

»Nein? Meine kindlichen Herren Kanonier-Onanisten, wie kann man am *First Day* an etwas anderes denken, es sei denn an das, woran wir immer denken, was mit M beginnt und mit Uschi endet. Räumt mal drei Gehirnzellen frei, je eine für Jack, Jim und Joe! Und rein mit euch, bei Wasser und Brot!«

Rein? Wohin? Bei was? Wasser und Brot? Hä?

Chris bestand darauf, dass wir vier den Ersttagsstreich verüben müssten, erstens, weil er der Älteste von allen war, zweitens aus Prinzip und drittens, glaube ich, aus dem Willen zur Macht. (Sagte uns nichts.) Es gab tatsächlich diese Tradition des *First Day Caper*, nur hatten wir in den letzten Jahren nicht viel davon mitbekommen, es handelte sich allermeist um Kindereien der jüngeren Jahrgänge, alberne, belanglose Streiche, wie Klinken mit Zahnpasta zu beschmieren, solche Sachen. Das Aufsehenerregendste war vor fünf Jahren das Zumauern einer Tür zur Küche und die Forderung nach Lösegeld in Bonbonform gewesen.

Chris forderte eine Aktion »mit Aplomb (Hä?) und Niveau«. Jack (ehemals Bartholomew) hatte eine Gitarre bei sich, sagen wir lieber: eine Anfängerklampfe. Das gefiel Chris. Er bereitete einen Text vor, und Jack musste drei Akkorde üben. Später mussten wir die fertigen Verse auswendig lernen. Wir sagten zu allem Ja und Amen, auch wenn wir nicht singen konnten, erst recht nicht, wie Chris forderte, dreistimmig. DREISTIMMIG!

»Ja, ihr maßlos mittelmäßigen Masturbanten. Dreistimmig. Das bedeutet, jeder von euch muss ein bisschen andere Noten singen.«

»Na, das«, sagte ich, »könnte klappen.«

Aus dem Tonbandprotokoll des Hausmeisters Harold Brady (damals 45 Jahre alt)

Der *First Day Caper* war sozusagen im Budget vorgesehen. Meist verursachte er Reinigungskosten im unteren dreistelligen Bereich. Als um Mitternacht der Gesang begann, atmete ich auf, denn Gesang konnte nicht viel kaputtmachen, und es sah so aus, als ob das Geld an anderer Stelle eingesetzt werden konnte, wo es dringender gebraucht wurde.

Nach und nach kam über die Hälfte der Lehrerschaft ins Freie, um nachzusehen, wer sich da derart unverschämt geäußert hatte, doch alle Beteiligten hatten sich bereits verflüchtigt. Das Lied hatte keine zwei Minuten gedauert.

Der Wortlaut des Liedes (laut Erinnerung von ca. einem Dutzend Ohrenzeugen):

»Raven Hall ist eine Schule mit Lehrern, die tadellos sind, allermeist ist das so. Wenn es mal nicht so sein sollte ...

Wenn da mal gefeiert wird und die Gehirne vom Gin ausgehebelt sind, dann fallen die Röcke der Damen, das gibt neue Jobs für den Schwarzarzt.

Holla, holla ho! *(Oder ähnlich.)*

Dann fallen die Hosen der Herren, das gibt neue Jobs für den Schwarzarzt.«

Einer der singenden (vermummten) Schüler habe nach Ende des Liedes gerufen:

»Ihr Unterdrückerpack, jede Schweinerei kommt ans Licht.«

Tonbandaufnahme Abigail Jenkins 1985

Für alle sehr überraschend ging Direktorin Pinkerton nicht in der geringsten Weise auf die Respektlosigkeiten und Verleumdungen ein, im Gegenteil, sie sagte, das sei ein hübsches kleines Lied gewesen und gut vorgetragen. Gefragt, ob sie der Text nicht beleidigt oder verstört habe, antwortete sie, sie habe ihn kaum verstanden. Wir wussten nicht, inwiefern das nur eine Behauptung war. Pinkerton ließ sich selten in die Karten schauen. Vielleicht war sie wirklich schwerhörig. Doch hätte uns das früher schon einmal auffallen müssen. Ich bekam mit, wie eine Kollegin, ihren Namen weiß ich grad nicht mehr, einen Kollegen – Norrington – fragte, was genau ein *Schwarzarzt* sei? Den Ausdruck (*Dark Doc*) hatte ich bis dahin noch nie gehört, gemeint war wohl ein Arzt, der heimlich praktizierte, vermutlich ein *Engelmacher,* das wäre der geläufigere Begriff gewesen. Aber vielleicht hatte es der Textdichter vermeiden wollen, den Sachverhalt *allzu* explizit anzusprechen.

*

Holla, holla ho?! Ja, das weiß ich noch, ich muss es ja wissen, ich war dabei gewesen. Damals muss man sich mich, *Jim,* als einen schlaksigen Jungen vorstellen, weder mit Brustbehaarung noch konkreten Pokalen in der Vitrine. Das spielt eine Rolle, wenn man das Geschehene angemessen einordnen will. Diese Euphorie – wegen fast nichts, um ehrlich zu sein, aber doch so viel – für den Moment. Chris gab jedem einen Schmatz auf die Backe, Jack und Joe riefen »BÄH!«, scheinbar angewidert – denn das gehörte sich so.

In der Nacht konnten wir unseren Triumph nur im innersten Kreis feiern, ganz anders war es, als wir vier Helden morgens in den Frühstückssaal traten. Alle sahen uns an und johlten und pfiffen und klatschten. Wir waren die vier Giganten mit den riesigen Eiern. Wenn auch viele nicht recht wussten, worum es im Text eigentlich ging, fanden sie es toll genug, dass jemand sich Derartiges getraut hatte.

Weckruf um halb sieben, Frühstück um sieben, Unterrichtsbeginn schon um acht, anders als an den meisten englischen Schulen. Dann Unterricht bis 16 Uhr mit eineinhalb Stunden Mittagspause, samstags war eine Stunde früher Schluss, am Sonntag gab es die Möglichkeit einer Busfahrt zur nächsten Kirche, deren Besuch aber nicht obligatorisch war. Weil die Fächer Sport und Musik ausfielen, gab es ein paar Freistunden mehr als sonst. Das Frühstück war übrigens passabel, es gab Bohnen, Speck, Eier, Toast, Jam, sonntags auch eine Scheibe Schinken. Mittags nur Sandwiches. Abendbrot gab es um 18 Uhr, das bestand aus Graubrot und Wurst, Käse und Gurken und einer einfachen Graupensuppe, fast wie beim Kommiss. Sonntags gab es einen warmen Eintopf oder Ähnliches. Man konnte damit leben. Den kleinen Laden, in dem man im Jahr zuvor noch Süßigkeiten, eine Zeitung oder Comics hatte kaufen können, gab es nicht mehr. Das Personal, abgesehen von den Putzkräften, die praktischerweise auch kochen konnten, bestand nur noch aus Hausmeister Brady, der genug zu tun hatte; die alten Gebäude pfiffen aus Tausenden Löchern und Ritzen.

Aussage von Zachary Wright (damals 32) zu seinem Verhältnis mit Deborah Rodgers (damals 28)

Es stimmt, es gab diesen Vorfall beim Osterausflug, als Deborah offenbar ein Glas zu viel getrunken hatte und mir erlaubte, ihr ein Küsschen zu geben. Was mich verständlicherweise ermuntert oder, sagen wir, verführt hat, die Sache ... nun, am nächsten Tag wollte sie nichts mehr von mir wissen, na ja ... Sie hatte einen recht kapriziösen Ruf, und man kennt das von den Frauen, also, nicht von allen, ich will nichts pauschalisieren, also von einigen kennt man das, dass sie eben eine Art Spiel mit einem spielen und die Regeln nach Gutdünken festlegen oder auch einfach nur ihre Tage haben, und, na ja, schön, ich war sehr verliebt. In wen sollte man hier sonst verliebt sein, wenn nicht in Deborah. Ja, es war alles vergebens, sie hat mich lange Zeit keines Blickes gewürdigt, hat mir keinerlei Hoffnung gemacht, auch als ich sie am Morgen der Saisoneröffnung ganz kurz einen Moment unter vier Augen sprechen konnte.

»Du wirst es nie verstehen, oder?« Das hat sie mir gesagt, und das sagt sich ja leicht, wie soll man verstehen, was nicht zu verstehen ist? Leicht angesäuselt findet sie mich attraktiv, schmeißt sich an mich ran, lässt sich küssen, und dann – nichts mehr, totale Abschottung. In welche Logik passt das? Ob ich was? Ob ich gerochen hätte? Sie meinen – *unangenehm gerochen*? Ich? Also bitte. Nein, Sie müssen keine solchen Fragen stellen! Ficken Sie sich!

(...)

Okay, Entschuldigung angenommen. Nein, das war noch nicht das Ende der Geschichte. Am Morgen nach dem Lied, am Morgen, als der Unterricht begann, steckte Deborah mir einen Zettel zu, darauf stand: *Kaffee in der Pause? Am Brunnen?* Wie in irgendeiner romantischen Komödie.

Ich war völlig verblüfft und nickte nur. Neben dem alten Brunnen wurde an sonnigen Tagen so eine Art Zeltpavillon aus weißen Tüchern errichtet, als Sonnenschutz, und ein paar Klappstühle standen rum. Dort trafen wir uns, und ich hatte sogar eine Thermoskanne mit Kaffee dabei, samt Milch und Zucker und Bechern und Löffeln. Deborah meinte, ich solle den ganzen Kram hierlassen und mit ihr hinter den Marstall gehen, in Richtung Wald. Ich dachte: *Oh mein Gott. O guter Gott im Himmel! Was will sie mit mir im Wald?* Aber dann stellte sich heraus, dass sie einfach nur sicher sein wollte, dass niemand uns hören konnte, und wir gingen bloß einige Schritte in Richtung Wald, nicht hinein.

Sie fragte, ob sie sich auf mich verlassen könne, auf meine Verschwiegenheit vor allem.

Was sagt man da, als Mann, als verliebter Mann? Ja, sagt man da, und mit Pathos und Nachdruck. Ja, ja, ja.

Sie brauche einen Freund, sagte sie.

Ja, hier, hier, ich! – das bot sich doch an. Sie stellte klar, dass sie einen *Freund* brauche, einen *Unterstützer*. Keinen *Lover*. Ja gut, für den Anfang auch das. Hat man erst mal ein Bein in der Tür … Reden wir nicht drum herum, so denkt man, als Mann, als verliebter Mann. Und dann erzählte sie mir etwas, es kam mir wie eine hohe Auszeichnung vor, davon zu erfahren. Es handelte sich um hochgradig sensible Informationen, die man wirklich nicht an irgendeinen Dahergelaufenen weitergibt, und vor allem halfen sie mir endlich, einiges, ja im Endeffekt sogar etliches, zu verstehen.

Deborah erzählte, wie sie, ausgerechnet am Abend jenes Osterausflugs, der uns in die Nähe von Brighton geführt hatte, John Bradshaw kennenlernte. Sie berichtete von einer Affäre, die mit großer Leidenschaft begann, erst in Briefen, dann in Begegnungen.

Weswegen die Leidenschaft nachließ, dazu wollte sie nichts sagen, doch sie beharrte darauf, dass sie von Anfang an im Hinterkopf immer auch die drohende Insolvenz von Raven Hall gehabt habe. Sie sei sich dessen bewusst gewesen, habe lange vergeblich versucht, sich über ihre wahren Gefühle klarzuwerden. *Physische Treffen* (so ihre Worte) habe es übrigens selten gegeben. Ich glaube, sie wollte nicht als leichtlebig dastehen, wollte womöglich andeuten, dass sie nicht so richtig auf *Reinraus* abfährt, na ja.

Bradshaw habe sich am Ende für seine Frau entschieden und die Beziehung beendet, aber in Freundschaft und gegenseitigem Einvernehmen. Die Spende, die er dem Institut zur Verfügung gestellt hat, könne ein wenig zur Beschwichtigung seines Gewissens gedient haben.

(Frage, ob jene Spende vielleicht nicht ausschließlich freiwillig erfolgt sei.)

Hm, nein, ganz sicher kann ich mir nicht sein. Zwar wäre denkbar, theoretisch, dass Deborah gedroht hatte, Skandal zu machen, aber mir erschien sie immer als integer und zu keiner Erpressung fähig. Es klang wie das Ende einer letztlich trivialen Geschichte, und ich dachte, nun könne endlich die unsrige beginnen. Dem war nicht so. Denn nun – wieder zitiere ich Deb – hatte John Bradshaw sich die taktlose Kapriole ausgedacht, seinen einzigen und vollständig verkommenen Sohn auf unser, also im speziellen auf ihr, Deborahs, Institut zu schicken, damit die Missgeburt dort auf den letzten Drücker zu einem schulischen Abschluss käme. Das, sagte sie, sei eine ganz ungehörige und verurteilenswerte Idee. Sie habe *Angst* vor diesem jungen Mann.

»Komm, komm, das ist ein Knabe«, warf ich ein, »kein junger Mann. Vor dem brauchst du doch keine Angst zu haben, liebe Deb!«

Doch, sagte sie, sie habe Angst. Das Lied, das die Jugendlichen gestern Nacht gesungen, vielmehr gegrölt hätten, habe auf niemand anderen gezielt als sie selbst, Deborah Rodgers. Denn – und das vertraute sie mir nur flüsternd und unter Tränen an – jenen ominösen darin vorkommenden *Dark Doc,* den habe leider sie selbst aufsuchen müssen. Um etwas *loszuwerden.*

Das waren ihre Worte, genau so hat sie es gesagt. Sie nannte das in ihr heranwachsende Kind ein *Etwas,* das sie *loswerden musste.* Gut, vielleicht war das ihre Art, mit dem Trauma der Abtreibung fertigzuwerden, vielleicht wollte sie einfach nur den ihr peinlichen Sachverhalt in möglichst wenige, unverbindliche Worte kleiden. Wie auch immer.

Christian Bradshaw müsse auf irgendeine Weise davon Kenntnis bekommen haben, und wenngleich sie inständig hoffe, dass keine konkreten Beweise vorlägen, also in seinem Besitz seien, habe sie *Angst.* Denn dieser völlig aus der Art geschlagene Bengel beabsichtige, sie zu erpressen, und er wolle nicht etwa Geld für sein Schweigen.

»Was?«, rief ich, ein wenig zu laut. »Im Ernst? Er macht dir Avancen?«

»Sch-scht!«, mahnte sie mich, obwohl wir auf einer riesigen, sozusagen leeren Wiese standen.

Ja, sagte sie, so könne man das nennen. *Avancen.* Sie halte es für gut denkbar, dass es die Idee des *Sohnes* gewesen sei, nach Raven Hall zu gehen, um seinen Abschluss zu machen. Aber, rief sie empört aus, das hätte der Vater doch unbedingt verhindern müssen!

»Wieso sollte er?«, fragte ich. »Wenn er doch gar nichts weiß von den erotischen Plänen seines Sohnemanns. Er wird es vielleicht sogar für eine naheliegende und ganz pragmatische Idee gehalten haben.«

Deborah legte einen Zeigefinger ans Kinn, wie immer, wenn sie nachdachte oder so tat, als ob. Dann stimmte sie mir zu, es könne sich so verhalten.

Ich beruhigte sie, versprach ihr, von nun an ihr Freund zu sein und sie zu beschützen. Sie solle das alles mir überlassen, ich würde mir den Burschen vornehmen, notfalls könnte ich mich auch an den Vater wenden.

Nein, unterbrach sie mich, sie wolle den stillgelegten Kontakt zu John Bradshaw nicht auferwecken, nicht mal durch einen Mittelsmann.

(...)

Wie meinen? Ja, ich habe versucht, sie zu küssen, na klar. Beim dritten Mal hat sie mir einen Kuss auf den Hals gewährt. Sie konnte ein Biest sein. Wahrscheinlich war es genau das, was mich so verrückt gemacht hat. Aber ich konnte mich im Zaum halten.

Samuel Eastman, 1985

In den nächsten Tagen geschah nichts Auffälliges. Chris Bradshaw erschien mehrmals ein paar Minuten zu spät zum Unterricht, gab jedoch keinen gravierenden Anlass, sich über ihn zu beschweren. Zachary Wright sah die richtige Gelegenheit, ihn anzusprechen, noch nicht gekommen. Er dachte wohl, das Ganze könnte sich von selbst beruhigen oder vielmehr totlaufen.

*

Der September ist, wenn man etwas Glück hat, einer der erfreulichsten Monate in Raven Hall und Südengland allgemein, ich kann mich an keinen einzigen Regentag erinnern, nur dass wir viel Spaß hatten. Zweimal gingen wir nach dem Abendessen zum See, badeten nackt (Roger behielt die Unterhose an) und suchten uns danach, vergeblich zum Glück, auf Blutegel ab. Ich will damit keine irreführenden Andeutungen machen, es geschah in aller Unschuld, wenngleich man natürlich mal einen Blick riskiert und Vergleiche gezogen hat.

Mir fällt eine Szene wieder ein. »Ich mache Karriere als Schlüpferstürmer!«, rief Bart einmal, und Chris überbrüllte ihn prompt.

»Verwende bloß nie wieder das Wort *Schlüpfer*!«

»Warum?«

»Wenn du schon nicht weißt, was ein *Dessous* ist, sag *Höschen*.«

»Wieso? Ist doch dasselbe.«

»Keineswegs. Das Wort HÖSCHEN ist erotisch konnotiert. Das Höschen ist die letzte Verteidigungslinie, die einer sexuellen Eroberung im Wege steht. Der Torwart, sozusagen, des weiblichen Geschlechtsorgans. SCHLÜPFER aber wird jenes Kleidungsstück genannt, das an Frauen Fleischteile umschließt, aus denen beim Stuhlgang Exkremente quellen.«

Alle machten elend laute Würggeräusche und mussten dennoch lachen.

»Wir werden epische Menschen sein und große Geschichten erleben!«, rief Chris später am Abend in der Stube. »Ihr werdet alle Helden sein, jeder auf seine Weise, und wer weiß, am Ende macht jemand daraus eine verstörende Verstragödie, vielleicht auch nur hingekleckste Hexentexte.«

»Hä?«

»Im Mittelalter wär ich ein Troubadour gewesen, der schlüpfrige Liebeslieder geschrieben hätte ...«

»SCHLÜPFRIG?«, brüllten wir, »DAS WOLLTEST DU DOCH NIE MEHR HÖREN!«

Chris stand der Mund offen, dann auch der Hosenstall, denn er wollte uns auf die Schuhe pissen, ernsthaft, wir stürzten uns auf ihn, begruben ihn unter unseren Leibern, Herrgott, wir hatten eine Menge Spaß. Natürlich war das eine Form von inniger Zuneigung, fast Liebe. Nie, soweit ich weiß, kam es zu homoerotischen Übertretungen gegen den rigiden Moralkodex der Ära. Sie lagen indes in der Luft, selbstverständlich.

Wir vier waren uns grün, wie man so sagt. Manches in Raven Hall wurde sehr liberal gehandhabt, wahrscheinlich aber nur, weil es bislang keine negativen Erfahrungen damit gegeben hatte. Ein Beispiel: Eintreffende Post wurde nicht kontrolliert, somit war es auch kein Problem, dass Chris sich aus London eine Kiste spanischen Rotweins kommen und uns davon probieren ließ. Niemand aus der Riege unsrer Erziehungsberechtigten hatte es auf dem Schirm, dass sich ein Schüler etwas derartig Kostspieliges leisten könnte. Der Rioja schmeckte uns sehr. Noch heute muss ich bei dem Gedanken lächeln. Ich glaube, kaum ein Prozent der englischen Bevölkerung hatte zu jener Zeit jemals spanischen Rotwein probiert. In den besten Geschäften von Westcott fand man allerhöchstens mal eine Flasche deutschen Rieslings oder die berüchtigte *Liebfrauenmilch* mit Kopfschmerzgarantie. Ich erwähne das alles, um anzufügen, dass Chris nicht maßlos und unverantwortlich agierte. Zum Badeausflug wurde nicht mehr als eine *Bouteille* mitgenommen, gerade so viel, dass wir nicht mehr als etwas angeheitert wurden. Nein, da gab es nichts Verruchtes. Dazu waren die meisten von uns viel zu schüchtern. In den fettgelben Mond zwischen den Baumkronen zu sehen, einen Schluck Wein zu trinken und dazu ein, zwei Zigaretten der Marke Pall Mall zu rauchen war das Höchste der Gefühle – und nach dem Bad im See zogen wir uns sofort wieder an, etwas anderes hätte unser Schamgefühl gar nicht zugelassen.

Und immer dabei war der Philips-Kassettenrecorder, der, mit sechs Batterien bestückt, für die Hintergrundmusik sorgte. Ein Paradies. Bis etwas die Stimmung nachhaltig veränderte, verschärfte, auf gewisse Weise auch zerstörte. Danach war in jedem Fall nichts mehr wie zuvor. Es traf unsre jugendliche Fantasie wie ein Blitzschlag in trockenes Heu. Unvermittelt, unverdünnt, mit voller Wucht.

Eines Abends kam Chris mit der Neuigkeit, er habe Deborah Rodgers – gehabt. Also gevögelt. Nicht nur einmal, sondern drei Mal. Tut mir leid, wenn ich das so wiedergeben muss. Es wurde richtig dreckig. Mit anderen Worten: spektakulär und sehr erregend.

Chris beschrieb uns die Stellungen, wiederholte, was Miss Rodgers gestöhnt hatte, bevor sie kam – und ein viertes Mal habe sie es ihm dann mit dem Mund besorgt und seinen Saft nicht ausgespuckt. Meine Fresse. Es stellte sich uns damals gar nicht die Frage, ob Chris die Wahrheit sagte, es ging nur darum, schnellstmöglich unsere hammerhart gewordenen Schwänze kleinzukriegen. Natürlich nahmen wir an, dass er übertrieb, liegt ja in der Natur der Sache, aber warum sollte er so etwas – Unglaubliches – frech und frei erfinden? Chris meinte, in einem grellen, beschwörenden Tonfall, wir müssten das um Himmels willen für uns behalten, er wolle das vorerst nur mit uns, seinen *Buddies*, teilen. Ein Ritterschlag. Zwei Tage später wusste es jeder Schüler. Und Miss Rodgers merkte sofort, dass man sie von da an irgendwie anders ansah, musternder, gieriger.

Aus heutiger Sicht ist mir die Sache unendlich peinlich, und ich schäme mich enorm, selbst wenn ich mir persönlich nicht direkt etwas vorwerfen muss. Jugendliche haben noch kein ausgeprägtes Gefühl dafür, wann sie anderen wehtun, machen sich noch nicht mal einen Kopf deswegen; sie sind eben noch keine fertigen Menschen, und manche bleiben für immer Arschlöcher. Genaugenommen konnte man noch nicht einmal Chris einen Vorwurf machen. Ich weiß, in dieser Frage werde ich Widerspruch ernten, aber man muss die Fakten anerkennen. Chris war geil auf Miss Rodgers, mit gutem Grund, und er trug uns eine *Fantasie* vor, wie er sich Sex mit ihr vorstellte. Brachte uns zum Kochen damit. Schließlich hat er uns sogar gebeten, unser Wissen für uns zu behalten. Worin also bestand sein Vergehen? Nicht in der Lüge, wir lügen alle, jeden Tag. Wenn man ihm etwas vorwerfen kann, dann nur seine Fabulierkunst. Er hatte uns das, was angeblich (übrigens in einem ehemaligen Reitstall) vorgefallen sein sollte, so überzeugend geschildert, dass wir es zumindest für *möglich* hielten. Dankbarkeit und Neid – so möchte ich unsere Gefühle kurz zusammenfassen.

Dass die allermeisten erwachsenen Frauen Sex mit einem minderjährigen Schutzbefohlenen nicht unbedingt in einem Reitstall haben wollen, auch noch mehrmals hintereinander – für einen an sich so naheliegenden Einwand waren wir Kaulquappen schlicht noch nicht alt genug.

Tonbandaufnahme Zachary Wright (1985)

Deborah sagte mir, dass etwas nicht stimme, dass man sie seltsam anstarre und die Kleineren oft grundlos zu kichern begännen bei ihrem Anblick. Ich meinte, es könne sich um Einbildung handeln, Kinder kichern doch immer und wegen jedem Quatsch. Nein, nein, antwortete sie, sie habe irgendetwas *Hässliches im Gefühl*. So ihre Worte. Ob ich vielleicht etwas rausbekommen könne?

Ich konnte – und es war nicht einmal schwierig. Es gab einen Schüler, Cecil Collins, der Nachhilfe in Mathematik nötig hatte, womit ich mir am Sonntagnachmittag ein paar Pennies dazuverdiente. Zu ihm besaß ich ein fast freundschaftliches Verhältnis. Soweit das zwischen Lehrer und Schüler möglich ist. Ja, doch, es war möglich. Heute vielleicht nicht mehr, aber lassen wir das beiseite.

Ich fragte ihn, ob er irgendwas über *Gerüchte* wisse, die im Umlauf seien, Miss Rodgers betreffend. Cecil wollte lange nicht damit rausrücken, und ich versprach ihm zwei Gratisstunden unter der Hand, was bedeutete, er würde das Geld, das seine Eltern ihm dafür gaben, behalten dürfen. Ach je. Wie er sich wand und hochrot wurde und schwitzte. Ein pummeliger Junge aus der Neunten. Ich hätte beinahe lachen müssen, wie der Kleine um Worte rang, die angemessen, doch nicht *zu* drastisch klangen. Schließlich hat er es geschafft und hinter sich gebracht. Einer der Schüler, der Allerälteste, habe sich eines mehrmaligen intimen Umgangs mit der Englischlehrerin Rodgers gerühmt, und es sei mitten am Tag in einem der ehemaligen Pferdeställe geschehen, auf alle denkbaren Arten.

Soso.

Den einfachen Teil meiner Mission hatte ich erfüllt. Und nun? *What the fuck?* Das war herb. Heavy stuff. Kranke Scheiße. Sollte, durfte ich *das* Deborah wirklich mitteilen? Schwierig. Konnte es passieren, dass dieses Gerücht von den Schülern auf die Lehrerschaft übersprang? Es war nicht ausgeschlossen, aber selbst wenn – es musste doch vollkommen klar sein, dass es eine komplett erstunkene Geschichte war. So ein Unsinn hätte Deborah nicht in Schwierigkeiten bringen können. Andererseits: *Musste* ich ihr nicht darüber Auskunft geben, *wozu* dieser Lümmel Bradshaw fähig war? Oder drohte dadurch eine weitere Eskalation? Ich habe einen ganzen Tag nachgedacht – und ich meine volle vierundzwanzig Stunden damit. Wenn ich es ihr erzählen würde, konnte sie das gewiss nicht auf sich beruhen lassen, ohne mental davon aufgefressen zu werden. Es würde wahrscheinlich Konsequenzen geben, Sanktionen. Auf Chris Bradshaw konnte im für ihn ungünstigsten Fall eine drakonische Strafe warten, zwölf Hiebe mit der Rute auf den Hintern. Das hätte ich, nebenbei gesagt, völlig angemessen gefunden und wäre bereit gewesen, eigenhändig die Züchtigung vorzunehmen.

Am Ende ging ich zu Deb und sagte, dass es mir leidtue, aber ich hätte nichts Konkretes herausbekommen, sie solle nicht ins Leere grübeln.

Es kann sein, dass ich ein schlechter Lügner bin, ja, möglich, vielleicht hat Deb mich durchschaut. Möglich.

*

Ich fasse an dieser Stelle etliche Zeugenaussagen (Wright/Jenkins/Eastman) zusammen, aus denen sich ein ungefähres Bild, ein plausibles Puzzle ergibt.

Am nächsten Tag, dem 13. September, muss es zu einem direkten Aufeinandertreffen zwischen Christian Bradshaw und Miss Rodgers gekommen sein.

Deborah soll ihm auf den Kopf zu gesagt haben, dass er *schändliche und unwahre* Dinge über sie verbreite. Vermutlich schoss sie einfach mal ins Blaue und traf ins Schwarze. Bradshaws Antwort lautete in etwa: »Tu ich denn das? Ach Gott, das war doch schon immer so. Ich erzähle den Jungs aufreizende Geschichten, und nachts, da holen sie sich einen runter und sind glücklich dank der Bilder von dir und mir. Du solltest dich geschmeichelt fühlen. Warum machst du's dir so schwer? Gib dich einfach hin und gut. Eigentlich bin ich für dich doch fast ein Geschenk.«

Diese Antwort gibt Deborah am Abend an Zachary Wright weiter, der in der Folge zähneknirschend eingesteht, den Unwissenden gespielt zu haben, allerdings in bester und sensibelster Absicht. Deborah nimmt ihm das übel, fühlt sich im Stich gelassen. Zachary äußert sein tiefes Bedauern, kann sich aber immer noch nicht entschließen, einzuschreiten.

Tags darauf gibt es einen neuen Vorfall. Chris Bradshaw bedrängt Deborah, sie solle für ihn einfach noch mal dasselbe tun, wie sie es für seinen Vater oft getan habe. Danach könne sie für den Rest des Schuljahrs Ruhe genießen. Er geht ihr ungebührlich nahe und führt sein kleines Tänzchen auf. Wie er es in den nächsten Wochen noch einige Male aufführt, wenn er jemanden verhohnepipeln will. Dazu schwenkt er die Hüften wie Elvis, vollführt Trippelschritte, dreht sich einmal im Kreis und reckt zum Abschluss beide Mittelfinger in die Luft.

Nichts konkret Bedrohliches, doch eine durch und durch respektlose und beleidigende Geste. Abigail Jenkins wird zufällig Zeugin des Vorfalls, der sich vor dem Lehrerzimmer abspielt. Gegen Deborahs ausdrücklichen Willen geht sie zur Direktorin und fordert eine Bestrafung des aufsässigen Schülers.

Wir, also *Happy-Jack, Joker-Joe* und mein damaliges verkorkstes Ich namens *Jim, Jimmie* oder *Jimbo,* wir erfuhren, dass es eine Konferenz geben würde, dass Chris, falls er sich nicht ausreichend rechtfertigen könne, gezüchtigt werden sollte – für etwas, das aus unserer Sicht kaum der Rede wert war. Natürlich blieben wir mit unserem Kameraden solidarisch. Allein schon weil wir nicht genug wussten. Deborah Rodgers wurde für uns, ungeachtet ihrer Hübschheit, zum Hassobjekt, zumal – ja, gerade weil – wir alle sie begehrten, ohne jede Hoffnung, sie je auch nur an den Knöcheln berühren zu dürfen.

Abigail Jenkins (1985)

In diesem Jahr gab es in England erste zaghafte Diskussionen, die Prügelstrafe abzuschaffen. Dies wurde von der großen Mehrheit der Bevölkerung als Spinnerei beurteilt, als Menetekel einer kommenden Anarchie im untergehenden Abendland. Meine persönliche Meinung war, dass eine Erziehung ohne Angst vor Sanktionen nicht wirklich funktionieren kann. Man muss niemanden wegen Kleinigkeiten züchtigen, die Prügelstrafe sollte als *ultima ratio* für schwere Vergehen vorgesehen sein, das war und ist immer noch meine Meinung, und die konnte in jener Zeit schon als ziemlich liberal gelten. Bei seiner Aussage vor dem Ausschuss gab es Überraschungen. Christian Bradshaw leugnete weder, noch verteidigte er sich oder zeigte Reue und Einsicht. Er sagte, dass er es bevorzuge, die ihm gegenüber gemachten Anschuldigungen nicht zu kommentieren, denn er sei ein Gentleman, und Genuss verpflichte zum Schweigen.

Das war perfide. Sogar ein bisschen witzig. Also, unter uns gesagt.

John Bradshaw schritt unverzüglich und mit aller Macht ein, als er erfuhr, dass sein Sohn Hiebe bekommen sollte. Er ließ sich Christians Vergehen schildern und zeigte durchaus Verständnis für eine erforderliche Bestrafung, konnte aber in langen Diskussionen mit Pinkerton erreichen, dass die körperliche Züchtigung zur Bewährung ausgesetzt wurde. Stattdessen gab es einen Verweis und zwanzig Arbeitsstunden, abzuleisten an fünf Sonntagen.

In der Lehrerschaft regte man sich über die Privilegien des *Privatpatienten* auf, andererseits ahnte man, dass der alte Bradshaw unverhohlen mit einer Kürzung der Mittel gedroht haben musste.

*

Ich erinnere mich gut. Chris thematisierte die Angelegenheit nicht weiter, blieb seiner Linie treu, als junger Gentleman lieber den Mund zu halten. Was unsere Fantasien umso mehr befeuert hat. Die zwanzig Arbeitsstunden leistete er ab, ohne ein Wort darüber zu verlieren. Er half dem Hausmeister Brady bei der Reparatur von irgendwas. Keine Ahnung, was genau.

Bei den Schülern gewann Christian an Renommee hinzu, soweit ich das beurteilen kann. Viele glaubten tatsächlich, er sei für den Sex mit einer Lehrerin preiswert davongekommen. Andere begannen ihn zu hassen, weil sie lieber selbst an seiner Stelle gewesen wären. Das Übliche eben.

Zachary Wright (1985)

Für einige Tage herrschte Ruhe, und es gab wieder Hoffnung auf ein konfliktfreies Schuljahr.

Man muss sich die Frage stellen, weshalb der alte Bradshaw an diesem Punkt nicht endlich seinen Sohn von der Schule genommen hat, um allen Beteiligten weitere Peinlichkeiten zu ersparen. John Bradshaw konnte sich von nun an nicht mehr damit herausreden, von nichts eine Ahnung gehabt zu haben. Spätestens jetzt musste ihm klar geworden sein, dass er Chris nie auf diese Schule hätte schicken dürfen.

Doch muss man auch einmal Advocatus Diaboli spielen. Es wäre sehr, sehr schwer gewesen, Chris Bradshaw jetzt noch irgendwo anders unterzubringen, sehr wahrscheinlich wäre er ohne schulischen Abschluss geblieben. Relativ wahrscheinlich hat er seinem Vater gegenüber beteuert, künftig ein braver Junge zu sein.

*

»Oh, Ihr lieben Buddies, ich sage euch: Das Leben ist hart, wenn man sein Herz auf der Zunge trägt! Ich will doch nur der Liebe leben, schreite müde meinem Penis hinterher. Er weist den Weg durch Schlamm und Lüge, ich stapfe nackt durch gelben Schnee, barfuß einem fernen Licht entgegen, habt ein wenig Mitleid, nein, habt keins. Geteiltes Leid ist doppeltes Leid. Sagt Buddy Nietzsche. Kennt ihr nicht? Doch hat er euch gekannt, hat euch durchschaut, ihr kleinen Wixer. Ein deutscher Philosoph mit einem Bart voll Rührei, wenn es bei ihm Rührei gab zum Frühstück. Und warum nicht? Soll es kein Rührei gegeben haben, nur wegen dieses wuchernden Barts? Das wäre ein Zirkelschluss. Der Bart, der über sich hinauswuchs, über das Herz auf der Zunge. Wer nicht liebt, hat nichts zu sagen. Wer nicht hasst, hat nichts zu sagen. Ohne Liebe und Hass ist alles banal. Ermüdend. Kennt ihr den Ignoranten Heinrich Müller? Wendekrebs des Kreises? Auch so ein Deutscher, getarnt als Ami. Ich liebe euch, ihr kaulquappenden, nach Beutemüll schnappenden Amateure des Lebens und Vergehens ...«

So in etwa hörte es sich an, wenn Chris einen in der Krone hatte.

Er gab ein paar Tage Ruhe, aber nicht wirklich, er war ständig in Betrieb, wenn ich es so ausdrücken darf. Sein Wesen kam uns damals nicht *manisch* vor, ich weiß gar nicht, ob dieses Wort schon in Gebrauch gewesen ist. Bei uns nicht. Man sagte: überdreht. Oder: energiegeladen.

Chris machte uns immer mehr von sich abhängig, nicht so sehr mit Pornos, Alkohol und Drogen. Unter seiner Anleitung rauchten wir unseren ersten Joint. In der kreuzbraven Provinz wurde damals noch eher selten Gras geraucht, nur von ein paar wenigen, die über die nötige Traute verfügten und über Kontakte zu Dealern aus der Hauptstadt. Chris hat sich oft darin geübt, perfekte Joints zu drehen, und er bot sie uns an, ohne eine Bezahlung oder Gegenleistung zu erwarten. Einmal ging er auf einen Mescalin-Trip, ein Zeug, das damals noch nicht einmal illegal war, weil kaum wer darüber allzu viel wusste. Gott, mein erster Joint war aufregend genug. Ich fühlte mich wie ein Schwerkrimineller. Die meisten von uns hatten aufgrund der massiven staatlichen Propaganda Angst, ihrer Gesundheit irreparable Schäden zuzufügen. Prompt wurde mir schlecht, wohl eher aufgrund meiner Nervosität. Im Rückblick war das alles harmlos im Vergleich zu Bradshaws sagenhafter Kassettensammlung. Ein bisschen Jazz, viel Rock 'n' Roll. Mit der Post kamen immer neue Kassetten an. Im Radio gab es damals nur wenige Sendungen, die uns begeisterten. Die Sendeanstalten hatten Angst, als radikal zu gelten, und brachten für jeden interessanten Song drei brave Schmacht- oder Schlummerliedchen, quasi als Beschwichtigung. Die Beatlemania tobte durchs Land. Beeindruckender, zumindest im Auftritt, fanden wir Bands wie die Kinks oder The Who.

Sie müssen sich das vorstellen: In einem Gebäude, einem großen Gebäude, gibt es nur ein Zimmer, wo man genau die Musik hören kann, die man gerade hören will. Das ist der Gral unter den Zimmern, die Kemenate der vier Auserwählten, ich sagte es bereits. Wir haben das in keinem Moment als Manipulation wahrgenommen. War es überhaupt eine?

Die Hits in diesem Jahr hießen zum Beispiel *Downtown* von Petula Clarke, *Stop! In the Name of Love* von den Supremes, *Hey, Mr Tambourine Man* von den Byrds. Chris fand das alles etwas weichgespült und gefällig. Keine Ahnung, wo er die Tipps herhatte, er besorgte härteren Stoff, mit ersten psychedelischen Einsprengseln, er bekam Kassetten sogar aus den USA, mit ganz neuen, eigenartigen Bands wie den Charlatans. *See My Friends* von den Kinks war sein Lieblingssong, und er rezitierte ihn gerne, wenn er zu uns stieß, mit so einem Akzent, als habe er vom Zahnarzt eine Spritze bekommen: »See my frens ...« Das Lied hatte einen ganz eigenen, indischen Sound, wie ihn die Beatles dann etwas später ausprobierten.

»Die Kinks, Buddies, sind dem Namen nach Könige, aber eins kann ich ihnen nicht verzeihen: die Bühnenuniform. Das ist was für Soldaten, nicht für Könige. Ekelhaft!« So das Urteil von Chris Bradshaw. Und dann konnte es passieren, dass er das Wort *ekelhaft* noch ein Dutzend Male wiederholte, aber immer ein wenig anders intoniert. »Eckelhaft. EEEkelhaft. EkelHAFT.« And so on, sehr kreativ. Oder psychotisch. Unterscheidet sich ja oft kaum voneinander.

Es war auch das Jahr, in dem *My Generation* von The Who rauskam. Diese Jungs trugen keine Uniform mehr, und am Ende ihrer Shows zerstörte der Gitarrist sein Instrument, indem er es auf dem Boden zerschlug, was nicht nur optisch Dampf abließ, sondern auch eine brutale Kakophonie ergab. Das machte ihn zum Kaiser in den Augen von Chris Bradshaw.

»People try to put us down/Just because we get around/ Things they do look awful cold/Hope I die before I get old/ This is my generation/My generation, baby!«

Ich habe im Kreis der Jungs einmal laut gedacht und mich gefragt, welchen Sinn es haben sollte, dass jemand auf der Bühne sein doch sicher recht teures Instrument in Stücke schlug. »Was müssen diese Leute verdienen, um sich das leisten zu können? Ist das nicht ein wenig barbarisch?« Sätze, die ich schwer bereute. *Spießer* und *Tory* waren nur die mildesten Beschimpfungen, bestenfalls wurden meine Zweifel als *rührend* bezeichnet. Man hat mich dazu gebracht – denn ich verfügte nicht über genug Selbstbewusstsein –, mich zu schämen. An diesem Abend begriff ich, dass Jugend ein Synonym für Aggression ist, ob sie sich in politischem Furor äußert, in sinnlosen Zerstörungsorgien oder gruppendynamischen Hahnenkämpfen. Bart und Roger waren meine Freunde, zweifelsohne, doch ließen sie keine Gelegenheit verstreichen, sich bei Chris auf meine Kosten anzudienen, um in der Gruppe sozusagen *aufzusteigen*. Das geschah nicht offensichtlich, nicht brutal oder gemein; es wurde hingenommen und gleich wieder vergessen. Man teilte aus und steckte ein, bekam ein dickes Fell und mancherlei Neurosen, von denen wir nichts wussten.

Chris wurde immer besser auf der Gitarre und besaß eine eindrucksvolle Stimme; wir hatten viel Spaß beim Jammen, mit improvisierter Percussion, die auf alten

Eimern und Holzblöcken stattfand. *I Can't Get No Satisfaction* von den Stones wurde am Ende des Jahres zu einer Art Hymne für uns ungevögelte Burschen. Wir hätten zehn Jahre unseres Lebens dafür gegeben, mal Sex mit einem hübschen Mädchen zu haben. Und fünf Jahre, wäre es hässlich gewesen.

Chris war ein Erleuchteter für uns, ein Gebenedeiter unter den Jungs, *a blessed boy*, schon angekommen im Paradies. Und wenn er *davon* erzählte, waren wir ergriffen wie von einer aufwühlenden Predigt, ganz egal ob er die Wahrheit sagte. Das spielte keine Rolle mehr.

»Lasst uns eine Band gründen, Leute! Nennen wir sie THE BLESSED BOYS! Wie findet ihr das? Windet sich was im Kindergehirn hinter der Stirn?«

Er deutete an, dass Deborah Rodgers eine Schwäche für junge Männer habe und insgeheim davon träume, von mehreren zugleich genommen zu werden, auch wenn sie das – natürlich – nie offen zugeben würde. Chris besaß das Talent, sogar ganz unwahrscheinliche Sachverhalte glaubhaft zu schildern, indem er in Nebensätzen viele Wenn und Aber hinzufügte. Laut seinem Credo hatten Frauen ebenso viele erotische Bedürfnisse wie Männer, waren eben nur gehemmt durch Erziehung oder Furcht vor Schwangerschaft oder vor Geschlechtskrankheiten. Bald komme eine Zeit, da sie keine Angst mehr haben müssten. Dann gehe die Post ab. Wow! Ich meine, auf gewisse Art behielt er ja recht.

Ich glaube nicht, dass ich mit Zachary Wright damals mehr als drei Sätze gewechselt habe, also kann ich nicht behaupten, ihn gekannt zu haben. Sicher war er hin und wieder Thema, wie jeder Mathelehrer, aber nicht im Zusammenhang mit Miss Rodgers. Wir wussten damals nicht, dass zwischen den beiden etwas lief. Obwohl praktisch nichts lief und es also gar nicht so viel gab, was wir hätten wissen können. Das kam erst nach und nach heraus.

Rückblickend kann ich sagen, dass seine Motive sich von unseren nicht arg unterschieden, doch seine Liebe zu Deborah besaß einen romantischen, ritterlichen Faktor, im Grunde war er ein guter Kerl. Diese Wochen müssen eine Hölle für ihn gewesen sein.

»Sie hat so schöne zierliche Füße. Ich mag es, wenn sie ihren kleinen Zeh in mein Nasenloch steckt.«

»Hör auf, Chrissie, das is ja eklig! Das denkst du dir doch aus!« Sagte Joker-Joe. Und Jack meinte, beinahe kreischend: »Ich will das hören! Jede verdammte Einzelheit! In Zeitlupe und Nahaufnahme!«

So war das. Wir wollten es nicht anders. Chris versorgte uns endlich wieder mit gelegentlichen Neuigkeiten, was seine heimliche Beziehung zu Miss Rodgers betraf. Fabulierte von spontanen Quickies auf der Lehrerinnentoilette. Das war für uns, wie wenn heutige Jugendliche sich auf ihren Laptops schnell noch ein Youporn-Video gönnen vor dem Schlafengehen.

Zachary Wright (1985)

Ende September hatte Chris seine Strafarbeitsstunden hinter sich gebracht und ging zu einem neuen Angriff über. Er teilte Deborah mit, in den Besitz aller intimen Briefe gelangt zu sein, die sie mit seinem Vater gewechselt hatte. Briefe, die ihn angenehm erregt hätten und angeblich klar bewiesen, dass sie eine Abtreibung vorgenommen habe bzw. zu diesem Zeitpunkt erst noch vornehmen wollte. Er fordere indes keine dauerhafte Beziehung mehr, stattdessen nur eine einzige Nacht der Leidenschaft.

Deb informierte mich über die neue Situation und bestätigte, dass es diesen Briefwechsel mit John Bradshaw gegeben hat. Verliebte Briefe, verrückte, verzweifelte Briefe und auch solche, in denen der Fabrikant ihr eine Adresse genannt habe, um ihr *Problem* diskret aus der Welt zu schaffen. Das Honorar für den Arzt würde er selbstverständlich übernehmen.

Falls Chris tatsächlich in den Besitz dieser Briefe gelangt war, hatte er genug in der Hand, um Deborah mindestens zu ruinieren, vielleicht sogar ins Gefängnis zu bringen. In dieser prekären Situation wandte sie sich an mich.

Sie wisse nicht, wie sie reagieren solle. Ohne es explizit zu sagen, forderte sie von mir nicht nur billigen Trost, sondern eine klare Stellungnahme. Was antwortet man da – als liebender Mann? Selbstverständlich versprach ich, zu helfen, wenn nötig mit allen vorstellbaren Mitteln. Dafür bekam ich endlich einen Kuss. Ich gebe ganz offen zu, dass ich ebenso überfordert wie großspurig war. Von Sinnen? Ja, wenn Sie so wollen. Es musste etwas geschehen. Ich zermarterte mir das Hirn auf der Suche nach einer Lösung.

Samuel Eastman (1985)

Von da an wurde es wirklich kurios. Ich bekam den Eindruck, Zach wäre ein bisschen übergeschnappt. Er zog mich in der ersten Pause zur Seite, skizzierte kurz die Lage, ohne allzu viele Details, er teilte mir gerade so viel mit, um Deborah nicht zu kompromittieren. Für ihn stand fest, wir müssten handeln. Ach. *Wir?* Weshalb *wir*?

Egal, darauf ging er nicht ein. Und ich muss sagen, mir war nicht behaglich dabei, ich meine die brüske Art, wie er mir die Pistole auf die Brust setzte, denn er hielt es für nötig, zwischendurch auf meine Affäre mit Abigail anspielen zu müssen, so, als würde er mich gegebenenfalls damit erpressen. Ich glaube, es ging ihm allein darum, den Ernst der Angelegenheit anzudeuten, dennoch passte mir sein Tonfall nicht. So redet man nicht unter Freunden. Es war der Zeitpunkt, an dem unsere Freundschaft einen ersten Knacks bekam. Und dann erst sein Vorschlag, vielmehr seine Frage, ob ich Rizin herstellen könne. *Rizin!* Das ist ein tödlich wirkendes Gift, wenige Stunden nach dem Tod im Körper schon nicht mehr nachweisbar, also das perfekte Mordwerkzeug. Ich sagte ihm, Zach, sagte ich, du hast nicht mehr alle Latten am Zaun, ich bin ein Chemielehrer auf dem Lande, kein Chemiker, mein Labor ist ein besseres Spielzeug, damit kann ich kein Rizin herstellen, jedenfalls nicht so schnell. Und du redest doch nicht ernsthaft von einem *Mord* an einem *minderjährigen Schüler*? Könntest du dir so etwas allen Ernstes auf dein Gewissen laden?

Zachary war sehr aufgeregt und hielt dagegen, es handele sich um pure *Notwehr,* Chris Bradshaw sei ein Teufel, und wenn kein Teufel, dann *lebensunwerter Abschaum,* und wenn ich ihm nicht helfen würde, dann mache er es in Gottes Namen allein. Jesus. Da habe ich, um Schlimmeres zu verhindern, *Ja* gesagt, in Ordnung, wir geben dem Früchtchen eine Abreibung. Eine, die er nicht so leicht vergessen wird, aber auch eine, die uns nicht ins Gefängnis bringt. Plötzlich standen wir beide auf ganz dünnem Eis. Mir war nicht klar, wie er oder ich jemals wieder ans rettende Ufer kommen sollten.

*

Zachary Wright muss Deborah Rodgers dann angestiftet haben, ein paar Zeilen von Hand zu schreiben und sie Chris zuzustecken oder sie ihm auf irgendeine Weise zukommen zu lassen, ich weiß nicht genau, wie das ablief, ist auch nicht wichtig. Am Abend jedenfalls prahlte Chris vor uns mit diesem Zettel. *Lord in Heaven.* Wir hatten es plötzlich schwarz auf weiß: *Triff mich um Mitternacht am alten Brunnen, D.* Wow, wow, wow! Es war eine eindeutig feminine Handschrift, von einer Erwachsenen, eindeutig. Alles, was Chris uns berichtet hatte, konnte demnach die reine Wahrheit gewesen sein. Was für ein heiß-geiler Scheiß! Mein Nacken brannte vor Euphorie, mein Magen wurde zentnerschwer. Anhand dieser Erinnerung weiß ich auch wieder, dass wir zuvor seinen Prahlereien wohl nie ernsthaft geglaubt hatten, sondern nur in so einer Art Paralleluniversum.

Es war kein großes Problem, den Wohntrakt nachts zu verlassen, unser Zimmer lag im Erdgeschoss, und die Fenster waren nicht gesichert. Beim Gedanken, dass Chris um Mitternacht da draußen die wunderschöne Miss Rodgers beglücken würde, bekamen wir Bauchschmerzen vor Neid. Aber Chris drohte uns mit Tod durch Genickbruch, falls wir ihm nachschleichen würden, um heimlich zu gucken.

Er ist kurz vor Mitternacht aus dem Fenster geklettert, und wir haben die Läden hinter ihm zugemacht, nicht verschlossen, nur angelehnt, sodass er auf derselben Route zurückkehren konnte, falls vorne die Tür abgesperrt wäre, was hin und wieder vorkam.

Zachary Wright (1985)

Aus heutiger Sicht kommt mir die Sache lächerlich vor und albern, doch zu meiner Verteidigung muss gesagt sein, dass ich mir und Deborah nicht anders zu helfen wusste, dass irgendetwas zu geschehen hatte, schon damit Deb, die mit den Nerven am Ende war, nicht durchdrehte oder sich vielleicht sogar etwas antat. Gibt Leute, die haben wegen viel weniger zum Strick gegriffen.

Christian Bradshaw erschien pünktlich um Mitternacht am alten Brunnen, der, das muss man erwähnen, schon vor vielen Jahrzehnten zugeschüttet worden war, damit nicht noch jemand hineinfiel. Man konnte darin sitzen und sich verbergen.

Ich trete Christian also entgegen, sage ihm, er solle Miss Rodgers fortan in Ruhe lassen, sonst –

»Sonst was, alter Mann?«

Er nannte mich, der ich noch keine dreiunddreißig war, einen alten Mann, was meine Wut auf ihn begreiflicherweise nicht gelindert hat. Ich ballte beide Fäuste, und er – zieht ein Klappmesser, so ein Stilett, dessen Klinge auf Knopfdruck aus dem Griff schnellt. Ich war erstaunt, ich bekam Angst, und – das glaubt man mir vielleicht nicht – gleich im nächsten Moment war ich *erfreut*. Warum? Na ja, nun lag tatsächlich eine Notwehrsituation vor, für den Fall, dass wir vor Gericht landeten. Ein Schüler zieht ein Messer und droht seinem Lehrer. Chris tänzelte um mich rum, und Sam, der sich im Brunnen versteckt hatte mit einem chloroformgetränkten Lappen, dem wurde es zu riskant, wegen des Messers, also nahm er nicht den Lappen, sondern einen Ziegelstein und zog Bradshaw von hinten eins über. Ich lache noch heute. Es glich einer Slapsticknummer, wie einstudiert, eine nahezu perfekte Choreographie. Bradshaw fiel um, zack-bumm, ohne einen Laut von sich zu geben. Er hätte tot sein können, und sicher wäre das eine ganz akzeptable Lösung gewesen. Weil wir annahmen, dass er nicht lange ohnmächtig sein würde, haben wir ihm noch das Chloroform verabreicht. Für ein paar Stunden war der Bursche aus dem Verkehr gezogen, und ich muss ehrlich sagen, dass es mir Genugtuung, ja Begeisterung bereitete, ihn so vor mir liegen zu sehen. Samuel, nicht nur ein bärenstarker, sondern auch ein herzensguter Mensch, schien zutiefst erschrocken über das, was er getan hatte, aber ein wenig schmunzelte auch er.

Zu zweit trugen wir Chris über den Hof, zum Marstall, luden ihn in einer ehemaligen Pferdebox ab und zogen ihm die Kleider aus. Er würde irgendwann am frühen Morgen, vor Kälte zitternd, aufwachen und nackt in sein Zimmer schleichen müssen. Und hätte keinerlei Beweis gegen uns in der Hand. Sie finden, das hört sich grausam an? Die Zeiten damals waren nicht so zimperlich. Wir mussten ein Zeichen setzen. Mussten dem Abschaum klarmachen, dass wir bereit waren, auch unkonventionelle Wege zu gehen. Bradshaw sollte Respekt bekommen. Hat ja auch funktioniert. Fürs Erste. Er trug keine bleibenden Schäden davon, jedenfalls keine physischen. Offenbar ist es ihm gelungen, noch vor Sonnenaufgang in sein Bett zu kriechen. Am nächsten Morgen erschien er nicht zum Unterricht, hat sich krankschreiben lassen.

*

Ich wurde gegen drei Uhr morgens vom Klappern der Fensterläden wach, tat jedoch, als schliefe ich. Es gab in jener Nacht (Anm.: des 29. September) nicht viel Mondlicht, man konnte nur schwache Konturen erkennen. Chris schwang sich ins Zimmer, fluchte leise, schlüpfte sofort in sein Bett und zog sich die Decke über. Mir schien, als habe er keine Kleider am Leib gehabt. Die Vorstellung, dass er direkt von einer erfolgreichen Ausschweifung zurückkehrte, wirkte so stark auf mich, dass ich einen Harten bekam.

Zachary Wright (1985)

Ich habe Deborah berichtet, auf welche Weise ich dem Schüler Bradshaw nachts einen Schuss vor den Bug verpasst hatte. Eine robuste und deutliche Warnung, die er so schnell nicht vergessen werde. Sam hielt ich aus der Erzählung komplett raus.

Deborahs Reaktion war, gelinde gesagt, ernüchternd. »Er lebt also. Oder tut er das etwa nicht?«

Das hat mich sprachlos gemacht, konsterniert, ja erschüttert. Dieser grausame Tonfall, wie der einer antiken Kaiserin. Kein Wort, keine Silbe des Lobes. Kein Kuss.

Und schon am Nachmittag lief Christian Bradshaw wieder durch die Flure, zwar mit einem großen Pflaster am Hinterkopf, doch ziemlich lebendig.

Wir Jackjoejims waren natürlich neugierig und fragten Chris, was passiert sei, woher er die Wunde habe usw., sein Kopfkissen wies Blutflecken auf. Er gab zur Antwort, er habe sich den Schädel an einem Balken gestoßen, eben, als er aufgestanden sei, um sich von Miss Rodgers zu verabschieden, eine superblöde Sache. Und ich will nicht verheimlichen, wie drastisch und plastisch er daraufhin schilderte, welchen Anblick er eben hatte genießen wollen, ich erspare mir weitere Worte, kann man sich ja denken. Wir wollten von ihm wissen, wann auch wir in diesen Genuss kommen würden. Er lachte bloß. Man konnte ihm einiges vorwerfen. Falsche Versprechungen nicht.

Samuel Eastman (1985)

Über Wochen hin geschah kaum etwas Außergewöhnliches. Es sah aus, als habe die Lektion auf Bradshaw gewirkt. In keinem Kurs saßen er und Miss Rodgers sich direkt gegenüber; Englisch hatte er bei Mister Norrington, und es war sein bestes Fach. Wortgewandtheit war ihm nicht abzusprechen. Schwach war er in den Naturwissenschaften, doch hauptsächlich deshalb, weil sie ihn nicht interessierten. Seine schulischen Probleme waren keineswegs auf mangelnde Intelligenz zurückzuführen, er hatte es selbst in der Hand, einen passablen Abschluss zu machen.

Abigail Jenkins (1985)

Sam hat mir irgendwann die ganze Sache erzählt, weil sie ihn schwer belastete, und ich suchte daraufhin Deborahs Nähe, wollte ihre Freundin werden. Mir schien es, als besäße sie keine Freunde in der Lehrerschaft. Sie machte immer einen etwas spröden und zurückhaltenden Eindruck, und es dauerte, bis sie mir ein wenig Vertrauen entgegenbrachte. Das plötzliche Verstummen Chris Bradshaws nahmen wir mit Misstrauen, aber auch zaghaftem Optimismus wahr. Sie litt sehr darunter, dass er offenbar belastendes Material über sie besaß, welches er jederzeit veröffentlichen konnte. Doch es geschah nichts. Bradshaw suchte nicht einmal ihre Nähe. Fast hätte man annehmen können, dass er ihr aus dem Weg ging. Vielleicht war das belastende Material auch gar nicht soo belastend. Deborah hätte sich ja darauf herausreden können, die Schwangerschaft nur erfunden oder eine Fehlgeburt erlitten zu haben. Als ich ihr diese mögliche Ausrede vorschlug, lächelte sie und zwinkerte ein wenig.

*

Chris hat nie direkt darüber gesprochen, dass er mütterlicherseits ein halber Deutscher war. Das wäre, so kurz nach dem Zweiten Weltkrieg, zu kompromittierend für ihn gewesen. Deutsche waren in unserem Land immer noch verhasst für das, was sie der Menschheit angetan hatten.

Einmal, ziemlich betrunken, hat er eine Kassette abgespielt, das war irritierend für uns. Etwas Deutsches, ein Lied von einem jüdischen Komponisten namens Gustav Mahler, es hieß: *Ich bin der Welt abhandengekommen*. Chris hat es uns übersetzt. Wir dachten, er wolle uns provozieren oder hochnehmen. Das war eindeutig was *Klassisches*.

I am lost to the world
With which I used to waste so much time.
It has heard nothing from me for so long …
It may well believe that I am dead.

Ich bin der Welt verloren gegangen,
Mit der ich sonst viel Zeit vergeudet habe.
Sie hat schon lang nichts mehr von mir gehört …
Soll sie doch denken, ich sei gestorben.

Es wäre mir auch völlig schnuppe,
ob sie mich für tot hält;
Ich könnte es gar nicht abstreiten.
Tatsächlich bin ich für die Welt so was wie tot.

Ich hab mich aus dem Zirkus ausgeklinkt
und lebe zurückgezogen in der Stille.
In mir, in meinem kleinen Paradies,
in meiner Liebe, in meiner Musik.

Okay, den Text fanden wir ganz gut. Die Musik indes klang nach Opas eingeschlafenen Füßen. Wir waren so blöd. Heute liebe ich dieses Lied wie kein anderes, aber worauf ich eigentlich hinauswill: Keiner von uns kam auf den Gedanken, dass Chris uns damit vielleicht etwas von sich erzählen wollte. Nie wieder hat er uns Ähnliches vorgesetzt. Wir müssen ihn enttäuscht haben mit unserem Gähnen und Gekicher.

Jene Wochen hätten Möglichkeiten geboten, ihm näherzukommen, ich hätte mich eben ein wenig verstellen, hätte mit ihm Mahler hören müssen. Chris schien sich von uns abzukapseln, schien in sich hineinzusehen, er las viel – und sehr seltsames Zeug, zu dem man als Schüler sonst höchstens gezwungen wurde: Shakespeare, Byron, dazu deutsche Autoren, die wir nicht kannten, Rilke, und natürlich immer wieder Nietzsche. Chris hat nie Ambitionen geäußert, ein Schriftsteller zu werden, bis auf einmal, allerdings nur indirekt. Ich erinnere mich an einen Dialog mit ihm, er meinte: »Menschen sind Wesen, aus denen regelmäßig Scheiße herauskommt. Wie kann man ernsthaft glauben, sie wären je zu Höherem fähig?«

»Na gut, Chris, aber – für welche Wesen gilt das nicht?«

»Für Götter, Engel, Dämonen und Comichelden.«

»Die ersten drei gibt es nicht wirklich. Letztere nur auf dem Papier.«

»Papier ist eine andere Welt. Der unsrigen überlegen. Auf dem Planeten Papier ist so vieles mehr möglich. Ich glaub, ich werde einmal dorthin umziehen.«

Im Oktober gab es einen fulminanten Höhepunkt, der allerdings nichts mit Miss Rodgers zu tun hatte. Aber wieder mit Musik. Per Postpaket wurde Chris eine elektrische Gitarre zugestellt sowie ein kleiner Marshall-Verstärker. Chris, als stünde nicht die Gitarre, sondern er selbst wieder unter Strom, führte uns das Teil vor; es wirkte wie eine Offenbarung. Selbstverständlich hatten wir da und dort schon mal eine gesehen und gehört, doch nie hatte uns jemand demonstriert, wieviel Lärm so was machen konnte. Die Mauern des alten Gebäudes bebten – keine Phrase. Die Lehrer waren sofort alarmiert und bereit, prophylaktische Verbote auszusprechen. Chris aber ging mit weit ausgestreckten Armen auf sie zu und beantragte ein Projekt. Er wolle eine Schulband gründen, um damit aufzutreten, wenn möglich bereits an Weihnachten, spätestens aber im Mai, bei der großen Abschlussfeier. Dagegen konnte eigentlich niemand, der nicht stockkonservativ war, etwas einwenden. Umso mehr, als der Problemzögling Bradshaw plötzlich handzahm und kooperativ daherkam. Direktorin Pinkerton stellte denn auch eine der ehemaligen Pferdeboxen als Proberaum zur Verfügung. Ob aus eigener Überzeugung oder einem widerwilligen Zugeständnis an den Zeitgeist wird kein Mensch je wissen.

Festgelegt waren die Probezeiten von 19 bis 21 Uhr und sonntags den gesamten Nachmittag über. John Bradshaw schrieb einen Scheck, mit dem ein elektrischer Bass und ein Schlagzeug angeschafft wurden. Bald hing eine Liste aus, in die man sich eintragen konnte, wollte man Mitglied der *Raven Hall Schulband* werden.

Unter der Hand ließ Chris uns, die Jimjoejacks, wissen, dass es pro forma eine Ausschreibung geben müsse, er aber niemand anderen für die zu vergebenden Posten vorgesehen habe. Blieb nur das Problem: Wir konnten nichts. Nichts Besonderes jedenfalls. Egal, meinte er, wir müssten eben üben, so schwer sei das nicht. Ein Wesensmerkmal des Rock 'n' Roll sei es, einfach erlernbar zu sein. Fleiß und Wille würden mangelndes Talent schnell aufwiegen.

Zu unser aller Überraschung fanden sich auf der Liste dann doch ein paar Namen, denen man eine Chance geben musste, wenigstens um den Anschein zu wahren. Ein richtig guter Bassist war nicht dabei. Klarinettisten hätten wir haben können. Einen mit ner Zither. Und einen mit Akkordeon. Doch dann! Am Schlagzeug brillierte ein Junge, dem niemand so etwas zugetraut hätte, das war Cecil Collins, der pummelige Junge aus der Neunten. Wir hörten ihm zu, mit weit aufgerissenen Augen und Mündern. Nun hatten wir ein Problem. Keiner von uns wollte so jemanden in der Band haben, egal wie gut er war.

Aus dem Abstand der Jahre ist schwer zu begründen, warum Cecil nicht in Frage kam, anders gesagt stellt uns das in ein recht erbarmungsloses Licht. Ich kann mich dafür nur entschuldigen, aber Jugendliche sind so, und wenn man es sich genauer überlegt, ist es nicht unnatürlich, wenn vier Freunde unter sich bleiben wollen. Cecil war auch einfach zwei Jahre zu jung, gerade mal fünfzehn. Da spielt man beinahe noch mit Plastiksoldaten. Nicht Schlagzeug.

Chris holte uns zum Huddle. *See my frens!* Und er sprach ein Machtwort. Cecil würde unser Schlagzeuger sein. Punkt. Wir waren verblüfft. Vor vollendete Tatsachen gestellt, empfunden wie ein Erschießungskommando. Wir gaben uns leicht beleidigt, murrten und knurrten. Aber Chris pflanzte sich vor uns auf und nannte uns Querulanten und Nörgelfritzen. »Wir machen Musik! Gute Musik. Große und laute Musik! Macht euer großes und lautes Maul erst wieder auf, wenn ihr etwas könnt! Bis dahin fügt euch, nehmt euren Platz, euer Plätzchen ein, ihr Kummerkekse im Schicksalsrad!«

Na gut. Joe übernahm den Bass und übte jeden Tag. Jack und ich durften auch dabei sein, als Backgroundsänger und am Tamburin bzw. den Bongos.

Zachary Wright (1985)

Erst nach circa drei Wochen gab es eine neue Unterredung zwischen Chris Bradshaw und Deborah Rodgers. Die Initiative ging dabei von ihr aus; sie konnte wohl die Spannung nicht mehr aushalten und wollte endlich wissen, woran sie war, womit sie noch zu rechnen hatte. Sie begegneten sich am Rand eines Fußballspiels, bei dem eine Auswahl der Schüler von Raven Hall gegen die Dorfmannschaft von Quainton ein 3:3 Unentschieden erreichte. Deborah erkundigte sich im Vorübergehen nach seinem Wohlbefinden, ich vermute mal, mit einem sehr ironischen Ton in der Stimme. Vielleicht auch nicht. Bradshaw entgegnete, es gehe ihm ganz gut so weit, manchmal bekomme er noch Kopfschmerzen. Apropos, sagte er, er müsse anerkennen, dass sie, Deborah, offenbar Freunde habe, die Schneid besäßen, das fände er imponierend. Er leide unter Einsamkeit, sagte er und drückte sich wie so oft sehr verschraubt aus, sprach von *weiblicher Leibabsenz,* die ihm zu schaffen mache. Dann wiederholte er sein *Schnäppchen-Angebot*. Sie solle ihm einmal, ein einziges Mal zu Willen sein, dann werde *die Sache mit den brunftigen Briefen* aus der Welt geschafft. Er könne nicht verstehen, warum sie einem so vernünftigen Vorschlag so wenig Pragmatismus entgegenbringe.

»Als wäre ich alt und hässlich. Objektiv betrachtet, liebe Debbie, müsstest du *mich* begehren.«

Deborah gab zur Antwort: »Lieber sterbe ich, als mich von dir Debbie nennen zu lassen.« Das brachte ihn zum Lachen, und er sagte, wenn sie lieber auf Prinzipien rumreiten wolle als auf ihm, müsse sie eben mit Konsequenzen rechnen.

An diesem Punkt wurde Deborah forsch und fragte ihn, warum er die Briefe noch nicht lanciert habe.

»Nun, vielleicht, weil ich dich verehre, Debbie. Ich könnte dir enorm schaden, das stimmt. Aber damit würde ich dich nicht bekommen. Also hoffe ich, dich in der Zeit, die wir hier gemeinsam verbringen müssen, noch irgendwann umzustimmen. Das macht das Jahr um einiges spannender. Wenn du im Gefängnis wärst, könnte ich nicht jeden Tag deinen Anblick genießen, wozu sollte ich mir das freiwillig antun? Die Briefe sind eine Art Rückversicherung. Es kann in den nächsten Monaten noch viel passieren, weißt du?«

Nach diesen Worten warf er ihr eine Kusshand zu und drehte sich um, tänzelte, überlegte es sich dann anders und flüsterte ihr noch was ins Ohr. Deb war sich nicht sicher über den genauen Wortlaut. Bradshaw sagte wohl so etwas wie, dass er sich jetzt erst mal ein Übergangsobjekt suchen müsse, um seinen Triebstau abzubauen.

»Was oder wen meint er damit?«, fragte ich Deborah.

»Ich hab nicht die leiseste Ahnung.« Bei diesen Worten strich sie mit drei Fingern über meinen Handrücken. Es war der Himmel. Ich fürchte, es klingt lächerlich, aber so war es.

*

Wir hatten enormen Spaß mit der Band. Einen ganzen Abend lang diskutierten wir über den Namen, den wir uns geben wollten. THE BLESSED BOYS fanden wir plötzlich nicht mehr so toll, denn er konnte böse missverstanden werden, im schlimmsten Fall klang er nach christlicher Gospelgruppe. Es sollte ein provokanter

Name sein, doch einer, mit dem unsere Songs gerade noch so im Radio gespielt werden konnten. Nichts ist ja euphorisierender als Größenwahn bei noch kaum vorhandener Substanz. Chris war ein guter Gitarrist und Cecil ein noch besserer Drummer. Joe gab sich Mühe. Fast jeden Tag entstand ein neuer Song, und Chris tüftelte an den Lyrics. Meist hatten sie eine neue Ära zum Thema, in der es Gerechtigkeit für alle geben würde, dank einer Revolution aus der Musik heraus. Darunter machte er es nicht. Öde Liebeslieder, in denen es darum ging, einer Tussi die Hand halten zu dürfen, kamen für ihn nicht in Frage. (»Viele dieser bevorzugt von Streichinstrumenten untermalten Lieder drehen sich darum, dass Frauen gebeten werden, sich dem Sänger sexuell hinzugeben, woraufhin der einer jeden, die das tut, verspricht, ihr ein Leben lang hörig zu sein. Sehr durchschaubare Musik.«) Manchmal klang er wie ein Alien, der die Sonderbarkeiten der menschlichen Rasse nach Hause telegrafiert. Der Sozialismus werde siegen. Oder der Faschismus. Oder irgendwas Fundamentales. Aber wahrscheinlich der Sozialismus. Das klingt jetzt klarer, als er es gesagt hat. Hören wir mal rein:

»Es wird eine Revolution kommen. Welche es sein wird, wissen wir nicht, aber sie kommt, wie ein Geier zum Aas, und diese Gesellschaft ist Aas, ist innerlich verfault und verwest, und nur eine fette Schicht Fett samt einer dünnen Schicht Haut hindert den Gestank daran, auszuströmen aus dem Leib, um allen Menschen kundzutun, siehe, sehet, hier geht ein Verwesungsprozess vor sich, und wir brauchen die Geier, die harten, hackenden Schnäbel der Geier, damit sie aufräumen und uns die Luft reinigen. Jene, die parasitär in der

Haut stecken, die im Gedärm sitzen, Scheiße fressen und von innen alle Risse nähen, um den Verwesungsfortschritt zu kaschieren, die müssen wir aus Leib und Gedärm herausreißen. Notfalls mit riesigen heißen Zangen zum Arschloch hinaus. Es wird einen faschistischen Zugriff geben auf die Leichenteile der Demokratie, und einen sozialistischen Zugriff, und beide werden erbittert Kampf gegeneinander führen, und es wird Chaos herrschen, und auch die Religiösen werden ihre Chance wittern und hervorkriechen aus ihren Höhlen und Krypten im Zeichen des Kreuzes, des Halbmonds oder des siebenarmigen Leuchters ...«

Na ja. So ungefähr hörte sich das an, wenn Chris was intus hatte und predigte oder aufklärte oder analysierte. Keiner verstand was Genaues, außer dass Action irgendeiner Art bevorstand und es vielleicht keine gute Idee war, waffenlos still rumzusitzen. Ich glaube, wenn ich es so zusammenfassen darf, Chris träumte von einer gerechten Welt, bei der das elitäre Individuum nicht von kollektiven moralischen Werten erdrückt wurde. Wie das dann praktisch aussehen sollte, wusste er wohl selbst nicht. Vielleicht so eine Art sozialistische Gerechtigkeit für alle plus einer Geistesadelskaste mit eigenen Regeln. Wir fragten auch nicht nach. Erst einmal stand ja die Revolution an. Wenigstens das war eine klare Sache, unausweichlich. Das Alte musste weg. Dann würden Verteilungskämpfe folgen. So weit war die Prophezeiung völlig plausibel. Wir Landeier waren so unpolitisch wie Küchenschränke. Was Chris über den Sozialismus erzählte, klang gut und logisch. Keiner von uns stammte wie er aus einer begüterten Familie. Wohlstand für alle und Muschis ohne Ende. So ungefähr hat er es uns verklickert. Da konnte kein vernünftiger Mensch etwas dagegen haben. (»Nein, nur eine Muschi für jeden. Aber für jeden eine.« – »Ach so, okay, immerhin.«) Die Revolution werde nicht kampflos zustande kommen, sonst wäre es keine. Ja, klar. Leuchtete ein. Die Inhaber der Privilegien würden diese nicht einfach abgeben. Das sagte ausgerechnet der, der von uns am ehesten über Privilegien verfügte. Was uns nicht auffiel, im Gegenteil. Es war doch toll, dass ausgerechnet jemand wie Chris sich entschlossen hatte, während der kommenden Umwälzungen auf der richtigen Seite zu stehen. Er machte uns nach und nach zu Kämpfern, zu potentiellen Helden des Widerstands. Raven Hall sei Sinnbild und Symptom des *Ancien Régime*. Den Begriff musste er uns übersetzen. »Das Pack, das auf den Geldsäcken hockt und vorhat, unsre Gehirne zu kontrollieren.« Ach so.

Cecil war pflegeleicht. In dem Sinne, dass er gar nicht erst versuchte, unser Freund zu werden. Wie eine Art Gastarbeiter, der antritt, seine Leistung abliefert und sich danach diskret zurückzieht. Inwieweit er das aus Klugheit oder Schüchternheit so hielt, weiß ich nicht. Ich vermag nicht einmal zu sagen, ob er ein netter Kerl war. Kann sein. Oder auch nicht. Chris jedenfalls schien ihn zu mögen, er hat uns deutlich davor gewarnt, ihn grundlos zu triezen. Und doch blieb Cecil ein Fremdkörper, wir redeten mit ihm nur, wo es notwendig war, also ausschließlich, wenn es um musikalische Belange ging. Er hätte ein Roboter sein können. Wir fragten ihn nicht einmal, woher er so gut trommeln gelernt hatte. Und er war wirklich ausgezeichnet für sein Alter, sehr präzise, konnte mit links Triolen und mit rechts einen sturen 4/4-Beat schlagen. Sein Idol sei Keith Moon. Das klang aus dem Mund eines Dreikäsehochs lustig, weil etwas vermessen, aber Chris lobte ihn und fand es richtig und zielführend, sich immer die Allerbesten zum Vorbild zu nehmen. Ich war etwas eifersüchtig und bereute es, nie ein Instrument gelernt zu haben, kam mir blöd vor mit meinem Tamburin, aber im Gegensatz zu Jack durfte ich wenigstens ein paar Vokalisen singen und die Refrains. Wir hatten nur *ein* Mikrofon, um das wir uns scharten. Für den Proberaum genügte das. Für eine Bühne nicht. Prompt schickte Mr Bradshaw ein Paket, danach hatte jeder sein eigenes Mikro. So einfach. Hopplahopp.

Ich hatte das Gefühl, mich bei Mr Bradshaw bedanken zu müssen, wie man das eben macht, wenn man beschenkt wird. Ich habe Chris gebeten, seinem Dad meinen Dank auszurichten. Er winkte ab. Sein Vater habe so viel Geld, dass es unanständig sei, hässliche Haufen von Geld, man müsse ihm nicht für Almosen dankbar sein. Ich habe mich über diese Worte gewundert. Sie hörten sich einfach nicht richtig an.

Hausmeister Harold Brady (1985)

Die Jungs machten Lärm, aber sonst keinen Ärger. Ihre *Songs* bestanden aus höchstens drei Akkorden, ich denke, sie hätten Jahre später, als der Punk ins Land kam, Chancen auf etwas Erfolg gehabt. Meine Sorge war, dass in diesem improvisierten Proberaum gesoffen und geraucht würde, was ich ihnen strengstens verboten hatte. Sie hielten sich daran, erstaunlicherweise. Nicht aus Nettigkeit, nein, sie hatten Angst, den Proberaum zu verlieren. Bis auf diesen Psychopathen Bradshaw waren das alles Weicheier.

*

Das dunkle Kapitel mit Cecil ist mir sehr unangenehm, denn ich, als einer von den drei Lakaien – so muss ich uns leider bezeichnen –, hätte in diesem Kapitel eine Rolle spielen müssen. Aber ich kann nun mal nichts anderes sagen als dies: Mir war das Ausmaß der Sache nicht bewusst, oder wenn es mir bewusst war, dann besaß ich kein genügend ausgeprägtes Unrechtsbewusstsein. Es waren andere Zeiten, und solche Dinge kamen an Knabeninternaten ständig vor, das ist sicher immer noch so. Damals hielten die Leute dicht, fraßen es in sich hinein, verdrängten es. Cecil wollte so gerne der Drummer unserer Band sein, dass er dafür wohl alles getan hätte. Falls Chris tatsächlich diesen Umstand ausgenutzt haben sollte, das weiß ja keiner, hat er nie damit geprahlt, noch wären wir je Augenzeugen von irgendwas gewesen. Zu meiner Schande muss ich gestehen, dass es uns nicht sonderlich tangiert hätte. Ich meine, sexuell ausgehungerte Jungs machen vieles, die Einzelheiten muss ich wohl nicht aufzählen. Das war ganz normal. Und dann kommt es schnell zu Ferkeleien, meist in völligem Einvernehmen. Jungs nehmen so etwas lockerer als Mädchen, selbst wenn sie ein bisschen gezwungen werden; ich weiß, dass man das heute besser nicht mehr sagt, auch wenn es die Wahrheit ist. Dergleichen war zu jener Zeit kein Gesprächsthema, Schwulitäten waren verpönt, man konnte im Knast landen dafür. Doch im Knabeninternat galten im

Grunde dieselben Sonderregelungen wie im Knast. Dort ist erlaubt, was ansonsten pfui wäre. Ich meine, pfui in Anführungszeichen. Was auch immer tatsächlich passiert ist – Cecil hätte sich beschweren oder Chris bei der Polizei anzeigen oder die Schule einfach verlassen können. Nichts von alldem ist geschehen. Man könnte, rein theoretisch, sogar annehmen, dass er Gefallen an seiner Rolle fand. Denkbar ist das, auch wenn man heutzutage diese Möglichkeit meist unter den Tisch fallen lässt. Wir waren Kids. Es tut mir leid. Ich muss es noch einmal in aller Deutlichkeit sagen: Zu keinem Zeitpunkt habe ich mitbekommen, wie Cecil irgendetwas angetan wurde.

Zachary Wright (1985)

Da Cecil von mir Nachhilfe bekam, was zum Glück niemand außer uns beiden wusste, hatte ich einen direkten Draht zur Band. Ich musste es nur geschickt anstellen, ohne Cecils Argwohn zu wecken. Er war ein naiver kleiner Junge, der vor Stolz platzte, nun der Schul-Drummer zu sein, der neue Ringo sozusagen. Aber er war eben zwei Jahre jünger als die anderen und nicht grade frühreif. Er passte weder optisch noch mental zu dem Haufen. Und eines Sonntags fragte er mich, ob er mir etwas anvertrauen könne, das ihm auf dem Herzen liege, auf dem Herzen und der Seele gleichermaßen. »Selbstverständlich«, erwiderte ich, »was gibt's?« Er setzte zu etwas an, wurde rot, und dann schwieg er, es war nichts mehr aus ihm herauszubekommen. Doch mir ging sofort ein Licht auf. Man musste ja nur eins und eins zusammenzählen. Jetzt wusste ich, wen sich Chris Bradshaw als *Übergangsobjekt* ausgesucht hatte.

Ohne die Sache direkt anzusprechen, riet ich Cecil zur Beichte, denn er war gläubiger Katholik und konnte sich vorerst auf diese Weise Luft machen. Wenn er die Sache erst im Dialog mit einem Priester über die Lippen gebracht hätte, dann vielleicht bald auch gegenüber Lehrern oder Polizisten. Oje. Das mit dem Priester war eine Schnapsidee, denn er geriet an den, wie wir heute wissen, pädophilen Pastor Barnes, den es reichlich anmachte, was er da hörte, und der sich am eigenen Leib demonstrieren ließ, was passiert war. Nein, das ist natürlich nur ein Gerücht, vielleicht sogar bloß ein Witz, der sich der Fantasie aber geradezu aufgedrängt hat, es gab nie einen Beweis dafür. Das war auch das Problem mit Bradshaw – selbst wenn Cecil ihn angezeigt hätte, er hätte alles abgestritten. Und Cecil würde ihn ganz sicher nicht angezeigt haben, allein schon aus Furcht, aus der Band zu fliegen. Ich besprach das alles mit Deborah, denn in solchen Momenten, wenn wir flüsternd debattierten, durfte ich eine Hand auf ihr Knie legen.

»Wir müssen dem armen Jungen helfen.« Das waren ihre dauernd wiederholten Worte. Na klar, logisch, aber wie? Vielleicht würde es gelingen, Chris in flagranti zu erwischen. Am besten mit einem Beweisfoto. Dann konnten wir ihn von der Schule werfen. Wir würden *nicht* zur Polizei gehen, denn mehr als eine kleine Jugendstrafe würde dabei nicht rumkommen. Wir würden das Foto als Druckmittel behalten, falls der alte Bradshaw uns krummkommen würde. So ungefähr der Plan. Mit der Umsetzung in die Realität gab es ein paar Hindernisse. Anders ausgedrückt, der Plan war kompletter Schwachsinn. Schon deswegen, weil wir im Sinne der Fürsorge für einen Schutzbefohlenen sofort zur Direktorin hätten rennen und jeder weiteren sodomitischen Handlung zuvorkommen müssen.

Wir überlegten. Hin und her. Dann verlor Deb die Nerven und schnappte sich Bradshaw in der Freistunde, sagte ihm auf den Kopf zu, dass er Unzucht mit einem jüngeren Mitschüler treibe und dass sie es seinem Vater mitteilen werde, sollte damit nicht augenblicklich Schluss sein.

Bradshaw tat wie aus allen Wolken gefallen und wies die Vorwürfe weit von sich. Wen sie bloß meine? Ob sich jemand über ihn beschwert habe? Ob die Anschuldigung nicht vielmehr frei erfunden sei? Was sie so sicher mache? Ob sie Beweise habe? Und wofür genau eigentlich? Alles sehr berechtigte Fragen, und Deborah geriet in die Defensive, sie hatte wirklich nichts in der Hand; strenggenommen konnte Cecil sogar etwas ganz anderes gemeint haben. Wenn man jetzt so darüber nachdachte.

Chris verzichtete auch diesmal nicht auf Unverschämtheiten und verletzende Offerten. »Schau, Debbie, ich stehe auf Frauen, das weißt du, du musst es am besten von allen wissen ... Solltest du's vergessen haben, können wir es gerne auffrischen.« Sie gab ihm eine Ohrfeige, verständlicherweise, und Chris begann seinen Tanz zu tanzen.

Wir holten uns noch einmal Cecil und redeten gemeinsam auf ihn ein. Wir boten ihm einen Schultausch an, damit er seine Ruhe hätte.

»Ich will in der Band spielen.«

»Aber wir können nicht zulassen, dass Christian Bradshaw dir etwas antut.«

»Wie – antut? Er tut mir doch gar nichts. Wer sagt das?«

Ich bat Deb, für einen Moment das Zimmer zu verlassen, denn vor einer Frau würde Cecil vielleicht nicht reden.

»Es gibt Gerüchte, beziehungsweise Stimmen, die sagen, dass du ihm zu Diensten sein musst, dass du sein Sklave bist.«

»Das ist gelogen!« Der Kleine wirkte entrüstet, geradezu beleidigt.

»Du warst doch selbst nah daran, mir die Sache zu erzählen, mir das anzuvertrauen, was dir, ich zitiere, *auf dem Herzen und der Seele liegt*. Dann hast du geschwiegen, hast dich geschämt, aber ich sage dir hier unter uns beiden: Man muss sich dessen nicht schämen, nicht, wenn man das Opfer ist.«

»Ach, lassen Sie mich doch bitte in Ruhe, Mr Wright, das stimmt doch alles nicht.«

»Ich verstehe sehr wohl, dass dir die Band wichtig ist, aber es gibt weit Wichtigeres auf der Welt. Wir als deine Lehrer sind auch Seelsorger, weißt du, wir haben eine Verpflichtung, für deine körperliche und mentale Unversehrtheit zu sorgen. Deshalb gehen wir beide jetzt zur Direktorin, dann wird man eine Untersuchung einleiten.«

Der Junge war jetzt dunkelrot geworden und schien im nächsten Moment in Tränen auszubrechen.

»Hören Sie auf damit, Mr Wright, ich sage Ihnen, was gewesen ist, ich sag es Ihnen ja.«

»Dann schieß mal los!«

»Chris wird mich hauen, wenn er weiß, dass ich es Ihnen sage.«

»Chris wird gar keine Gelegenheit mehr haben, irgendjemanden zu hauen.«

»Er hat mir aufgetragen, weil ... also, ich muss einmal erwähnt haben, dass Sie mich sonntags repetieren, Mr Wright ...«

»Aha?«

»Und da hat er mir aufgetragen, zu erwähnen, mir läge etwas auf dem Herzen oder der Seele ... Verstehen Sie? In genau diesen Worten. Ich sollte es erwähnen, dann aber gleich den Mund halten und nichts mehr hinzufügen. Er hat mir ein Pfund dafür gegeben. Er ist richtig nett.«

Mir fiel keine Antwort ein, ich war – wie sagt man – geplättet. Damit war ein neuer Grad der Perfidie erreicht.

Obwohl Cecil bei seiner Version blieb und steif und fest behauptete, dass nichts Schlimmes passiert sei, wollten wir ihm nicht unbedingt glauben, nicht sofort, denn ebenso konnte er etwas erfunden haben, um Chris zu schützen. Vielleicht wollten wir auch einfach nicht wie komplette Idioten dastehen. Der Junge machte einen sehr verwirrten Eindruck. Oder machte er viel eher einen *verwirrenden* Eindruck, und die Verwirrten waren wir, weil wir Chris etwas anhängen wollten? Waren wir gar dabei, Cecil etwas *einzureden*?

Als ich Deborah erzählte, dass Bradshaw vielleicht nur ein besonders fieses Spiel mit uns gespielt hatte und sich nun über unsere *verschrobenen und sehr schmutzigen Fantasien* scheckig lachte, wollte sie das zuerst nicht akzeptieren. Doch ich hatte Cecil in die Augen gesehen.

Er war noch nicht einmal sechzehn, in dem Alter kann man in Augen noch beinahe alles lesen. Sehr gegen meinen Willen kam ich zur Meinung, dass er wahrscheinlich die Wahrheit sagte.

Und es wurde noch abgründiger. Deb äußerte etwas, das ich nie für möglich gehalten hätte.

Sie meinte, sie habe aus Sorge um den Jungen tatsächlich einen Moment lang überlegt, Bradshaw nachzugeben und sich zu opfern. Ein Satz wie eine Axt. Ich weiß noch, was ich sagte: »Nie im Leben, daran darfst du nicht einmal denken.« Und was *dachte* ich beim Sagen dieses Satzes? *Wäre ich du, hätt' ich es längst hinter mich gebracht und gut.* Ich muss gestehen, dass Deborah Rodgers mir, bei aller Liebe, anfing auf die Nerven zu gehen. Tut mir leid, wenn man das vielleicht nicht sofort nachvollziehen kann. Aber wir sind Menschen, in uns sind viele Gefühle zugleich unterwegs.

*

Ende Oktober schrieb Chris ein Lied, das was Besonderes war, ein schnelles, fetziges Zwei-Minuten-Ding mit einer kurzen, einprägsamen Melodie. Es existiert meines Wissens keine Aufnahme davon, später machten die Wipers ein Lied namens *Upfront,* das ungefähr in diese Richtung ging. Es war aggressiv, bestand aus zweieinhalb Akkorden, mit hämmernden Sechzehnteln im Bass. Cecil dachte sich eine fabelhafte Begleitung am Schlagzeug aus, mit einem Schlag mehr auf der Bassdrum als üblich. Der Song bohrte sich in den Bauch, machte zappelig und euphorisch. Der Text, ebenfalls von Chris, lautete im Refrain:

I could listen to you for hours and hours
without learning anything…
Get your guns, time is ours
Teachers stop to cheat
Teachers stop to fuck my brain.
Feel the beat.
Get up! Unchained.

Und das ging definitiv nicht, nicht zu dieser Zeit, schon gar nicht an einem Institut wie Raven Hall. Zwar hatten wir den Song noch nicht aufgeführt, immer nur geprobt, aber bei den Proben saßen fast immer Kiebitze herum, die verbreiteten den Refrain, er konnte auch ohne Instrumente ganz eindrucksvoll performt werden, wie eine Art Mantra. Das rief den Widerstand der Lehrerschaft auf den Plan. Natürlich störten sie sich in der Hauptsache am Four-Letter-Word FUCK, das selbst die avanciertesten Bands nicht laut auszusprechen wagten, obwohl es fast jeder im täglichen Sprachgebrauch nutzte.

Samuel Eastman (1985)

Chris Bradshaw wurde zur Direktorin zitiert, doch Pinkerton hatte nichts Konkretes in der Hand. Wie er betonte, war der Song nie öffentlich dargeboten worden, der Text sei überdies nur ein vorläufiger Platzhalter, bis ihm noch etwas Poetischeres einfallen würde.

»*Noch* poetischer, Bradshaw?«

»Auch wenn Sie das nicht für möglich halten, Mam, ich sage, es ist machbar. Wenn es einer schaffen kann, dann ich.«

»Machst du dich grade über mich lustig?«

»Ich versuche mein Bestes, doch tauge ich wahrscheinlich zu gar nichts.«

Diesen Dialog hat Pinkerton in ihrem Direktionstagebuch am 28. Oktober 1965 festgehalten.

Aus ihrer Sicht war eine Bestrafung unausweichlich. Diesmal handelte es sich nicht um eine duld- und entschuldbare Übertretung der Regeln wie beim Schulstreich, als sie noch entschieden hatte, über die Ungeheuerlichkeiten hinwegzuhören. (Was ihr übrigens manche Kollegen als Führungsschwäche ankreideten.) Man muss wissen: Die Schüler von Raven Hall verpflichteten sich zu Beginn des Schuljahrs, kein deftiges oder unsittliches Vokabular zu gebrauchen. Bradshaw leugnete gar nicht, was den Wortlaut des angeblichen Platzhaltertextes anging, er verwies auf Kunstfreiheit und das Recht zur freien Meinungsäußerung. Pinkerton begann, die Sache persönlich zu nehmen. Sanktionen, die über einen Verweis hinausgingen, konnte sie nicht autokratisch verhängen, sie musste sich das Einverständnis des Lehrerkollegiums besorgen. Dort entstand ein Patt. Die einen befürworteten eine milde Strafe, andere rieten dazu, den Ball flach zu halten. Ein erst mal verbotener oder auch nur verpönter Refrain würde umso schneller Karriere auf dem Schulhof machen, würde vielleicht sogar das Zeug zu einer Protesthymne haben. Letztlich konnte sich Pinkerton nicht durchsetzen, was sie, denke ich, als persönliche Niederlage empfunden hat. Chris Bradshaw hatte erneut im Mittelpunkt der Diskussionen gestanden – und war ohne einen Kratzer davongekommen.

Zachary Wright (1985)

Ich muss gestehen, dass ich den Song ganz griffig fand. Er war ein wenig von *My Generation* abgekupfert, das sich gerade aufmachte, weltweit zur Hymne zorniger Jugendlicher zu werden. Der Text war hasserfüllt und beleidigend, so etwas konnten wir nicht dulden, das war mit unsrem Erziehungsauftrag nicht in Einklang zu bringen. Allerdings – solange es keine öffentliche Aufführung gab, hatten wir keine Handhabe. So kam es, dass sogar ich gegen eine Bestrafung stimmte – was und wem hätte sie denn auch genutzt? Im Hinterkopf spielte eine Rolle, dass Bradshaw belastendes Material über Deborah besaß. Wozu das Ganze unnötig eskalieren lassen? Ständig dachte ich darüber nach, wie dieser Teufelsbraten aus der Welt geschafft werden konnte, auf eine Weise, die als bedauerlicher Unfall eingestuft werden würde. Ja, das gebe ich zu, gebe ich *gerne* zu, warum auch nicht, solche Fantasien hat jeder von uns.

Ach ja, bei der Abstimmung über eine Bestrafung hat mich Iris Pinkerton scheel angesehen, sie hatte wohl fest geglaubt, dass ich in ihrem Sinne abstimmen würde. Und die Chemie zwischen uns war zuvor schon nicht die beste gewesen.

*

Chris redete über den Tag, an dem wir uns gegen die herrschende Klasse erheben werden, und Cecil fragte allen Ernstes, welche Klasse er meine. Wir lachten ihn aus. Chris gebot uns Schweigen. Ich wähle diese Worte bewusst. Er sagte nicht, wir sollten unser dummes Maul halten, nein, er behandelte uns höflich und stellte mit ein paar wenigen erlesenen Begriffen so etwas wie

Feierlichkeit her. Er nahm Cecil fürsorglich in den Arm und erklärte ihm die politische Bedeutung des Begriffs. Das ist übrigens der einzige Moment, der mir einfällt, an dem Chris Cecil in irgendeiner Weise physisch angefasst hat.

Den Beginn der Revolte datierte er mit etwa zwei, drei Jahren in der Zukunft; wir wären dann Studenten und im besten Alter für Revolutionäre. Dann holte er aus seinem Rucksack eine Pistole mit zwei Magazinen hervor. Ob wir Lust hätten, schon mal zu trainieren? Wir hatten. Jedenfalls behaupteten wir das; die Waffe war uns selbstverständlich unheimlich.

»Niemand von euch redet bitte auch nur ein Sterbenswörtchen darüber! Wer dagegen verstößt, wird verstoßen. Wie einen Verräter werde ich jenen behandeln. Unerbittlich. Ohne Gnade, Ende, schade, Kamerade. Lasst uns morgen in den Wald gehen und uns mit der Waffe vertraut machen. Wer sich fürchtet, möge hierbleiben.«

Wir alle kamen mit in den Wald, selbstverständlich. Mit großem Respekt (ja, das war wieder so ein Moment der *Feierlichkeit*) nahmen wir die Pistole in die Hand, entsicherten sie und feuerten auf einen Baum in zehn Metern Entfernung, jeder zwei Mal. Wir waren überrascht, wie schwer die Waffe war, mehr als ein halbes Kilo, und wir alle zitterten beim ersten Schuss. Auch noch beim zweiten. Das Magazin fasste acht Kugeln; wir übten, das geleerte Magazin möglichst schnell durch ein volles zu ersetzen.

Wir waren etwas über eine Meile vom Institutsgelände entfernt, ich bin nicht sicher, ob man die Schüsse dort hat hören können. Vielleicht so grade eben. Schüsse waren nichts Ungewöhnliches, in der Nähe fanden öfter mal Jagden statt.

Joe griff sich die Waffe. Das passende Lied lag auf der Hand. »*Hey Joe, where you goin' with that gun in your hand?*«, grölten wir unisono. Das war Spaß, mit Ehrfurcht durchsetzt. Ich weiß kein Wort dafür. Müsste man eins erfinden. *Spaßfurcht.* Chris erwähnte, die Pistole, eine Parabellum, habe sein Vater aus dem Krieg mitgebracht, ein deutsches Fabrikat, das einem Nazi-Offizier gehört habe. Bei Kriegsende hätten die Dinger überall herumgelegen, vorzugsweise neben Nazi-Leichen.

Das Wissen, etwas Todbringendes in der Hand zu halten, war schon feierlich genug. Dass das Teil einem hohen deutschen Offizier gehört haben sollte, fütterte das Ganze mit einer zusätzlichen Dimension und Aura. Und damit sollten wir auf dem Schulhof nicht angeben dürfen? Das hörte sich grausam an. Im Umkehrschluss waren wir beseelt davon, welches Vertrauen Chris in uns setzte. Der Besitz einer Feuerwaffe wäre weiß Gott Grund genug gewesen, ihn der Schule zu verweisen. Chris machte uns zu einer verschworenen Truppe, machte uns zu Männern. So wollten wir das sehen. Herrgott, man muss sich das vorstellen: Wir würden die kommende Band aller Bands sein, würden die Revolution anführen beziehungsweise musikalisch begleiten, und die schönsten jungen Frauen würden sich darum schlagen, mit uns schlafen zu dürfen. Wir waren aus doofen kleinen Pennälern zu beinah schon legendären Giganten geworden. Okay, ich muss lachen, wenn ich das heute erzähle, andererseits war es soo unrealistisch auch wieder nicht.

Abigail Jenkins (1985)

Ein Problem an Raven Hall war sicher seine Abgelegenheit. Es gab in Westcott ein paar Gasthäuser, eines sogar mit Kegelbahn und eines, an dem hin und wieder am Samstagabend eine Kapelle spielte. Man musste ein Auto besitzen oder rechtzeitig ein Taxi reservieren. Wenn man nachts Pech hatte, konnte es passieren, dass man den ganzen Weg zurück zu Fuß laufen musste. Damals besaß noch nicht jeder ein Auto, ich schon, also lud ich Sam, Deborah und Zachary zu einem netten Abend ein. Meine Vorstellung war, dass sich Zach und Deb eher wie ein Paar verhalten würden, wenn sie einem anderen Paar, also Sam und mir, gegenübersäßen. Man wird schnell neidisch, sieht man anderen beim Kosen und Schmusen zu, unterbewusst und überbewusst. Und kommt dann noch ein wenig Alkohol ins Spiel … Hoppla! Kurzum – es war eine Verkupplungsparty. Zach tat mir leid, und Deborah – nun, ich fand, Zachary würde ihr guttun, ich weiß nicht, warum sie ihn so zappeln ließ, es war ja sonst nicht viel im Angebot, vielleicht noch Berkenstock, der Physiklehrer, der hatte was, ein bisschen was, aber sonst?

Wir gingen also im *Proud Old Parrot* was essen, spielten Darts, tranken ein Pint, dann ging's rüber in den angrenzenden Schuppen, wo der Schwof angesagt war für halb acht. Das *Parkett* bestand aus Beton, auf dem noch hier und da Halme lagen, am Nachmittag war dort Rinderauktion gewesen. Die Kapellen, die damals über Land tingelten, bestanden zumeist noch aus richtigen Musikern, die ihr Handwerk beherrschten, die vielleicht nicht ganz so gut spielen konnten wie die Typen im Orchester, dafür hielten sie dreimal so lange durch.

Oft hatten sie ein sagenhaftes Repertoire drauf. Beim Wunschkonzert lieferten sie praktisch alles, und das ist ja nicht wenig – und immer gleich in der richtigen Tonart, das auch noch. Klar spielten sie in der Mehrheit seichte Schlager und kaum Rock 'n' Roll, aber ein paar Elvis-Nummern und ein paar sanftere Beatstücke hatten sie schon ins Programm integriert, sie gingen mit der Zeit, wollten auch junge Leute anlocken. 1965 war so was wie das Jahr der großen Teilung. Es machten, selbst auf dem Dorf, Clubs auf, Diskotheken, mit lauten Boxen, die Jugend traf sich dort und wollte nichts mehr mit den Älteren zu tun haben und ihren gesitteten Tanzabenden, obgleich die ganz charmant sein konnten.

Deborah war an jenem Abend die Spielverderberin. Wahrscheinlich hatte sie schnell meine Absicht durchschaut und mochte diese Strategie der Paaranbahnung nicht. Manchmal war sie schon ein Miststück, wenn ich das sagen darf. Den ganzen Abend zog sie eine Fresse wie zehn Tage Regen und ließ sich ganze zwei Mal zum Tanz herab, einmal mit Zach, einmal mit Sam. Sie fand, ihr Pflichtprogramm sei damit erledigt. Immerhin trank sie ein zweites und drittes Pint. Zach konnte sich wohl Hoffnung machen, sie auf der Heimfahrt ein bisschen in den Arm nehmen zu können. Von wegen. Sie fragte allen Ernstes, ob sie vorn bei mir sitzen dürfe, hinten werde ihr so leicht schlecht, wenn sie was getrunken habe. Was soll man da antworten? Die Männeken saßen also hinten, und Sam, der hatte wenigstens noch mich in Aussicht, aber Zach schob echten Frust, der tat mir in der Seele leid.

Samuel Eastman (1985)

Ich kann die Frage, wieviel Zachary zu diesem Zeitpunkt getrunken hatte, ziemlich genau mit vier Pint Lager beantworten. Vier Pint im Lauf von vier Stunden. Manche sind da bedudelt, manche nur angeheitert oder gar unverändert. Egal, ich glaube, nicht der Alkohol hat die wesentliche Rolle gespielt, sondern der demütigende Umstand, dass Deborah kein zweites Mal mit ihm tanzen wollte und ihn schließlich auf die Rückbank verbannt hat.

Wir kamen mit dem Wagen am Samstag, den 30. Oktober kurz vor Mitternacht in Raven Hall an und parkten ein Stück weit weg, um Rücksicht auf die schlafenden Schüler zu nehmen, so war das üblich. Man muss also genau genommen von den Ereignissen des Sonntags reden. Ich gebe mir eine gewisse Mitschuld, denn ich fasste Abigail um die Hüfte und ließ eine Zote los, ungefähr des Inhalts, dass für uns zwei die Nacht noch nicht zu Ende sei. Ich weiß nicht, was ich mir dabei gedacht habe. Wahrscheinlich nichts. Zach jedenfalls wird neidisch und versucht, Deborah in derselben Art um die Hüfte zu fassen, und sie – ja, das war schon merkwürdig heftig, sie stößt ihn zurück wie einen Handtaschenräuber. Sie hätte die Situation sicher anders lösen können, denn es war ein an sich harmloser Griff – und Abigail und ich standen ja direkt daneben. Um ehrlich zu sein, dachte ich in diesem Moment, dass Deborah nicht nur schlechte Laune, sondern einen Hau hatte. Was auch verständlich war, nach den letzten Wochen.

*

Wir waren um Mitternacht selbstredend noch hellwach und spielten Karten, Stud Poker um einen kleinen Einsatz. Wir hörten das Auto kommen und parken; eigenartig eigentlich, wie gut man selbst bei geschlossenem Fenster einen herannahenden Pkw bereits aus einer Meile Entfernung hören kann. Chris öffnete den Fensterladen. Der Mond war nur zu einem Drittel voll, aber wir konnten gut erkennen, wer die vier Leute waren, die da zurückkehrten. Sie blieben für einen Moment stehen, um sich für diesen Abend zu verabschieden. Wir sahen, wie Mr Wright Miss Rodgers einen Arm umlegen wollte und wie die sich heftig dagegen wehrte. Chris war prompt auf den Beinen und schlüpfte in seine Schuhe, um, wie er sagte, ein bisschen zu lauschen. Wir wollten mit, aber das verbat er sich, eine Handbewegung genügte.

Abigail Jenkins (1985)

Ich sagte Deborah, dass sie ihre Kampfkünste mal ein bisschen im Zaum halten solle, wir seien alle Freunde, und es sei doch schade, einen so wunderbaren Abend im Unfrieden zu beenden.

»Wir geben uns jetzt alle Küsschen, haben uns lieb, und morgen ist Sonntag, da schlafen wir aus.« Das war so ein getakteter, beinah gereimter Spruch, und natürlich gab man sich dabei Küsschen links und rechts auf die Wange. Deb schien einzusehen, dass sie überreagiert hatte, und fügte sich dem Ritual. Dann sind Samuel und ich unseres Weges gegangen, und Zach hat Deb zu ihrem Zimmer begleitet. Mehr kann ich in dieser Angelegenheit nicht sagen, nur mutmaßen.

*

Wir konnten vom Fenster aus ganz gut erkennen, was in etwa hundert Metern Entfernung vorging. Mr Wright begleitete Miss Rodgers bis zur Tür, das war die Gemeinschaftstür für einen Wohntrakt mit insgesamt acht Apartments für Lehrer, in diesem Fall für Lehrerinnen. Männerbesuche waren verpönt, Übernachtungen dezidiert untersagt. Wir waren sehr gespannt, ob die beiden hinter der Tür verschwinden würden.

Zachary Wright (1985)

Natürlich wollte ich da rein. Erstens in ihre Wohnung, zweitens in ihren Körper. Und ich war leicht angeschickert. Das alles ist keine Entschuldigung. Ich gebe zu, Deborah Rodgers bedrängt, sie in meiner Wut gegen die Wand gedrückt und eine Hexe genannt zu haben, eine undankbare Miesmuschel. Ich habe ihr aber nicht zwischen die Beine gefasst oder an die Brüste, von einer versuchten Vergewaltigung kann gar keine Rede sein, eher von einem Wutausbruch mit kurzfristigem Kontrollverlust. Und dann kommt dieses rotzfreche Arschloch angerannt.

Stellt sich vor mich hin und fragt Deborah, ob ich sie belästigen würde. Allen Ernstes. Hat die Chuzpe und fragt *mich*, ob ich sie belästigen würde. Gut, ich habe überreagiert. Ich wollte auch nicht wieder auf ein Schnappmesser starren müssen. Deshalb schlug ich sofort zu, mit dem Überraschungsmoment auf meiner Seite. Gut, objektiv kann man sagen, dass die physische Aggression von *mir* ausging. Aber es war auch und vor allem ein *Präventiv*schlag, und ich traf den Bastard voll in die Fresse, er ging zu Boden, und ich trat ein paarmal auf ihn ein, damit er nicht wieder hochkam.

*

Wir sahen, was passierte, und sprangen sofort aus dem Fenster, um unserem Kumpel zu helfen, denn Mr Wright war offensichtlich komplett verrückt geworden, trat immer wieder zu. Inzwischen waren schon ein Dutzend Leute am Tatort, auch ein paar Lehrer, die Mr Wright an beiden Armen festhielten. Der brüllte was von: Chris habe ein Messer. Dem war aber nicht so.

Abigail Jenkins (1985)

Als wir herangerannt kamen, war das Unglück bereits passiert. Jemand, ich weiß nicht mehr, wer, lief zum Haupthaus, um den Notarzt herbeizutelefonieren. Es gab nur einen einzigen Telefonapparat in Raven Hall. Chris Bradshaws Gesicht war blutverschmiert, er hatte einen Zahn verloren und zwei Rippenbrüche davongetragen.

Schließlich traf Mrs Pinkerton ein und ließ sich das Geschehen schildern, auch von uns Augenzeugen. Miss Rodgers bestätigte im Großen und Ganzen den Tathergang, meinte allerdings, dass Mr Wright sich möglicherweise bedroht geglaubt hatte. Er selbst stritt die Tat im Wesentlichen gar nicht ab, wendete jedoch ein, dass er einen Messerangriff erwartet habe. Bradshaws Taschen wurden daraufhin durchsucht, ohne Ergebnis. Nach einer halben Stunde kam der Rettungswagen aus Westcott und brachte den Jungen ins nächste Krankenhaus. Die Polizei wurde übrigens nicht informiert, obwohl einige Schüler das vehement forderten. Pinkie rief alle dazu auf, in ihre Zimmer zurückzukehren, konnte sich aber nicht durchsetzen, das Ganze hatte sich zu einer Art *Happening* entwickelt (ein Wort, das es noch nicht gab.)

*

Fast alle Schüler standen inzwischen auf dem Hof herum, einige sangen laut den Refrain von *Feel the Beat*, und die Lehrer, selbst wo sie laut wurden, wussten sich keinerlei Autorität zu verschaffen. Mannomann – ein Ereignis, zu sehen, wie hilflos sie waren, sobald man ihre Befehle schlicht ignorierte. Bis gegen drei Uhr morgens wurde debattiert und geraucht und getrunken. Die allermeisten von uns waren noch auf Gehorsam geeicht. Hätte es einen Wortführer gegeben, der aggressiv Stimmung betrieben hätte, wären Krawalle möglich gewesen. So hingegen herrschte bald wieder Ruhe, zumal Pinkie versprochen hatte, dass der Vorfall genauestens untersucht werde. Mr Wright war nahegelegt worden, sich in seine Räume zurückzuziehen. Er wiegelte ständig ab, es sei doch im Grunde ein fairer Zweikampf gewesen. Er wurde ausgebuht dafür.

Samuel Eastman (1985)

Am nächsten Morgen gab es eine außerordentliche Sitzung der Lehrerschaft, bei der Iris Pinkerton die sofortige Entlassung Zacharys verkündete. Sie könne das als Direktorin ohne Rücksprache mit dem Lehrkörper beschließen, wünsche sich aber unsere Zustimmung durch einfaches Handzeichen. Gut zwei Drittel der Kollegen hoben die Hand. Ich enthielt mich der Stimme. Keine Stunde später verließ Mr Wright Raven Hall mit einem Taxi. Die Polizei wurde nicht eingeschaltet, hauptsächlich deshalb, weil Chris Bradshaw keine Anzeige erstattete. Auch sein Vater verzichtete darauf und zeigte sich mit der Entlassung des Lehrers zufrieden. Chris Bradshaws Verletzungen erwiesen sich als nicht so schlimm wie gedacht, die beiden Rippen waren nicht gebrochen, nur angeknackst. Er konnte das Krankenbett schon nach zwei Tagen wieder verlassen und nahm ab Mittwoch wieder am Unterricht teil.

*

Am 30. Oktober 1965 war es in einem weit entfernten Teil der Erde zu einer viel größeren Tragödie gekommen: Durch fehlerhafte Koordinaten hatten die US-Streitkräfte in Vietnam ein Dorf bombardiert und den Tod von etwa sechzig unschuldigen Zivilisten verursacht. Durch dieses Ereignis wanderte jener bis dato mehr oder weniger unbeachtete Krieg ins Bewusstsein der Ersten Welt. Begriffe wie *Kapitalismus* und *Imperialismus* tauchten selbst in Schulhofdebatten auf. Bis dahin war es kaum vorstellbar, dass es negative Gefühle in Richtung der Vereinigten Staaten geben könnte, jener Nation, die uns vor Hitler gerettet hatte. Jetzt aber wurde immer öfter darauf verwiesen, dass man eher der Sowjetunion dankbar sein müsse. Die allermeisten Schüler von Raven Hall waren bis dahin aus unreflektierter Tradition treue Untertanen der parlamentarischen Monarchie. Plötzlich galt es als hip, links zu sein. (Das Wort *hip* gab es in diesem Sinne auch noch nicht.) Jazz und Rock 'n' Roll galten plötzlich als links, klassische Musik als konservativ, Schlager als volksverblödend. Genau das war der Grund, warum der Rock 'n' Roll auf Widerstand stieß. Nicht wegen irgendwelcher Klamotten, Drogen oder Frisuren. Das Establishment spürte die politische Haltung dahinter, die im Endeffekt auf eine gesellschaftliche Neuordnung, vulgo einen Umsturz zielte. Die Entwicklung war derart dynamisch, dass binnen weniger Jahre, ja, Monate, Ungeahntes möglich schien.

Samuel Eastman (1985)

Tatsächlich hat Iris Pinkerton in ihrer Rede genau das dann erwähnt. Sie redete davon, dass wir derzeit den Anbruch einer neuen Ära erleben würden und dass sie es bevorzugen würde, in Raven Hall so lange wie möglich davon verschont zu bleiben. Die Auswüchse der letzten Nacht, als einige Schüler klare Anweisungen ignoriert und sich stattdessen in der Öffentlichkeit betrunken hätten, nannte sie schockierend. Wir müssten unbedingt einen Weg finden, die Autorität des Lehrkörpers aufrechtzuerhalten. Sie hoffe, dass alle Anwesenden an einem Strang zögen und sich nicht durch falsch verstandene Milde hervortäten, nur um sich bei den Schülern beliebt zu machen. Kurzum, sie forderte einen harten Kurs. Ohne auszusprechen, was das konkret bedeuten sollte. Ich glaube, sie wollte ihr ramponiertes Renommee wiederherstellen. Für den Moment, das sagte sie aber auch, sei es angebracht, einmal fünfe grad sein zu lassen. Verbales Wischiwaschi. Im Grunde zeigte sie eher Furcht als Entschlossenheit. Danach wurden Zacharys Kurse vorhandenen Lehrern zugeteilt. Für eine Ersatzkraft gab es angeblich kein Budget.

Es hat nach der Entlassung von Zachary Wright einen kurzen Briefwechsel zwischen ihm und Deborah Rodgers gegeben. Ihre Briefe an ihn sind erhalten; seine an sie hat Mr Wright dankenswerterweise aus dem Gedächtnis rekonstruiert.

Zachary Wright (1985)

Ich muss ihr am 2. November 1965 geschrieben haben. In dem Brief stand, dass mit mir der Gaul durchgegangen sei, dass ich mich entschuldige für die unverhältnismäßigen Vokabeln, mit denen ich sie verletzt habe, es tue mir aus tiefster Seele leid, und dass ich immer für sie da sei, wenn sie Hilfe brauche etc. pp. Grüße aus dem saukalten London, Grüße an Sam & Abigail, Love Zach – Etwa so.

Die Antwort schrieb sie am 6. *November 1965 (Deborah Rodgers an Zachary Wright).*

> *Lieber Zach,*
> *deine Entschuldigung nehme ich an – und damit gut. Es soll keinen Groll geben auf deiner Seite, ich hege sowieso keinen; alles in allem bist du ein netter Kerl, während ich recht überspannt war in letzter Zeit. Mit Grund. Eingestanden sei, dass ich es ein wenig, ein ganz klein wenig imponierend fand, wie du CB zugerichtet hast. Einen solchen Furor hätte ich dir nicht zugetraut. Wäre es nur bei dem einen Hieb geblieben! Der Rest war leider unsportlich. Vielen Dank für dein Hilfsangebot, doch denke ich und wünsche ich, dass du mich bald vergisst und jemand*

anderen findest. Sam und Abi grüßen dich herzlich zurück, es ist wirklich ungewöhnlich kalt für die Jahreszeit, drum nimm aus der Ferne einen warmen Händedruck von deiner Deborah.

Um ihr nicht auf die Nerven zu gehen, wartete ich über eine Woche mit dem nächsten Brief, ich muss ihn so um den 16. November 1965 abgeschickt haben. Was drinstand? Genau weiß ich es nicht mehr, ich glaube, dass es schneit in London, dass ich etwas getrunken habe und sie sehr vermisse und immer, immer lieben werde. Es dürfte ziemlich jämmerlich geklungen haben. Am Ende des Briefes habe ich wohl gefragt, ob es zu viel verlangt wäre, wenn sie mir hin und wieder ein paar Zeilen zukommen ließe, wie es ihr gehe, wie sich die Sache mit CB entwickele, ein bisschen Tratsch von der Schule etc. Es war die winselnde Bitte um Mitleid, die Bitte, den Kontakt nicht völlig abbrechen zu lassen. Entsetzliches Geschreibsel eines liebeskranken Idioten.

Ihre Antwort kam relativ schnell.

20. November 1965 (Deborah Rodgers an Zachary Wright)
Lieber Zach,
nach einigem Hin-und-her-Überlegen habe ich beschlossen, deiner Bitte zu entsprechen und dir ein paar Zeilen aus der Provinz zu schreiben.
Was du für Liebe hältst, nennt man hier und da wohl so, anderenorts gibt es derbere Begriffe dafür. Im Grunde bist du kaum besser als dieser Junge, der sich nicht anders zu helfen wusste, um mir nahe zu kommen. Ich mache dir keinen Vorwurf. Du kannst

nicht viel dafür. Es liegt an mir, liegt daran, dass ich selten wirklich weiß, was ich will. Vielleicht einfach nur unabhängig sein.
Ich erzähle dir jetzt etwas, was ich dir zuerst verschweigen wollte, weil es dich kränken könnte. Es ist aber nicht so gemeint, und ich finde, du solltest es wissen. Ich habe Chris im Krankenhaus besucht und ihm meine Anteilnahme ausgedrückt. Er sah übel zugerichtet aus, erholte sich dann aber schnell.
Die Begegnung verlief ziemlich überraschend, denn er zeigte sich ausgesprochen sanft, fast reizend.
Ich musste befürchten, dass er in einem Anfall von Rachsucht besagte Briefe – du weißt, welche ich meine – veröffentlichen würde. Das geschah aber nicht. Im Gegenteil, er sagte, er glaube, sein Daddy hätte sich für mich entschieden, wenn es ihn, Chris, nicht gäbe. Nichts sei John Bradshaw so wichtig und heilig wie die Familie, nicht einmal die Liebe. Beinahe wärst du meine Stiefmutter geworden, sagte er, und wir mussten beide lachen. Ich gab zur Antwort, es sei doch tröstlich, dass es nicht so gekommen ist. Daraufhin zeigte er mit einem Finger auf den Schrank, ich solle hingehen und in die Innentasche seiner Jacke greifen.
So geriet ich an das Paket der Briefe. Es waren lauter leere Kuverts. Ich staunte und wusste nicht, was das sollte. Chris sagte, das Ganze sei purer Bluff gewesen. Er sei nicht von Grund auf schlecht, nur pragmatisch. Er habe mich gewollt und dachte, so könne es gehen, wenn überhaupt. Die echten Briefe habe sein Vater verbrannt, bei delikaten Angelegenheiten sei der nämlich kreuzakkurat. Chris gab zu, dass er immer gewusst habe, wo der Schlüssel zu Daddys Schreibtisch

lag, somit hatte er meine Korrespondenz mit John stets mitgelesen, darunter sehr romantische und bewegende Zeilen, die ihn scharfgemacht hätten. Weswegen er auch unbedingt nach Raven Hall habe kommen wollen. Es tue ihm leid, mir so viel Verdruss bereitet zu haben, und er bat mich um Verzeihung. Mir lief ein Tränchen über die Wange, ich konnte nichts dagegen tun. Als ich ihm die Hand zum Friedensschluss reichte, hob sich seine Bettdecke, er grinste mich an, ganz nett, beinah gequält, als ob es ihm peinlich sei.
Und weißt du was? Wie zum Zeichen der Versöhnung schob ich meine Hand unter die Decke und erfüllte ihm seinen sehnlichsten Wunsch. Es war tatsächlich nur eine Kleinigkeit, es ging ganz schnell, ich ging zum Waschbecken, wusch mir die Hand ab, das wars.
Nun weißt du Bescheid. Du wolltest es ja so. Mir geht es ganz gut.
Hoffentlich wird es auch dir bald wieder besser gehen.
Herzlichen Gruß, Deb

*

Ach Gott, ich will mir gar nicht das Gesicht von Mr Wright vorstellen, als er diese Zeilen las. Vor allem, weil ich fest glaube, dass sie gelogen waren. Chris hätte hundertprozentig vor uns damit angegeben, wenn er auf dem Krankenbett von Miss Rodgers einen Handjob bekommen hätte. Das war nur ausgedacht, um Mr Wright zu quälen. Vielleicht, um ihn endgültig loszuwerden. Man könnte es sogar als Hilfsmaßnahme auslegen, dank derer sich der arme Mann endgültig nach einer anderen, einfacheren Frau umsehen würde.

Was Chris betrifft: Von diesem Zeitpunkt an redete

er überhaupt nicht mehr über Miss Rodgers, weder herablassend noch sexistisch, noch sonst wie. Interessant ist, dass sein Ansehen unter den Mitschülern gelitten hat, weil er von Mr Wright mit einem einzigen Fausthieb ausgeknockt worden war. So grausam und irrational ging und geht es zu auf dem Schulhof, der natürlich auch nichts anderes ist als ein Markt der Eitelkeiten.

Abigail Jenkins (1985)

Na, selbstverständlich hat sich Deborah das nur ausgedacht! Welche Frau, welche Lehrerin, würde das machen! Sie hat mir davon erzählt, fand es witzig. Manchmal hatte sie einen ziemlich schrägen und fiesen Humor. Vermutlich war ihr nicht in ausreichendem Maße bewusst, wie boshaft das Zachary gegenüber war. Sie wollte ihn einfach nur verprellen, weil er ihr betrunken einen unerträglich schwülstigen Brief geschrieben hatte. Der Rest der Geschichte stimmt so ungefähr. Deb und der Junge haben tatsächlich eine Art Burgfrieden geschlossen, der Kerl hat es tatsächlich fertiggebracht, sie zu rühren, Verständnis für seine Situation in ihr zu wecken. Vielleicht fand sie es auch einfach originell, umzudenken, oder war des ganzen Hasses und bösen Blutes schlicht überdrüssig. Dass keine belastenden Briefe existierten, war natürlich enorm entspannend. Und auch der Verdacht, Chris Bradshaw könnte den kleinen Cecil missbraucht haben, wirkte nicht mehr allzu wahrscheinlich.

Harold Brady, Hausmeister (1985)

Der November ’65 ging als einer der kältesten ein in die Geschichte Englands. Ab der dritten Woche lag

Schnee und blieb liegen. Der Proberaum im Marstall verfügte über keinerlei Heizung; Bradshaws Band musste eine Zwangspause einlegen, um sich nicht die Finger abzufrieren. Sein Vater leistete prompt Erste Hilfe und spendete vier Ölradiatoren. Als Iris Pinkerton wegen der hohen Stromkosten Einspruch einlegte, schickte der alte Bradshaw einen Scheck, der die Kosten deckte. Dagegen konnte man nicht wirklich etwas haben, doch allmählich machte sich Unmut breit darüber, wie abhängig Raven Hall von der Spendierlaune eines einzigen Mannes war. Das erschien mir zuerst unsinnig, wir hätten viel eher froh sein müssen über ein solches Gottesgeschenk. Andererseits verfing auch bei mir das Argument, was geschehen würde, würde sich dieser singuläre Mäzen irgendwann von uns abwenden. Ja, dann - entschuldigen Sie meine Ausdrucksweise - wären wir am Arsch gewesen. Raven Hall litt an althergebrachtem Stolz, den es sich längst nicht mehr leisten konnte. Ich erzähle das, um eine gewisse merkwürdige Stimmung zu erläutern, eine Art Missmut, der sich gegenüber Christian Bradshaw breitmachte, obwohl er sich gerade in diesen Wochen nicht das Geringste zuschulden kommen ließ.

Samuel Eastman (1985)

Iris Pinkerton begann, mehr zu trinken als üblich. Morgens roch sie nach Gin, verdünnt mit Blut. Im Juni hatte sie sich darüber aufgeregt, dass den Beatles von der Queen ein hoher Orden verliehen worden war. Ein Kniefall vor dem Zeitgeist sei das, mit überhaupt nichts zu verantworten. Nun schien sie Angst vor zu langen Haaren zu bekommen und legte per Zeichnung fest, an welcher Stelle des Halses Frisuren zu enden hätten. Es war absurd und blödsinnig. Sie sah wohl, dass etwas im Lande vorging, und glaubte, Zeichen setzen zu müssen. Raven Hall war, trotz aller Vorschriften, immer eine der liberalsten Schulen gewesen, hier hatte nie Krawattenzwang bei den Mahlzeiten geherrscht. Die meisten Schüler trugen trotzdem eine, weil sie dachten, es würde von ihnen erwartet.

Pinkerton verlangte von uns Lehrkräften, dass wir die Zimmer und Spinde der Schüler durchsuchten, nach Waffen, Drogen und pornographischen Schriften. Derlei war noch nie passiert in Raven Hall. Es lag auch kein Grund dafür vor. Dennoch setzte sie ihren vernebelten Kopf durch. Im Zimmer von Christian Bradshaw fanden wir ein paar Joints, zwei Messer, eine Pistole mit Munition und allerhand Schweinkram. Über die Pistole konnten wir natürlich nicht hinwegsehen. Es wäre so gut wie unmöglich gewesen, den Nachweis zu führen, wem von den vier Schülern sie gehörte. Doch Bradshaw bekannte sich dazu, er versteckte sich nicht hinter seinen Kameraden. Was nun? Wohin hatte uns Pinkertons irrsinniger Aktionismus gebracht? Bradshaw hätte der Schule verwiesen werden müssen, ohne jeden Zweifel. Und das wäre dem baldigen Ende von Raven Hall gleichgekommen. Die einzige Alternative war eine mildere Bestrafung in Form einer körperlichen Züchtigung.

Es war klar, dass der alte Bradshaw damit nicht einverstanden sein konnte. Andererseits musste ihm daran gelegen sein, dass sein Filius endlich einen Abschluss machte. Ein wenig Spielraum blieb also. Der filigran ausgehandelte Kompromiss bestand am Ende darin, John Bradshaw zu versichern, dass es nur eine symbolische Bestrafung geben werde. Seinem Sohn würden die Schläge mit der Rute nicht allzu weh tun. Zu unser aller Überraschung nickte der Alte das ab – und auch Christian lehnte sich dagegen nicht auf, zeigte sich einsichtig, gelobte Reue und Besserung. Wahrscheinlich war sogar er selbst es, der seinen Vater dazu bewogen hat, für diesmal Ruhe zu geben. Die zehn Hiebe auf sein (bedecktes) Hinterteil nahm er gelassen hin, sie waren de facto kaum der Rede wert. Hausmeister Brady hielt sich an das Abkommen und tätschelte ihn quasi nur. Immerhin führte Christian danach nicht sein übliches Tänzchen auf. Was für eine groteske bigotte Komödie!

*

Christians Ansehen war durch die verhängte Prügelstrafe wieder gestiegen. Das ist leicht verständlich. Jeder von uns, selbst der Jüngste, hatte etwas zu verbergen. Chris nahm quasi für alle von uns die Schuld auf sich. Ein bisschen wie Jesus. Nein, ich finde das nicht zu weit hergeholt.

Samuel Eastman (1985)

Abi wollte sich die Bestrafung ansehen, obgleich es kaum was zu sehen gab und das traditionell reine Männersache war. Wie sie mir gestand, löste das Geräusch der Rute ein wonniges Gefühl in ihr aus. Nein, sie machte einen Scherz. Jedenfalls hat sie das behauptet, als ich zu kichern begann und sie fragte, ob ich darauf näher eingehen solle.

Iris Pinkerton in ihrem Direktoren-Tagebuch:

Am 30. November wurde am Schüler Christian Bradshaw eine Züchtigung mit zehn Rutenhieben vollzogen, durch Hausmeister Harold Brady. Die gefundene Pistole wurde an John Bradshaw weitergeleitet, der angab, sein Sohn habe sich diese ohne sein Wissen angeeignet.

Mein Programm zur Stärkung der Autorität des Lehrkörpers kann als voller Erfolg gelten. Der subversiven bis offen rebellischen Haltung Christian Bradshaws wurde ein Riegel vorgeschoben.

Leider muss ich zu Protokoll geben, dass eine gewisse übertrieben liberale Gruppe von Lehrkräften mir eine schriftliche Eingabe zukommen ließ, in der sie kommende Überprüfungen der Schülerzimmer ohne konkreten Anfangsverdacht als überzogen und unbritisch ablehnt.

Abigail Jenkins (1985)

Deborah gebrauchte statt *Überprüfungen* den Begriff *Razzien*, der eher zu einem Gefängnis oder dem Verbrechermilieu als zu einem Internat passte. Pinkerton verwies auf den Fund der Pistole, von der großes Unheil für uns alle hätte ausgehen können. Debs Antwort lautete, dass ein florierender Lehrbetrieb auf einem gewissen Grundvertrauen basieren müsse. Ansonsten wir gezwungen wären, jedesmal Strafen zu verhängen, auch bei viel weniger gefährlichen und unter Heranwachsenden durchaus üblichen Dingen. Deborah brachte beinahe die Hälfte der Lehrerschaft dazu, die Eingabe zu unterzeichnen. Das war eine Art Schwelbrand. Pures Gift für den Betrieb.

*

Miss Rodgers ging, wie viele andere auch (wie eigentlich die allermeisten), davon aus, dass Chris echte Hiebe bezogen hatte, und ich muss gestehen, dass er uns mit keinem Wort zu verstehen gab, dass dem nicht so gewesen war. Ich will nicht behaupten, er habe sich als Leidender dargestellt oder sich sozusagen mit falschen Federn geschmückt, nein, er meinte, die Prügel gut weggesteckt zu haben, was eine ziemlich neutrale Formulierung ist. Er hätte uns schon die Wahrheit erzählen können. Oder müssen. Miss Rodgers fürchtete wohl, der Friedensschluss, den sie mit Chris erreicht hatte, sei gefährdet, und so traf sie ihn und drückte ihr Bedauern aus. Die beiden redeten miteinander. Damit war die Basis gelegt für die kommenden Ereignisse.

Zachary Wright (1985)

Ich habe auf Deborahs zweiten Brief nicht geantwortet. Mir war klar, dass sie ihn geschrieben haben musste, um mich loszuwerden. Kein Mensch von Verstand hätte ihr abgenommen, dass sie diesem Bastard zur Hand gegangen war. Obwohl. Man muss sich in meine damalige Lage hineinversetzen. Ich liebte diese Frau, auch wenn sie das etwas herablassend und leichtfertig als *Geilheit* abtat. Ich war arbeitslos und würde es, zumindest als Mathematiklehrer, noch für Monate bleiben, aller Wahrscheinlichkeit nach. Ich hatte kein gutes Arbeitszeugnis bekommen. Um es milde auszudrücken. Mit Nachhilfestunden hielt ich mich halbwegs über Wasser, mehr schlecht als recht. Und ich war zornig. Unglaublich zornig. Auf Deb, auf Chris Bradshaw, auf praktisch die ganze Welt. Zornig sein und Zeit zu haben, das ist ein Pulverfass. Ich wollte mich nicht abfinden mit der traurigen Rolle, die mir in diesem Spiel zugeteilt wurde. Und ich habe meinen Weltschmerz durch Spirituosen besänftigt. Sorry.

In einem Anfall von betrunkener Wut habe ich eine Kopie von Deborahs zweitem Brief an John Bradshaw geschickt. Anonym. Meinen Namen habe ich mit Filzstift geschwärzt. Ich tat das einfach, um irgendetwas zu tun. John Bradshaw sollte erfahren, dass seine abgelegte und abgefundene Geliebte dabei war, eine sexuelle Beziehung mit seinem Sohn zu beginnen. Danach war ich mit einem Mal aus der Sache raus, denn ich lernte Suzie kennen, fand mit sehr viel Dusel einen Job an einer Mädchenschule in Brixton und brachte mein Leben halbwegs wieder auf die Reihe.

Gerda Bradshaw (damals 55) Tonbandaufnahme von 1985

Die Affäre meines Mannes mit Miss Rodgers im Frühjahr und Sommer '65 war mir nicht verborgen geblieben, obwohl John mich zu Anfang nicht explizit eingeweiht hatte. Ich ahnte, dass etwas im Gange war, Anfang Juli war ich mir dann sicher. Ihn direkt darauf anzusprechen, schien mir unklug, denn offensichtlich war er sehr verliebt. In diesem Zustand wollte ich ihm kein Ultimatum aufzwingen, aus Furcht, er könnte sich gegen mich entscheiden. Mehrmals schien er nahe daran, sich mir zu offenbaren. Ich hoffte einfach, dass er eine vernünftige Entscheidung treffen würde. Dann gab es diesen Moment, Mitte Juli, als seine Geliebte angab, schwanger zu sein. Mein Sohn Chris gab mir diese Information. Woher er sie bekam, weiß ich nicht, es steht zu vermuten, dass er auf irgendeine

Weise Zugang zur Korrespondenz meines Mannes besaß. Falls Miss Rodgers diese Schwangerschaft absichtlich herbeigeführt hat, um John die Pistole auf die Brust zu setzen, hat sie einen taktischen Fehler begangen, denn mein Mann sah sich von der Situation überfordert und zog mich endlich ins Vertrauen. Meine Geduld und Nachsicht zeigten Früchte, ich brachte ihm Verständnis und Loyalität entgegen. Das war der entscheidende Punkt. Er machte mit Miss Rodgers Schluss, bot ihr an, die Abtreibung zu finanzieren und ihrer maroden Schule eine sehr generöse Spende zukommen zu lassen. Ansonsten wäre sie leer ausgegangen und Raven Hall geschlossen worden. Miss Rodgers tat mir sogar etwas leid, aber wie mir John versichert hat, handelte es sich ihrerseits nicht etwa um die große Liebe, eher um eine Frühlingslaune; ihre Schwangerschaft – so es überhaupt eine war – sei ein mysteriöses Versehen gewesen.

Dass Christian forderte, seinen Schulabschluss in Raven Hall zu machen, hatte unserer Meinung nach nichts Anrüchiges an sich. Es schien vielmehr naheliegend, ja überaus logisch, die entstandene Situation zu seinen Gunsten auszunutzen.

Abigail Jenkins (1985)

Deb erwähnte eines Abends, dass sie mit John Bradshaw eine Vereinbarung getroffen hatte. Es sollte zu keiner weiteren Begegnung kommen, auch dürfe keiner von beiden jemals zugeben, dass auch nur eine nähere Bekanntschaft existiert hatte. Offenbar vertraute sie mir inzwischen, und wen besaß sie denn noch, um sich etwas von der Seele zu reden? Ich habe sie öfter mal in den Arm nehmen wollen, doch es war ihr, glaub ich, nicht angenehm, nie spürte ich ihre Hände auf mir.

Und was passiert? Plötzlich taucht John Bradshaw in Raven Hall auf, am Nachmittag des 2. Dezember, um seinen Sohn zu sprechen und ihn mit dem Brief zu konfrontieren, den Deb erst an Zachary und Zach dann an den alten Bradshaw geschickt hatte. Es ging um den derben Scherz, den sie sich mit Zach geleistet hatte, eine leichtfertige Kapriole, die sie nun wie ein Bumerang zu treffen drohte. Glücklicherweise nutzte Christian die Situation nicht aus, um noch einen Spaß draufzusetzen. Vielmehr versicherte er seinem Dad, dass es zwischen Miss Rodgers und ihm zu keinerlei Intimität gekommen sei. Woraufhin John Bradshaw wieder abfuhr, ohne Skandal zu machen oder Schritte gegen wen auch immer einzuleiten. Deb war natürlich nicht glücklich darüber, dass der Junge vom Inhalt ihres Briefes erfahren hatte. Es war ja geradezu eine Steilvorlage für den Mistkerl, um neues Unheil anzustiften. Hatte ich zumindest vermutet.

Samuel Eastman (1985)

Abi erzählte mir alles, und ich fand es ziemlich lustig, um ehrlich zu sein.

Chris Bradshaws Reaktion war verblüffend. Immerhin war er eben von seinem Vater darüber informiert worden, welche Fantasie Deborah in die Welt gesetzt hatte.

Ihm war eine Menge schmutziges Zeug zuzutrauen, doch verhielt er sich erstaunlich erwachsen, ging in der Mittagspause auf Deborah zu und bedauerte, vom Inhalt des Briefes erfahren zu haben, entschuldigte sich auch für den unpassenden Besuch seines Vaters. Es wäre zu erwarten gewesen, dass er im nächsten Moment irgendwas Obszönes geäußert hätte, doch ganz im Gegenteil nahm er alles Laszive oder Brisante aus dem Gespräch heraus. Seine einzige Boshaftigkeit, wenn man so will, bestand darin, seine Befriedigung kundzutun, weil dieser Jammerlappen Zachary Wright endgültig abserviert war. Das konnte ihm niemand verübeln. Mit seinem Verhalten hat Christian bei Deborah schwer gepunktet. Sie hat darüber mit großer Erleichterung gesprochen, Abi hat es mir weitererzählt.

*

Von diesem Zeitpunkt an waren Chris und Miss Rodgers fast schon so was wie, na ja, ich will nicht sagen, Freunde. Aber die beiden gingen entspannt miteinander um. Sie kam einmal in den Proberaum und brachte Tee. Chris bot ihr eine Zigarette an, es war ein Joint, als normale selbstgedrehte Zigarette getarnt. Sie roch den Braten und lehnte lächelnd ab. Einmal schlug sie uns ein paar englische Gedichte vor, die wir vertonen könnten. Wir sagten, dass das nicht sehr cool sein würde, obwohl das vielleicht gar nicht stimmte und wir es nur verwarfen, weil der Vorschlag von einer Erwachsenen kam. Dabei hätte es ein paar sehr gute dunkle Gedichte gegeben, die uns womöglich zu eigenartiger Musik inspiriert hätten.

Wenig später kam Chris an und verkündete, er habe eine Ballade geschrieben. Ich meine, das war an und für sich in Ordnung, fast alle Bands hatten Balladen im Repertoire, aber es fühlte sich erst mal merkwürdig an. Sehr gewöhnungsbedürftig.

Die erste Zeile des Refrains lautete *When I see your face the weather changes*. So eine Art von labbrigem Honeymoon-Schmus.

»Welcher Dämon ist in dich gefahren, Chris Bradshaw? Ist das nicht ein bisschen peinlich in unserem Alter?«

»Ist es dir etwa peinlich, Jim? Fühlst du dich noch nicht reif für Küsse und Knutscherei im Mondlicht?«

»Nein, Großmeister, da bin ich richtig scharf drauf. Aber dein Nimbus!? Die gewisse Verschrobenheit, das Dandyeske an dir, das Überkandidelte – wird es an einer Ballade nicht Schaden nehmen?«

»Ballade Kamerade schade?«

»Gott dir Gnade!«

»Dryade und Najade!«

So schwafelten wir manchmal, irgendwo im Niemandsland zwischen Stuss und Kunst.

Ich bin mir ziemlich sicher, dass er das Lied für Deborah Rodgers geschrieben hat. Na ja, für wen auch sonst. Ein mittelmäßiges Ding, die Melodie war nicht elegisch genug, man bekam sie schnell über.

»Gut«, meinte Chris, »dann machen wir eben nach zwei Minuten Schluss!« Aber was ist das für eine Ballade, die nach zwei Minuten zu Ende ist? Balladen werden ja geschrieben, damit man Schieber tanzen und ein bisschen fummeln darf. Das ist doch der einzige Sinn langsamer Musik. So dachten wir damals.

Und so kam es, dass Chris eine Bridge schrieb und einen zweiten, musikalisch ganz eigenständigen Teil. Der war dann echt zauberhaft. Wir dachten, er müsse das irgendwo geklaut haben, denn es war eingängig und süchtig machend, man wollte es immer wieder hören.

Chris meinte, der Song komme als Duett mit Frauenstimme bestimmt besonders gut, und er fragte Miss Rodgers, ob sie nicht beim Weihnachtskonzert mitmachen wolle. Da lachte sie und schüttelte den Kopf, aber man sah ihr an, dass sie zumindest kurz drüber nachdachte. Chris bat sie, doch mal eine Probe ihrer Sangeskünste abzugeben. Miss Rodgers wiegelte ab, ließ sich dann doch überreden, kurz mal den Refrain ins Mikro zu hauchen. *When I see your face the weather changes from darkest storm to sunny skies* – und sie machte das gut, vor allem ungeheuer sexy, denn ihre Stimme klang leicht heiser, aber eben nur ganz leicht, brüchig vor Nervosität, mit starkem Vibrato. Sie wusste sofort, dass sie eine gute Figur machen würde auf dem Weihnachtskonzert. Vielleicht war ihr auch daran gelegen, ihr Profil zu schärfen, ihre Beliebtheit zu steigern. Jetzt musste sie sich nur noch lange genug bitten lassen. Es war ja nichts verwerflich daran, dass eine Lehrkraft mit einer Schülertruppe auftrat. Beim Weihnachtskonzert konnte jeder sein Talent vorführen, der dazu Lust hatte. Von nun an brachte Miss Rodgers uns immer mal wieder eine Kanne Tee vorbei. Schon entstanden Gerüchte, doch ich kann mit Sicherheit sagen, dass alles harmlos war.

Bart Potts aka Jack *(1985)*

Viele hielten Chris Bradshaw erst mal für eine Nervensäge. Und verfielen dann doch dem sonderbaren Sound seiner Sätze. Sicher wäre ein Schriftsteller aus ihm geworden, hätte er dahingehend Ehrgeiz gezeigt. Fast alles hätte aus ihm werden können. Er war, was man einen Paradiesvogel nennt. Sobald Miss Rodgers keine Angst mehr vor ihm haben musste, erlag sie seinem Charme, seinem Zauberkabinett. Das war nichts Körperliches; ich glaube nicht, dass sich die beiden je berührt haben, abgesehen vielleicht von jenem Händedruck auf dem Krankenbett. Ganz im Gegenteil. Als hätten zwei Menschen entdeckt, dass sie blutsverwandt sind, womit alles Erotische ausgelöscht ist, zumindest ausgeblendet. Sie redeten bei jedem Treffen etwas länger miteinander, und sie zogen sich dazu nicht etwa vor uns zurück. Es war nichts Hochgeistiges, worüber geredet wurde, eher ziemlich banales Zeug. Man verlor nach der ersten Minute die Lust, zuzuhören. Einmal, als Miss Rodgers eben den Proberaum verlassen hatte, verstieg sich Joe (Roger) zur (ich fürchte ganz ernst gemeinten) Frage: »Sachma, treibt ihr beide es eigentlich noch manchmal?« Im ersten Moment klang die Frage eben *nicht* ernst gemeint, sondern wie ein böser, vorwurfsvoller Witz, und Chris warf Joe einen Blick zu, der ihn getötet hätte, wenn Blicke töten könnten. Ich entschloss mich, laut kreischend zu lachen. Damals hätte ich vielleicht noch erklären können, warum.

*

Vielleicht sollte ich über Jack und Joe etwas mehr erzählen, nicht weil sie für das Kommende sonderlich wichtig waren, doch weil es hilft, das Gesamtbild zu schärfen. Und weil ich, der auch nicht sonderlich wichtig war, sonst zu sehr im Fokus stünde, als wäre ich so was wie Chris' Vertrauter gewesen, der Lieblingsjünger quasi. Ne, nee. Also: *Happy-Jack* oder *Saucy-Jack*, alias Bartholomew Potts, manchmal auch *Mr Bongo-Man* genannt, war ein stiller, in die Länge gezogener Knabe, der nie viel Worte machte. Er liebte Comics und befasste sich hin und wieder noch mit so Plastikbausätzen von alten Burgen und Schiffen, die er kunstvoll bemalte. Wenn er Bass spielte, sah man, wie dünn und bleich seine Finger waren, ein guter Kontrast zu seinen pechschwarzen Haaren. Er träumte davon, sich eine Locke quer übers Gesicht baumeln zu lassen. 1985 lebte er als Weinbauer in Spanien und beantwortete meine Fragen deshalb nur schriftlich und sporadisch.

Joker-Joe (eigentlich Roger Pence) war nicht groß und ganz gut beieinander. Jemand, den du als Ersten vor dich hinstellen würdest, wenn ein Zug auf dich zurast. Pausbäckiges Gesicht, kurze milchkaffeebraune Haare, zum Lesen benötigte er eine Brille. Auch für alles sonst brauchte er eine Brille, aber krampfhaft versuchte er, ohne zurechtzukommen, nach Gehör zu segeln. 1985 lebte er in Wales und wollte mit Raven Hall oder mit mir nichts mehr zu tun haben. Ich weiß nicht warum. Vielleicht, weil ich ihn mal auf sein Hygieneproblem angesprochen habe? Das wäre kleinlich.

Dann war da unser Drummerboy Cecil Collins, aka *Cecco*, über den ich schon ein bisschen was erzählt habe. Und über den ich jetzt leider noch mehr erzählen muss. Im Rahmen der Recherchen habe ich versucht, auch ihn ausfindig zu machen, aber er war bereits tot. Gestorben 1983 im Alter von 33 Jahren an Blutkrebs. Sein Leben war bis dahin recht unauffällig verlaufen, er war von Beruf so was Ähnliches wie ein Versicherungsvertreter bzw. Schadensgutachter geworden.

Ach so, wir hatten endlich einen Bandnamen gefunden: THE ALEISTER CROWLEYS. Man muss wissen, dass der Mann, dem wir da huldigten, erst seit achtzehn

Jahren tot war und als einer der verderbtesten Männer des 20. Jahrhunderts galt. Wir wussten nichts über ihn. Sehen Sie im Lexikon nach. Chris fand ihn anscheinend interessant, er beschäftigte sich damals seit einigen Wochen mit seltsamen Schriften, hatte Magie und Alchemie für sich entdeckt, so finsteres Zeug, gut, die Phase hat man schon mal in dem Alter. Man bildet sich in jede Richtung weiter. Es war aber nicht so, dass Chris uns diesen Quatsch empfohlen oder gar aufgedrängt hätte. Es ging ihm wohl einzig um die damit verbundene Provokation.

Chris hatte auch angefangen, Pfeife zu rauchen. Kommt vor bei Jugendlichen, die irgendwie anders und besonders sein wollen, selbst wenn die Pfeife als Attribut alter Männer galt. Dieser Tabak roch verdammt gut, und wir fragten uns, warum es keine Zigaretten gab, die ähnlich rochen. Beim Pfeiferauchen inhaliert man nicht, das wäre zu heftig. Heißt es. Chris tat es dennoch. Er sagte, er sei mit seiner Lunge zwar verwandt, doch sei er ihr deshalb keine Rücksichtnahme schuldig.

Abigail Jenkins (1985)

Ja, die Sache mit Cecil Collins bohrte sich wie ein grober Keil in eigentlich recht harmonische Wochen. Schuld daran trug Iris Pinkerton, die frustrierte alte Schnapsdrossel, die partout keine Ruhe geben mochte, die nicht bereit war, Frieden zu schließen mit einer Zeit, die ihr über den Kopf zu wachsen drohte. Oder längst gewachsen war.

*

Was also soll Cecil ausgefressen haben? Die Beschuldigung lautete: Kameradendiebstahl, das gilt in einem Internat als besonders verwerfliches Vergehen. Es hatte den Anschein, als habe er einem Mitschüler während der Mittagspause die Geldbörse entwendet, es ging um ungefähr fünfzehn Pfund. Der Bestohlene, Marc Foster, sechzehn Jahre alt, meldete den Diebstahl, und es kam wegen Pinkertons missionarischem Eifer zu einer Durchsuchung der Zimmer. Fosters Geldbörse fand sich in Cecils Spind. Klare Sache, möchte man meinen. Doch Cecil bestand auf seiner Unschuld. Das Hauptargument seiner Verteidigung lautete, er würde die Börse, so er sie entwendet hätte, ganz sicher nicht in seinem Spind aufbewahren. Man müsse sie ihm untergeschoben haben.

Laut Iris Pinkerton hätten ein Schuldeingeständnis und gezeigte Reue Milde ermöglicht. So aber wurde er zu zehn Rutenhieben verurteilt. Anders als bei Chris sollte die Bestrafung mit der gebotenen Härte verabreicht werden. Und anders als Chris hatte er keine Eltern, die sich für ihn verwendeten oder Mittel besaßen, Druck auf das Institut auszuüben. Wenn man meine persönliche Meinung erfahren will: Ich glaube, er hat es getan. Vielleicht auch nicht. Doch wenn nicht – wer hätte ein Motiv gehabt, ihm derlei anzuhängen? Eine dubiose Sache. Und irgendwie reagierte Cecil über.

Ich glaube nicht, dass es die Schläge waren, vor denen er Angst hatte. Die konnte man einstecken, wegstecken, verdrängen. Nach einer Woche würden die Striemen nicht mehr zu sehen sein. Es war die Demütigung, für etwas bestraft zu werden, das er seiner

Behauptung nach nicht begangen hatte. Ich bekam mit, dass er sich an Chris wandte, ihn um Beistand bat, Hilfe, Rettung, oder wenn das alles nicht möglich war, Rat und Trost. Wenigstens das. Und Chris meinte zu ihm, dass die Gelegenheit günstig sei, zum Mann zu werden. Niemand müsse sich so etwas gefallen lassen, nicht einmal ein Junge in seinem Alter.

»Was soll ich denn bitte unternehmen? Ich habe keinen Dad wie du.«

»Nimm dir, was da ist. Ein Buttermesser. Oder eine Gabel. Ein Feuerzeug. Oder ein Scheit Holz. Hau es dem, der dich schlagen will, auf den Kopf. Stoß ihm die Gabel ins Auge, schlitz ihn mit dem Messer auf. Setz ihn in Brand. Setze Zeichen!«

Ich wurde nicht schlau daraus, was er mit diesen Worten bezweckte. Vermutlich war er high und redete pathetisch-martialisches Zeug, weil er sich in einem Film wähnte. Keine Ahnung. Ich weiß auch nicht, ob er sich bewusst war, welchen Druck er damit auf den Kleinen ausübte. Der natürlichste Ratschlag wäre gewesen, Cecil zu sagen: »Shit happens. Mach dir nicht allzu viel draus, erdulde die Schläge des Schicksals und gönn den Peinigern nicht, auch nur eine Träne auf deinen Wangen zu sehen.« Irgend so was. Auch pathetisch, aber pragmatisch. Und ich – der ich etwas hätte tun können, einfach indem ich Cecil in den Arm genommen und ihm gesagt hätte, was für ein Klassedrummer er war –, ich tat nichts. Zu meiner Schande muss ich zugeben, dass mir gar nicht in den Sinn kam, hier könne es sich um irgendetwas Wichtiges handeln. Die Prügelstrafe war ja keine öffentliche Hinrichtung. Sie gehörte zum Alltag, und man musste sich nicht schämen, Delinquent zu sein. Schämen musste man sich dafür, gestohlen zu haben. Die meisten Mitschüler waren der Ansicht, dass Cecil für ein so schäbiges Vergehen eher noch günstig davonkam. Und dass er besser beraten wäre, kein Trara darum zu machen. Ja. Genau so war es.

Chris bot dem Jungen Whiskey an. Teilte sich den nächsten Joint mit ihm. Was für eine Mischung für jemanden, der beides nie zuvor ausprobiert hatte. Dann ist die Scheiße passiert. Irgendwann in der Nacht ist Cecil davongelaufen. Es lag immer noch Schnee. Egal, wo er hinwollte, ob nach Westcott oder in den See, er muss sich verirrt haben. Am nächsten Tag wurde er gefunden, hinter dem Wald, bewusstlos und mit schweren Erfrierungen. Er ist dem Tod nur knapp entronnen. Ihm mussten zwei Zehen amputiert werden.

Abigail Jenkins (1985)

Das mit Cecil Collins war eine Tragödie. Obwohl. Zum Wesen einer Tragödie gehört der Blitzschlag des Schicksals. Hier lag eine Überreaktion und kindliches Selbstverschulden vor. Rational betrachtet, konnte man dem Institut kein Fehlverhalten nachsagen, doch von einem Tag auf den anderen war die Atmosphäre wieder vergiftet. Und wie!

*

Wir brauchten einen neuen Schlagzeuger. Es klingt hart, wenn man es so sagt, aber für den Moment war das das Wichtigste, auch wenn wir Cecil inzwischen fast liebgewonnen hatten. Es gab einen Kandidaten, der sich beinah aufdrängte. Das war ausgerechnet Bruce Foster, der um ein Jahr ältere Bruder jenes Marc Foster, der seine Geldbörse als gestohlen gemeldet hatte.

Er trommelte nicht übel, und Alternativen waren nicht zu entdecken. Natürlich entstand so, nachträglich, ein passables Motiv, Cecil etwas untergeschoben zu haben. Auch wenn ich eher an einen Zufall glaube, die Situation war schon eigenartig.

Samuel Eastman (1985)

Deborah protestierte gegen die Prügelstrafe und opponierte inzwischen ganz offen gegen die Direktion, also nicht nur innerhalb der Lehrerschaft, sondern auch nach außen, sie sprach sogar mit einem Reporter der Lokalpresse über den Fall Cecil Collins, sie schickte sogar Leserbriefe an die *Times*. Wir waren alle gespannt, wie Iris Pinkerton reagieren würde. Im Grunde musste sie Deborah entlassen, doch gab es etliche Lehrkräfte, die bereits ihre Solidarität mit Deb angekündigt hatten. Und die Personaldecke war ausgedünnt genug. Pinkerton ahnte, dass die Zeit bald über sie hinwegrollen würde. Um es zur großen Zerreißprobe kommen zu lassen, fehlte ihr der Schneid. Sie ging aus der Affäre geschwächt hervor, war nurmehr ein Schatten ihrer selbst.

*

Chris und Miss Rodgers verstanden sich immer besser. Sie redeten über notwendige Veränderungen im Umgang mit den Schülern. Es waren keine Debatten über eine pädagogische Revolution, das kann man nicht behaupten. Eher war es eine lose Ideensammlung, was sich im Detail verbessern ließe. An sich harmlos. Mir schien daran vor allem interessant, dass sich die beiden auf Augenhöhe begegneten und Miss Rodgers Christian wie einen gleichwertigen Gesprächspartner behandelte. Keinesfalls ist Chris dadurch radikalisiert worden, im Gegenteil, er zeigte mehr Objektivität und sogar ein gewisses Verständnis für die Aufgabe des Staates, aus rohen Schülern reife Bürger zu machen. Wir erkannten ihn kaum wieder, so weichgespült und vernünftig redete dieser junge Mann, der ja immer noch ein Teenager war. Cecil wurde übrigens nach zwei Wochen aus dem Krankenhaus entlassen, kehrte aber nicht nach Raven Hall zurück, er wechselte an eine Schule in Brighton.

Zurück zu den ALEISTER CROWLEYS: Bruce war gut. Zwar nicht annähernd so gut wie Cecil, keine 2+, aber eine 3 bis 4, also ausreichend. Das Weihnachtskonzert war gerettet. Und es fand statt, mit allem Pipapo, mit Kerzen und Tischgedecken, Himbeerbrause, mit Klingeling und Tirili.

Es gab Ansprachen, dann Ansprachen und eine abschließende Ansprache, dann wurde aus der Chronik gelesen, einem schweren Buch mit Siegel und Petschaft, dessen erster Eintrag aus dem Jahr 1688 stammte. Nach dem gravitätischen Teil, der die große Tradition beschwor, folgte der leichtere Teil. Jungs, die Kartentricks vorführten. Gedichte rezitierten. Die Schauspieltruppe spielte eine Szene aus *Troilus und Cressida*, die lustig sein wollte, weil sie plumpe Beschimpfungen enthielt. Abigail Jenkins bot ein Violin-Solo, zwei weitere Lehrer, mir fallen die Namen nicht mehr ein, sie hieß, glaub ich, Menken, er – keine Ahnung –, spielten einen Sketch der Komiker Abbott und Costello nach, der Schulchor sang mit Orgelbegleitung *O Fortuna* von Carl Orff, und dann, endlich, kam der Höhepunkt: Die ALEISTER CROWLEYS spielten auf zum Tanz, mit insgesamt sieben Songs. Gleich der erste war der berüchtigte, gefürchtete FEEL THE BEAT. Doch Chris hatte den Text geändert. Statt *Teachers, don't fuck my brain* hieß es nun *Teachers, you'll try in vain*. Das ging gerade so durch. Und als Höhepunkt des Höhepunkts betrat zum Finale Miss Rodgers in einem gigantisch roten Cocktailkleid die Bühne, um mit Chris im Duett diese fürchterlich elegische Ballade zu singen. Die beiden machten das großartig und herzzerreißend, der Applaus war enorm. Mrs Pinkerton, um sich keine Blöße zu geben, klatschte, wenn auch etwas mechanisch. Allgemeiner Jubel und der Ruf nach einer Zugabe.

Diesmal schlug Chris den Takt vor, und wir gaben FEEL THE BEAT ein zweites Mal, aber im Unterschied zu vorher mit dem ursprünglichen Text. Das war ein Hammer. Die Jungs flippten völlig aus. Alle grölten mit. Chris widmete den Song unserem Kameraden Cecil Collins. Was sollte Pinkerton tun? Was konnte sie schon tun? Nichts! Der Abend war gelaufen, war zu Ende – sollte sie den Weihnachtsfrieden in Frage stellen, wenn ohnehin am nächsten Morgen das Gros der Belegschaft das Weite suchen würde? Die Schüler tobten, trampelten, es war ein glorioser Moment. Und ich, Anthony Brewer, genannt Jim, Jimmy oder Jimbo, war dabei, spielte das Tamburin und sang Background, es war richtig, richtig geil. Ein Vorgeschmack der kommenden Umwälzungen. Chris hätte den Befehl geben können, loszulegen, Kleinholz zu machen. Aber er umarmte stattdessen Miss

Rodgers und winkte in die Menge. Iris Pinkerton raffte sich auf, stolperte nach vorn, stellte sich ans Mikro und wünschte allen eine gute Nacht, ein friedvolles Weihnachtsfest. Was bitte sonst?

Samuel Eastman (1985)

Zwischen den Jahren würde es wie üblich keinen Lehrbetrieb in Raven Hall geben. Die allermeisten Schüler und Lehrer würden für zwei Wochen nach Hause fahren, sofern sie ein Zuhause hatten. Nach dem Weihnachtskonzert am 21. Dezember waren die Winterferien angesagt. Es gab aber auch die Möglichkeit, vor Ort in Raven Hall zu bleiben.

Iris Pinkerton würde von dieser Option Gebrauch machen, einige weitere Lehrkräfte sowie Schüler, die Vollwaisen waren und nirgends hingehen konnten. Eine der Kochputzen zeigte sich bereit, für ein dreizehntes Monatsgehalt die kleine Gesellschaft zu verköstigen, insgesamt nicht mehr als zehn, zwölf Leute. Die Straßen waren verschneit, die Züge blieben oft stecken, fuhren sehr unregelmäßig. Man konnte verstehen, wenn sich jemand diese Strapaze ersparen wollte.

Auch Miss Rodgers würde die Zeit bis zum vierten Januar im Institut verbringen, denn sie hatte, soweit wir wussten, keine Verwandten, jedenfalls nicht in der Nähe. Genau weiß ich das nicht mehr.

*

Am 15. Dezember hatte Chris angekündigt, ebenfalls in Raven Hall zu bleiben, und er fragte uns, seine Buddies, ob wir es nicht auch so halten wollten. Man könne sich doch eine heftig-lustige Woche machen. Jack und Joe und Bruce mussten passen, deren Eltern wollten ihre Jungens während der Feiertage bei sich haben und ließen nicht mit sich reden.

Bei mir war das anders. Ich konnte meine Erzeuger erstaunlich leicht dazu bewegen, auf mich zu verzichten. Man muss dazu sagen, dass die beiden dabei waren, sich zu trennen, mein Vater war zu Hause ausgezogen. Das ist eine andere Geschichte und spielt hier keine Rolle.

»Sag mal, Chris, will dich dein alter Herr nicht an Weihnachten bei sich in Brighton haben?«, fragte ich.

»Was interessiert mich, was er will?«

»Und deine Mutter? Was sagt die dazu?«

»Was stellst du für seltsame Fragen, Jimbo? Fragen, die klingen wie von der anderen Seite! Und ich meine nicht das Jenseits.«

Gerda Bradshaw (1985)

Mein Sohn und mein Mann waren sich nicht mehr grün seit jenem Tag, als dieser anonyme Brief bei uns eintraf und John wutentbrannt aufbrach, um in Raven Hall nach dem Rechten zu sehen. Christian hat die Sache ja klargestellt, es war eine Racheaktion dieses irrsinnigen Lehrers gewesen, der Chris ins Krankenhaus geprügelt hat. Jedenfalls haben Chris und John sich gestritten, mein Sohn hat seinem Vater Einmischung und fehlendes Vertrauen vorgeworfen. Am 15. Dezember teilte er uns telefonisch mit, dass er über Weihnachten im Institut bleiben wolle. Wir fanden das schon etwas merkwürdig, denn Brighton hat für einen jungen Mann durchaus etwas zu bieten, wenn Sie verstehen, was ich meine.

John hat sich dann bei Mrs Pinkerton erkundigt, ob denn auch Miss Rodgers im Haus bliebe. So hat er sich zwei und zwei zusammengereimt. Und etwas ausgebrütet in seinem Hirnkasten. Obwohl da vielleicht überhaupt nichts gewesen ist.

Ja, sicher, wir hätten wohl ein Machtwort sprechen, hätten unseren Sohn da mit Gewalt heraus- und zu uns holen können. Wahrscheinlich. Doch zu welchem Preis? Chris hätte uns das nicht verziehen, hätte uns die Feiertage zur Hölle gemacht.

Und die Sache war ja auch pikant. Man muss sich immer vor Augen halten, dass es sich hier nicht um irgendeine hübsche Lehrerin handelte, sondern um ein durchtriebenes Weibsbild, mit der mein Mann mich ein halbes Jahr zuvor leiblich betrogen hatte. Deren körperliche Vorzüge ihm noch erinnerlich gewesen sein müssen. Verzeihung, wenn das zu drastisch daherkommt.

Ob ich je eine Trennung erwogen habe? Nein. Unsinn.

Samuel Eastman (1985)

Abi und ich wollten eigentlich, wie die meisten anderen, während jener Tage dem Institut den Rücken kehren. Wir entschlossen uns um, als Deborah in Aussicht stellte, dass wir zusammen doch eine Menge Spaß haben könnten. Abigail hat das überzeugt, und mir – mir ging es einzig darum, bei Abi zu sein.

Abigail Jenkins (1985)

Anders als der nicht gerade feinfühlige Sam verstand ich Deborahs Vorschlag als Bitte um Unterstützung durch Präsenz. Sie wollte nicht mit Iris Pinkerton allein sein und fürchtete eine Zuspitzung. Ich muss leider zugeben, dass ich Schnee und Abgeschiedenheit nicht ausstehen kann, dass mein Motiv, in Raven Hall zu bleiben, folglich ein voyeuristisches war. Ich wollte miterleben, was sich da zusammenbraute.

*

Am 3. Dezember dieses Jahres war *Rubber Soul* erschienen. Das Album schlug wie eine Bombe ein. Das war nach der etwas solide-harmlosen *Help!*-LP etwas ganz Neues, nicht nur musikalisch, auch in Sachen Style. Die Beatles schmissen ihre netten Anzüge weg, zeigten sich mit neuen Frisuren, und es gab bissigere, fast zynische Texte, wie zum Beispiel in *Norwegian Wood*. Zurückblickend muss ich sagen: Es war eine Gnade, in einer Zeit zu leben, in der jedes Jahr noch so beschissen sein konnte, in dem man aber ein neues Beatles-Album erwarten durfte.

Nach dem Weihnachtskonzert am 21. Dezember begann das große Packen. Zurück in Raven Hall blieben folgende Personen: Iris Pinkerton, Deborah Rodgers, Abigail Jenkins, Samuel Eastman, die weiteren Lehrer Ed Norrington, Charlton Piper sowie wir Schüler Christian Bradshaw, meine Wenigkeit und Joshua Stone, das war ein Knirps aus der Achten, ein Waisenkind, dessen Eltern im Jahr zuvor bei einem Autounfall ums Leben gekommen waren. Ferner vom Personal die Köchin Angela Strickland und Hausmeister Harold Brady. Insgesamt elf Personen.

Abigail Jenkins (1985)

Die Mahlzeiten wurden gemeinsam eingenommen, in einer nunmehr gänzlich veränderten Atmosphäre, die familiär genannt werden konnte, da alle Hierarchien quasi ausgesetzt waren und man miteinander auf Augenhöhe ins Gespräch kam. Wären da nicht die ständigen Sticheleien zwischen Deborah und Mrs Pinkerton gewesen, die Debatten über die Zukunft der Welt und des Königreichs im Allgemeinen und Raven Hall im Speziellen. Ich registrierte, dass Debs Ansichten immer drastischer wurden. Die Prügelstrafe hielt sie für einen Anachronismus, das wusste ich bereits. Aber sie sagte auch eine komplette Schulreform voraus, nach der das Prinzip der Bestrafung überhaupt keine Rolle mehr spielen würde. Der Staat habe für eine Gleichbehandlung aller sozialen Schichten zu sorgen. Sprich: Ein Platz in einem Institut wie Raven Hall solle den Eltern der Zöglinge keine Kosten mehr verursachen, müsse vom Staat bezahlt werden. Ich fand das gut. Wer das bezahlen würde, war ja nicht mein Problem. Pinkerton nannte Deborah eine Sozialistin, erst scherzhaft, dann, als diese nichts Gegenteiliges behauptete, stand der Vorwurf völlig ernst gemeint im Raum. Und Deb schien provozieren zu wollen, sie meinte gar, mit der Monarchie sei kein moderner Staat zu machen, die werde bald ausgedient haben. So ein Gerede, das an Landesverrat grenzte, konnte Pinkerton nicht dulden, aber was sollte sie machen? Christian hielt sich während der Geplänkel auffallend zurück, obwohl jedem klar sein musste, dass er es war, der Deb all diese Ideen eingepflanzt hatte. Ich will hier explizit klarstellen, dass ich niemals Zeuge irgendeiner Intimität zwischen den beiden geworden bin. Ausschließen kann ich allerdings auch nichts. Die beiden redeten viel miteinander und machten keinen Hehl daraus. Es war keinesfalls so, dass sie sich hinter verschlossene Türen zurückgezogen hätten.

Samuel Eastman (1985)

Geschenke gab es, warum, weiß ich nicht, in Raven Hall nicht wie in England üblich am *Boxing Day* (dem Zweiten Weihnachtsfeiertag), sondern an Heiligabend, so wie auf dem Kontinent. *(Anmerkung Anthony Brewer: Das ist auf die Zeit zurückzuführen, in der die Direktoren, einer Mode entsprechend, französischer Abstammung waren.)* Es wurden, das war vorher so besprochen, nur kleine Geschenke verteilt, um niemandes Budget zu sehr zu beanspruchen: Kekstüten, Pralinenschachteln, Singles, Liköre in kleinen Fläschchen, Gebasteltes, Gebackenes, Gehäkeltes. Solche Dinge. Die Schüler mussten selbstverständlich nichts geben, erhielten umgekehrt auch nichts, es sei denn voneinander.

Abigail Jenkins (1985)

Iris Pinkerton bekam von jeder Lehrkraft eine Flasche Gin geschenkt. Das sah nach einer konzertierten Aktion aus, doch nahm sie es sportlich und verzog keine Miene, warum auch? Sie hatte ja durchaus Verwendung für die Präsente. Sag ich jetzt mal. Mit einem Augenzwinkern. Oder zweien.

Natürlich war Heiligabend nicht denkbar ohne Musik. Pinkerton bestand darauf, dass wir im Radio der *h-Moll-Messe* von Bach lauschten. Die sich daraus ergebende Situation war indes so beklemmend und lächerlich – beides gleichermaßen –, dass nach einer halben

Stunde abgebrochen wurde. Nur Norrington hätte gerne weitergehört. Stattdessen sollten nun englische Volks- und Weihnachtslieder angestimmt werden, wobei ans Licht kam, dass manche, gerade unter den Jüngeren, alles andere als textsicher waren.

Samuel Eastman (1985)

Ich kann mich erinnern, dass Ed Norrington sich irgendwann ans Klavier setzte und *Clair de Lune* von Debussy spielte. Niemand hatte eine Ahnung gehabt, dass dieser stille Mensch derlei beherrschte. Selbst die Jugendlichen wirkten bezaubert. Mit *Clair de Lune* kann man ebenso wenig falsch machen wie mit *My Way*. Doch *My Way* gab es noch nicht.

Gerda Bradshaw (1985)

Wir, mein Mann und ich, hatten kein ruhiges und beschauliches Weihnachtsfest. Es war das erste, bei dem Christian nicht unter uns weilte. Wir hatten für den Jungen Geschenke eingekauft und verpackt, aber John hatte sich geweigert, sie per Post nach Raven Hall zu senden, er sagte, Chris müsse schon kommen und sie sich holen, ansonsten gehe er eben leer aus. Umgekehrt bekamen wir auch nichts von ihm, das hat mich schon aufgewühlt, denn mit mir hat er ja keinen Krach gehabt wie mit seinem Vater. Aber gut, es konnte sein, dass die Post ein Paket verloren hatte oder erst nach den Feiertagen ausliefern würde. Möglich. Das erste Weihnachten ohne Kinder ist für alle Eltern traurig – und wir hatten ja nur das eine.

John musste dauernd darüber nachdenken, was der Junge wohl gerade tat und mit wem und warum und mit welchem Ziel. Er, also ich meine meinen Mann, hatte die Dinge gerne unter Kontrolle. Ich merkte, wie es ihm unter den Nägeln brannte, nachzusehen, was da oben vorging. Ich sprach dann ein Machtwort, was ich mir nicht oft erlaubt habe in unsrer Ehe, denn John war allergisch gegen Machtworte. Aber diesmal sagte ich, dass die ganze delikate, um nicht zu sagen, peinliche und verkrampfte Situation ja nur entstanden sei, weil er mich betrogen hatte, das verlieh meinen Worten etwas mehr Autorität und Überzeugungskraft als sonst. Tatsächlich biss er die Zähne zusammen und gab klein bei.

Raven Hall war durch die winterlichen Wetterverhältnisse nicht leicht zu erreichen, etliche Straßen waren eingeschneit, und Züge nach Westcott fuhren nur noch einmal am Tag, meist komplett überfüllt. Das Institut war aber nicht etwa von der Außenwelt abgeschnitten oder so, nein, nein. Man konnte telefonieren, und fast an jedem Tag rief John bei der Direktorin, Mrs Pinkerton, an, um ihr ein frohes Fest zu wünschen. Das war, spätestens beim dritten Anruf am zweiten Weihnachtsfeiertag, ein sonderbarer, ja, bizarrer Smalltalk, der erst durch die abschließende Frage, ob denn im Haus alles seinen geregelten Gang gehe, ein wenig Sinn bekam.

Harold Brady (1985)

Raven Hall ist als Gebäudekomplex nicht gerade gigantisch, aber eben auch nicht so einfach überschaubar. Dreißig Apartments für die Männer, zwanzig für die Frauen. Siebzig Vierbettzimmer für die Schüler. Dazu ausgelagerte Wohnstätten für die Angestellten. Also, sagen wir so: Für ein knappes Dutzend Leute bot es jede Menge Platz. Am ersten Tag nach Heiligabend erschien Iris Pinkerton nicht zum Frühstück. Das kam schon einmal vor, man wusste ja, dass sie *ab und an* (lacht) dem Gott des Wacholders huldigte. Was sag ich, was rede ich von ab und an? Regelmäßig. Allabendlich. Um der Wahrheit die Ehre zu geben. Deshalb dachte sich auch niemand was dabei. Erst beim Abendessen fiel ihr Fehlen auf. Unter den Lehrkräften entstand eine kleine Diskussion, ob man nach ihr sehen solle. Manche sagten: Ja, das gehöre sich so. Die anderen meinten, das könne aufdringlich wirken und störe vielleicht sogar die Privatsphäre einer mehr als erwachsenen Frau, die mit ihrem Problemchen selbst zurechtkommen müsse. Es könne ja, wenn man bei ihr eindringe, auch eine für sie entwürdigende Situation entstehen. Sie habe Ferien und demnach das Recht, sich auch tagsüber die Kante zu geben.

Abigail Jenkins (1985)

Eine knappe Mehrheit entschied dann, Iris in Ruhe zu lassen. Es war in meiner Erinnerung ansonsten ein langweiliger, unspektakulärer Abend. Wir hörten Platten, saßen vor dem Kamin, spielten Whist, glaube ich. Und Malefiz. Und Scrabble.

Nein, Chris Bradshaw habe ich nicht gesehen. Auch Deb hat sich nicht sehen lassen. Man dachte sich nicht groß was dabei.

*

Wo Miss Rodgers an diesem Abend war, kann ich beantworten. Sie war mit mir, Chris und Joshua zusammen. Joshua Stone war der magere Junge aus der Achten, um den sich niemand kümmerte. Seine Einsamkeit war Chris zu Herzen gegangen. Also, zuerst Deb, dann aber auch Chris, und das war schon eigenartig, denn mit achtzehn sind einem Dreizehnjährige eigentlich nur lästig. Ich meine, Joshua war nicht charmant oder reizend, er war einfach nur verklemmt, schüchtern und öde. Es tut mir leid, das so zu sagen, aber es entspricht nun mal der Wahrheit. Wir hörten die Songs von *Rubber Soul* rauf und runter und hingen ab, später gingen wir in den Tischtennisraum und spielten ein Doppel, Deborah und Chris gegen Joshua und mich. Dazu tranken wir Sauvignon, aber in Maßen, jeder nur einen Plastikbecher, und der kleine Joshua durfte nur mal einen Schluck probieren, hatte ansonsten eine Himbeerbrause. Wir spielten Tischtennis, um uns aufzuwärmen. Ich erinnere mich nicht, dass sonst irgendetwas Erwähnenswertes vorgefallen wäre. Gegen Mitternacht ging ich auf unser Zimmer, und kurz nach mir kam auch Chris. Wir plauderten wohl noch ein wenig, aber ich weiß beim besten Willen nicht mehr, worüber.

Samuel Eastman (1985)

Als am Morgen des 26. Dezember Iris Pinkerton erneut nicht zum Frühstück erschien, war der Punkt des Umdenkens erreicht. Abigail sollte nach dem Rechten sehen, unterstützt von Angela Strickland, der korpulenten Köchin mit dem heftigen Cockney-Akzent. Eine Delegation von Frauen – für den Fall, dass Iris möglicherweise, na ja, Sie wissen schon, sich in einer für sie kompromittierenden Lage befand. Die beiden haben an ihre Tür geklopft. Keine Antwort.

Abigail Jenkins (1985)

Die Tür war verschlossen, von drinnen kam kein Laut, also holten wir Brady, den Hausmeister. Er sollte eigentlich für jede Tür im Haus einen Zweitschlüssel haben. Doch ausgerechnet für die Gemächer der Direktion besaß er keinen. Das sei, sagte er, nicht etwa ein Versehen, sondern Tradition. Was tun? Es war klar, dass wir die Tür aufbrechen mussten, schließlich konnte sich Iris in Gefahr befinden. Doch das erwies sich als gar nicht so einfach, wie es in Filmen immer aussieht. Sam hat sich ernsthaft an der rechten Schulter verletzt, als er es mit Gewalt versuchte. Brady versuchte, aus einem Kleiderbügeldraht eine Art Dietrich zu biegen. Inzwischen hatte sich fast die gesamte Belegschaft vor der Tür versammelt. Sogar zwei der Schüler.

*

Ich kam hinzu, aus reiner Neugier. Und Joshua lief einfach hinter mir her wie ein Welpe. Ich meine, es war ja sonst nicht viel los, da ist das gewaltsame Aufbrechen der Bude der Direktorin schon spektakulär. Nein, Chris war nicht vor Ort, ich habe keine Ahnung, wo er sich befand. Deborah Rodgers kam erst vorbei, als Brady schon ungefähr eine halbe Stunde lang erfolglos versucht hatte, mit dem Draht die Tür zu öffnen. Und dann plötzlich machte es KLICK.

Abigail Jenkins (1985)

Angela Strickland und ich traten ein. Und wir beide hatten furchtbare Angst, etwas zu sehen, das wir nicht sehen wollten. Wir mussten schließlich auch mit dem

Allerschlimmsten rechnen. Und es ist vielleicht seltsam, also, es klingt seltsam, in diesem Zusammenhang von einer Enttäuschung zu reden, die irgendwie eine Erleichterung war, und dann auch wieder das Gegenteil davon. Denn das Apartment war aufgeräumt und menschenleer. Auf gewisse Weise war das sogar verstörender, als hätte Iris Pinkerton am Kandelaber gehangen. Was natürlich ganz entsetzlich gewesen wäre. Aber eben nicht so mysteriös wie eine leere, saubere Zimmerflucht. Es stand nicht einmal eine angebrochene Flasche herum. Ich meine, es standen ein Dutzend Ginflaschen herum, aber alle im Regal über dem Bett, das übrigens ein Doppelbett war. Aus Tradition. Denn frühere Direktoren hatten hier mit ihren Gattinnen residiert.

*

Als klar war, dass sich niemand Lebendiges oder Totes in den Gemächern befand, gingen alle hinein, um sich die Butze anzusehen. Wer in aller Welt hätte darauf verzichtet? Ich weiß noch, wie ich mich gewundert habe, dass die Räumlichkeiten keinerlei, wie soll ich sagen – Glanz versprühten oder – so hätte es Chris vermutlich ausgedrückt – *Grandezza*. Na ja, fürs 17. Jahrhundert war das alles wohl okay gewesen.

Abigail Jenkins (1985)

Es mag sich absurd anhören, aber wir wussten erst mal nicht, was wir tun sollten. Dabei war es doch ganz einfach. Iris Pinkerton musste gesucht werden. Vielleicht hatte sie einen nächtlichen Spaziergang im

Schnee gemacht und sich verlaufen? Wie töricht das klingt, aber es illustriert ganz gut unsre Verwirrung. Brady fragte, ob es angezeigt sei, die Polizei zu informieren. Und niemand hatte die Traute, einfach zu sagen: Ja! Genau! Stattdessen teilten wir uns in Suchtrupps auf. Ich finde, das war nicht völlig bescheuert. Irgendwo musste sie ja sein, und wenn sie nicht im Warmen war, sondern draußen, in der Kälte, kam es auf jede Sekunde an. Die Polizei hätte da auch nicht viel hilfreicher sein können.

*

Ich lief natürlich los, um Chris von den Neuigkeiten in Kenntnis zu setzen. Sie kennen das wahrscheinlich, als Herold eines außerordentlichen Geschehens fühlt man sich rundum bedeutungsschwanger. Ich fühlte mich – wie Chris es ausdrücken würde – gebenedeit, meinem Best Buddy eine spannende Nachricht zukommen zu lassen. Doch reagierte er kühl, wie desinteressiert. Ich bekomme das selbst heute noch nicht gebacken. Wenn er irgendwas mit dem Verschwinden von Iris Pinkerton zu tun gehabt hätte, hätte er ja anders reagiert, hätte Interesse oder Mitgefühl geheuchelt. Nichts davon – zudem fiel mir auf, dass er sich den ganzen Vormittag nicht hatte blicken lassen, weder vor Pinkertons Gemächern noch sonst wo.

Sam Eastman (1985)

Wir verbrachten den halben Tag damit, durch den Schnee zu stapfen, auf der Suche nach Iris. Wir durchsuchten das Waldstück bis hin zum zugefrorenen See, auch den ehemaligen Marstall, sogar jedes Zimmer im Schülertrakt, selbst den Speisekeller unter der Küche. Spätestens zu diesem Zeitpunkt hätte man die Angelegenheit der Polizei übergeben müssen. Seltsamerweise konnte sich niemand zum dazu nötigen Telefonat durchringen. Irgendwie – ich sag es jetzt mal so, wie ich es empfunden habe – war niemand wirklich entsetzt über Iris Pinkertons Verschwinden. Oder eben nur pro forma. Als hätten wir alle einen mächtigen Joint geraucht und hingen benebelt in den Seilen. In dieser Nacht lag Abi neben mir, wir machten nichts, wir schwiegen zusammen. Obwohl es so viel zu diskutieren gegeben hätte. Rein technisch gesehen musste Pinkerton ja irgendwo abgeliében sein. 'tschuldigung, wenn das ein bisschen doof klingt. Wir waren zu Teilnehmern, vielmehr Statisten eines Mysteriums geworden. Es war dann Angela Strickland, die am nächsten Morgen, am 27. Dezember, die Polizei informiert hat.

Harold Brady (1985)

Es kam nur ein Wagen mit gerade mal zwei Dödeln drin. Irgendwie hatte ich mir vorgestellt, man würde uns zwei Dutzend hochmotivierte Leute schicken, einen formidablen Suchtrupp. Aber da waren nur dieser Constable und sein Assistent, die ließen sich alles schildern, was vorgefallen war, das ließ sich ja in einem Satz erzählen. Sie wollten nichts selbst in Augenschein nehmen, vertrauten einfach unseren Schilderungen. Es hätten wahrscheinlich Blutspritzer oder ausgerissene Haarbüschel herumliegen müssen, damit diese Deppen die Spurensicherung angefunkt hätten. Der Beamte sagte was von häufigen Fällen einer Weihnachtsdepression, bei der Menschen, vor allem schon etwas ältere Zeitgenossen, sich in einem Spontanentschluss in den nächsten Zug setzen.

»Oder vor den nächsten Zug werfen ...«, fügte Miss Jenkins hinzu, und der Beamte sagte, ja, das komme auch vor, bleibe aber in den meisten Fällen nicht lange unentdeckt.

Die wahrscheinlichste Möglichkeit wurde nicht weiter thematisiert, aus Rücksicht auf die im Raum anwesenden Frauen. Ehrlich. Dabei dachten wir alle daran. Deswegen waren wir ja meilenweit durch den Wald gestapft auf der Suche nach Überresten einer im Suff erfrorenen Dame, verborgen unter frisch gefallenem Schnee.

Deborah Rodgers, wenn Sie mich so direkt fragen, wirkte bedrückt, aber das galt für uns alle, auch wenn die Direktorin nicht besonders beliebt gewesen war, um das Mindeste zu sagen.

Der Constable fragte dann noch, wer denn jetzt, während Mrs Pinkertons Abwesenheit, die Leitung des Instituts übernehmen würde. Das sei wichtig, schon allein wegen versicherungstechnischer Fragen.

Sam Eastman (1985)

Wir anwesenden Lehrer zogen uns also in den Salon zurück und beratschlagten. Abi, Deb, ich, Ed Norrington und Charlton Piper. Wir hatten alle keine Ahnung, was die Regularien in so einem Fall vorsahen. Traditionsgemäß war der oder die Älteste im Lehrerkollegium der- oder diejenige, der oder die den Direktor im Krankheitsfall vertrat, es sei denn, es wäre vor dem Schuljahr anders geregelt worden. Wir hatten begreiflicherweise wenig Lust, in Iris Pinkertons Papieren herumzuwühlen und unsere Ferien mit solchen Kinkerlitzchen zu verballern. Also kamen wir überein, dass Charlton Piper, der Lehrer für Englisch und Geschichte, Pinkerton kommissarisch vertreten solle. Er ging auf die sechzig zu und war deutlich der Älteste von uns, dazu bedurfte es keines Abgleichs unsrer Geburtsurkunden. Charlton meinte, dass ihm nicht wohl dabei sei, diesen Posten zu übernehmen, aber irgendeinen Trottel müsse man dafür ja finden.

*

Nach der Polizei kam Chris' Vater, das war am 28. Dezember gegen zwei Uhr nachmittags. Da waren die Beamten schon wieder weg, weil sie eingesehen hatten, dass es für den Moment nicht viel zu tun gab. Sie sagten, sie kämen wieder, wenn sich die Wetterverhältnisse gebessert hätten. Was man halt so sagt, wenn man keine Ahnung von irgendwas hat und nicht länger doof rumstehen will. Mister Bradshaw fuhr mit einem schicken roten Buick Caballero vor, ich erinnere mich an die Schneeketten. Er trug einen imposanten Kapuzenmantel, lief mit Trippelschritten über den Hof, obwohl es nur an wenigen Stellen glatt war. Jeden, der seinen Weg kreuzte, fragte er, wo Chris sei, er wolle seinen Sohn sprechen.

Auch mich hat er gefragt, so bekam ich ihn zum ersten Mal zu sehen. Kein schöner Mann. Uralt, sechsundfünfzig, um genau zu sein. Knollige Nase, ledrige Haut, Pockennarben im Gesicht, fliehendes Kinn. Eine Mischung aus Kirk Douglas und Gérard Depardieu. Das Erste, was ich bei seinem Anblick dachte, war, um ehrlich zu sein: Wie bitte? Dieses bierbäuchige Etwas soll

Deborah Rodgers geschwängert haben? Wieso? Warum? Herrje.

»Hey, Junge, es heißt, du bist mit Chris auf einem Zimmer, stimmt das?« Er pochte mit seinem Gehstock auf den Boden.

»Jawohl, Sir.«

»Und? Wo ist der Bengel?«

Ich zeigte ihm, beziehungsweise dem Himmel, meine leeren Handflächen. Wusste es wirklich nicht. Mürrisch schnaufend stapfte John Bradshaw von dannen. Der Dialog war kurz genug gewesen, um ihn sich für immer zu merken.

Später erfuhr ich, und zwar von Chris selbst, dass die beiden sich in der ehemaligen Turnhalle getroffen hatten, seit letztem Schuljahr nicht mehr in Betrieb, leer, ungeheizt und normalerweise abgesperrt. Wie waren sie da hineingekommen? Unglücklicherweise habe ich diese Frage damals nicht gestellt, sie schien mir nicht wichtig. Stattdessen fragte ich Chris, was um Himmels willen sein Daddy hier wollte.

Seine Antwort: »Mich nerven, Jungchen, mich nerven.« Er nannte mich Jungchen. Das hat er sonst nie getan. Gegenüber seinen Buddies schwallte er nie von oben herab, höchstens mal aus Flachs oder wenn er einen sitzen hatte, aber selbst dann wusste man, es war nicht ernst oder böse gemeint.

»Hat er dir wenigstens Geschenke mitgebracht?«

Chris nickte und deutete auf die Ecke neben seinem Bett, da lagen ein paar Pakete, hübsch verpackt, mit Schleife und so.

»Warum machst du die nicht auf?«

»Später, Jungchen.«

Charlton Piper (aus den Protokollen des Neujahrstags extrahiert und hierher vorverlegt des besseren Verständnisses wegen)

John Bradshaw war den ganzen Weg von Brighton hierhergefahren, um Mrs Pinkerton zu sprechen, und weil die nun mal nicht vorhanden war, wandte er sich an mich, als ihren vorläufigen Rechtsnachfolger. Es war keine angenehme Begegnung. Bradshaw machte einen etwas verwirrten Eindruck, redete schroff und herrisch, mit so zackig abgehackten Armbewegungen, wissen Sie, was ich meine? Wie jemand, der verbittert ist, oder jemand, der innerlich brodelt, oder jemand, der verunsichert ist, weil er nicht mehr richtig hört und nicht weiß, ob er alles mitbekommen hat. Dabei ist er jünger als ich und auf den ersten Blick noch eine stattliche Gestalt, ein Feuerkopf, nur die Schläfen grau, das sah aus, als habe er eine Mütze auf.

Was er wollte? Ja, das weiß ich auch nicht so genau. Und ich weiß auch nicht, ob er es selbst so genau wusste. Ich war ja damals mit vielen Einzelheiten der Vorgänge ... also, der ... emotionalen ... Verstrickungen am Institut nicht vertraut, man hat mich erst später ins Bild gesetzt. Ja, dass er was mit Miss Rodgers gehabt haben soll, das wusste ich schon. Aber nur so im Groben.

Es ging Bradshaw wohl darum, dass wir hier während der Weihnachtsferien nicht sittlich verrohten. So hat er es nicht gesagt, aber so kam es rüber, und ... nein, das war ein wirklich bizarres Gespräch, denn zwischendurch – er hatte so einen Stock, einen Gehstock, mit dem pochte er auf den Boden, statt viele seiner Sätze zu vollenden. Ich bin ruhig geblieben, habe ihn reden lassen und ihm dann einen guten Heimweg gewünscht, angesichts der doch ungewöhnlichen Wetterverhältnisse. Es war eigentlich schon unverantwortlich, einen Pkw ohne Schneeketten zu fahren. Aber er, er hatte sogar noch Sommerreifen drauf! Kein Scherz. Das stellten wir am nächsten Morgen fest, da stand der rote Buick nämlich immer noch hinten an der Straße, wo Bradshaw ihn am Nachmittag geparkt hatte. Sollte dieser Mensch gar bei uns übernachtet haben? Das konnte durchaus sein, vielleicht hat er sich die Rückfahrt nach Brighton nicht mehr zugetraut. Ich fragte die Kollegen, ob sie was wüssten. Nein, sie wussten von nichts.

*

Wenn Sie bis hierher aufmerksam gelesen haben, werden Sie merken, dass da etwas nicht stimmen kann. Ob Mr Bradshaw mit Sommerreifen fuhr oder nicht, keine Ahnung, so genau guckt man da nicht hin. Aber ich hatte Schneeketten gesehen, da war ich mir ganz sicher. Wo waren die hingekommen? Und war das von Wichtigkeit? Hätte ich es damals ansprechen sollen? Müssen?

Gerda Bradshaw (1985)

Ich weiß nicht, was mit ihm los war. Ich dachte, ich hätte mich klar genug ausgedrückt, und normalerweise wurde es von meinem Mann respektiert, wenn ich einmal in fünf Jahren beschloss, mich durchzusetzen. Er ist ja auch erst mal zu Hause geblieben. Aber womöglich hatte er am Tag darauf das Ganze schon wieder vergessen. Oder es gab Dinge, von denen ich nichts wusste, die aber mit Christian oder vielleicht auch mit dieser Deborah besprochen werden mussten. Das ist möglich.

Nur weil er einmal ehrlich zu mir gewesen war und seinen Seitensprung gebeichtet hatte, konnte ich ja nicht davon ausgehen, dass er nie mehr Geheimnisse vor mir haben würde. Niemand erzählt alles von sich. Niemand.

Samuel Eastman (1985)

Am Morgen des 29. Dezember gegen zehn Uhr stand ich mit Ed im Schnee, wir rauchten die erste Zigarette des Tages – bei herrlicher Sonne übrigens –, da kam Charlton und fragte, ob einer von uns wisse, wo Bradshaw abgeblieben sei, also der alte Bradshaw.

»Wie?«, fragte ich. »Ist der etwa über Nacht hiergeblieben?«

Charlton sagte, er habe am Morgen Geisha Gassi geführt (das war sein Hund, ein schwarzer Königspudel) und habe dabei dessen Fahrzeug entdeckt, den roten Buick.

Wir sahen uns alle an, aber wir dachten uns nicht groß was dabei, wunderten uns nur, warum John Bradshaw nicht mit uns gefrühstückt hatte. Beziehungsweise warum er, wenn er aufs Frühstück verzichtet hatte, immer noch hier war. Schlief er noch irgendwo? Es schien uns nicht allzu wichtig. Erst gegen Abend, als der Wagen immer noch da stand, beschloss ich, jemanden zu fragen, der es wahrscheinlich wissen musste. Ich meine seinen Sprössling, das Arschloch.

*

Chris und ich lagen auf dem Zimmer, als Mr Eastman klopfte und die Tür öffnete, ohne auf ein »Herein!« zu warten. Leider verhielten sich die meisten Lehrer so, selbst wenn sie an sich in Ordnung waren. Eastman fragte höflich, ob Chris wisse, wo sein Vater sei. Chris verneinte.

»Sein Wagen steht immer noch an der Auffahrt.«

»Wirklich?« Chris sah kurz auf, als sei er überrascht. Kann sein, dass er wirklich überrascht war.

»Was wollte er eigentlich hier?«, fragte Eastman.

Chris deutete beiläufig in ein Eck des Zimmers. »Geschenke bringen.«

»Also, um noch mal nachzuhaken«, sagte Eastman, »du weißt nicht, wo sich dein Vater in diesem Moment aufhält, und hast auch keine Ahnung. Korrekt?«

»Recte est, magnus homo orientalis!«

»Nox!«

Eastman verließ schulterzuckend und kopfschüttelnd das Zimmer. Und ich bin natürlich gleich rüber auf Chris' Bett gehüpft und habe gefragt: »Was hast du bekommen von Papi?«

Und er, sehr schroff: »Egal jetzt. Nerv nicht.«

Uiuiui. Dachte ich.

Abigail Jenkins (1985)

Beim Abendessen war John Bradshaws Wagen ein Thema. Jemand, ich glaube, Charlton, meinte, wir sollten doch mal seine Frau anrufen, in Brighton. Vielleicht habe jemand die Nummer, oder falls nicht, sollte sie leicht herauszubekommen sein.

»Die könnt ihr von mir haben«, meldete sich Deb.

Lustigerweise traute sich niemand, *sie* zu fragen, ob sie etwas über John Bradshaws Verbleib wisse. Ihre Affäre mit dem Mann stand wie ein Elefant im Raum.

»Na ja, wird sich 'n Taxi geholt ham und ab Westcott

mit dem Zug gefahnsn. Weila nur Sommerreifen uffhat«, sagte Angela Strickland, die Köchin, die sich bisweilen aufführte, als gehöre sie hier nicht zum Personal, sondern zum Lehrkörper.

»Wenn er es mit Sommerreifen von Brighton bis hierher geschafft hat, dann würde er die paar Meilen bis Westcott Station sicher auch noch fahren«, gab Charlton zu bedenken und wandte sich an Deborah. »Liebe Miss Rodgers, hätten Sie vielleicht die Güte, ins Büro von Mrs Pinkerton zu gehen und nach Brighton zu telefonieren?«

»Nein, das möchte ich nicht.«

»Ah so.« Charlton Piper begriff, welche Taktlosigkeit ihm unterlaufen war, und ich half den beiden aus der Situation heraus.

»Deb, Liebste, ich mach das. Schreib mir die Nummer auf, bitte.«

Deborah zog ein Notizbüchlein aus der Tasche und schrieb mir die Nummer auf einen Zettel. Damit ging ich hinauf ins Direktionsbüro, aber erst nach dem Abendessen, so viel Zeit musste sein.

Gerda Bradshaw (1985)

Am 29. Dezember, gegen neun Uhr abends, erhielt ich einen Anruf von einer mir unbekannten Lehrerin aus Raven Hall. Ich hatte mir bereits Sorgen gemacht, denn John war am Abend davor nicht zurückgekehrt. Das war nichts Besonderes. Bei einem solchen Wetter konnte man leicht mal zu einem Zwischenhalt gezwungen sein – und es war in jener Zeit weder üblich noch auch immer möglich, wegen jeder Kleinigkeit telefonisch Bescheid zu geben. Aber ich war schon erleichtert, als es endlich klingelte. Doch dann war es gar nicht John. Diese Frau, Jenkins hieß sie, fragte, ob John da sei, ich verneinte, und sie erzählte, dass sein Wagen in Raven Hall herumstehe, von ihm selbst aber nichts zu sehen sei. Sonderbar, oder?

»Ja«, sagte ich, »sonderbar, in der Tat. Was sagt mein Sohn denn dazu?«

»Er sagt, sein Vater habe sich mit ihm in der Turnhalle getroffen, habe ihm Geschenke überreicht und habe sich dann nett verabschiedet.«

»In der Turnhalle? Wieso in der Turnhalle? Und hat man da schon nachgesehen? Nein? Warum denn nicht?«

Abigail Jenkins (1985)

Ja, warum nicht? Nun, weil wir diese Information mit der Turnhalle eben erst von Christian bekommen hatten. Und weil die Turnhalle ein Nicht-Ort war, sozusagen. Feuchte Mauern, stillgelegt und abgeschlossen, aus den Augen, aus dem Geist. Nur während der Winterferien hatte Brady sie geöffnet, für die sehr theoretische Möglichkeit, Hallenhockey zu spielen oder Völkerball. Wie auch immer.

Vom Verlauf des Telefonats unterrichtet, meinte Charlton, als ob das Haus jetzt seiner kundigen Führung bedürfe, dass wir wohl nicht umhinkommen würden, in der Turnhalle nachzusehen. Für den Fall der Fälle. Vielleicht habe sich Mr Bradshaw den Schädel an einem Schwebebalken verletzt, sei umgekippt und verblutet. Man habe schon von Verrückterem gehört.

»In der Halle«, sagte Brady, »gibt es kein Licht, der Strom ist abgestellt, wir brauchen also ein paar Lampen. Ich hol uns welche.«

Sam Eastman (1985)

Ich kann noch sagen, wer gegen zehn Uhr zur Exkursion in die Turnhalle aufbrach. Abi, ich, Ed, Charlton, Strickland, Brady und der kleine Junge, Joshua, der uns Lehrern immer auf eine ganz putzige Art nachtrottete. Es war schon ein wenig gespenstisch, denn die Taschenlampen wirkten in der riesigen Halle wie ziellos im Schwarz umherirrende Flakscheinwerfer.

Wir fanden nichts und niemanden. Nicht mal irgendeine Kleinigkeit.

Gerda Bradshaw (1985)

Ich habe dann gegen Mittag am 30. Dezember in Brighton City eine Vermisstenanzeige aufgegeben. Auf der Polizeistation wurde ich dafür quasi ausgelacht. Neunundneunzig Prozent der an diesem Tag vermissten erwachsenen Männer würden spätestens am 2. Januar wieder auftauchen, schwer verkatert, vielleicht sogar mit Erinnerungslücken, ansonsten jedoch wohlauf. Ich habe aus Sorge um meinen Mann frech gelogen und behauptet, John sei ein obsessiver Anti-Alkoholiker, sein Verschwinden müsse einen anderen Grund haben. Man reagierte etwas entnervt und riet mir, wenn ich es denn für unbedingt nötig hielte, in Westcott und Umgebung Anzeige zu erstatten, wo er zuletzt gesehen wurde. Polizisten zu jener Zeit hatten schon einen enormen Entscheidungsspielraum, um es mal so auszudrücken. Aber ich war auch selbst schuld. Statt aufzumucken und mein Recht einzufordern, hab ich es einfach hingenommen. Was hätte ich nun machen sollen? Mich vor den Kamin setzen mit einer Flasche Wein und dem Strickzeug?

Natürlich wollte ich etwas tun, und da oben war

schließlich auch mein einziger Sohn, der womöglich meinen Beistand brauchte. Also bin ich – einen Tag später, John hatte sich immer noch nicht gemeldet – zum Bahnhof. Der Zugverkehr war weiterhin stark eingeschränkt, aber das Wetter hatte sich etwas beruhigt und die Strecke war bereits weitgehend vom Schnee freigeschaufelt. Kurzum, gegen 19 Uhr gab es einen Zug nach Westcott. Irgendwie würde ich von dort schon nach Raven Hall weiterkommen, notfalls zu Fuß. Ich nahm festes Schuhwerk mit und habe auch in der Schule angerufen, damit man von meinem Kommen wusste. Aber niemand nahm ab.

Samuel Eastman (1985)

Es war eine absurde und beklemmende Situation. Der 31. Dezember ist ja dafür da, dass man Festivitäten für den Abend plant, das neue Jahr begrüßt, etwas trinkt, Spaß hat und um Mitternacht gemeinsam *Auld Lang Syne* singt, im Angedenken an die Verstorbenen des letzten Jahres. Das ging nun alles nicht mehr. Ich meine, ich will nicht zynisch klingen, so als hätte es wenigstens einen Toten geben sollen, aber ich meine, es war ja auch keine Polizei auf dem Schulgelände, es gab keinen faktischen Straftatbestand, mit dem man sich hätte auseinandersetzen können. Es war ein verdammter Schwebezustand – zum Irrewerden. Die meisten von uns glichen Gespenstern, die in einer Zwischenwelt gefangen waren.

Abigail Jenkins (1985)

Charlton Piper hat dann mal wieder den spirituellen Führer rausgekehrt, es war fast ekelhaft, wie blendend er in seiner neuen Rolle aufging. Er ließ uns alle in der Halle zusammenkommen, um nicht zu sagen: antreten, dann sagte er ungefähr solche Platitüden wie: »Es ist, wie es ist. Wir sollten heute alle füreinander da sein. Sicher wäre es nicht angebracht zu feiern, aber ich fände es doch produktiv und sinnstiftend, wenn wir zusammen etwas unternehmen würden. Vielleicht backen wir etwas oder kochen eine Suppe, und zwischendurch umarmen wir uns mal oder hören Musik oder spielen Karten, reden miteinander. Wer Alkohol nötig hat, soll eben trinken, ich will niemandem etwas verbieten ...«

Ja, dachte ich, so weit kommt's noch.

Harold Brady (1985)

Ich fand Charlton Pipers Ansprache gar nicht schlecht. Er gab sich Mühe, irgendeine Form zu finden, in der wir miteinander umgehen konnten, bei aller notwendigen Pietät. Obwohl die vielleicht gar nicht soo notwendig war. De facto war ja noch nichts offiziell *passiert*, jedenfalls nichts aus dem Register des Allerschlimmstdenkbaren. Deborah Rodgers ergriff schließlich die Initiative, erklärte sich bereit, Angela in der Küche zur Hand zu gehen. Nach und nach erklärten sich fast alle anderen ebenso dazu bereit. Nur Christian Bradshaw winkte ab, er wolle lieber auf sein Zimmer gehen. Wer hätte es ihm verdenken können? Wo doch sein Vater vermisst wurde.

*

Die Idee mit dem riesigen Suppentopf und dem Keksbacken war schon okay. Die Leute hatten etwas zu tun und würden gegen Mitternacht zusammen essen. Das war irgendetwas zwischen Feiern und Trauern.

Selbstverständlich habe ich nach Chris gesehen und ihn gefragt, wie es ihm ging. Er saß auf seinem Bett und hörte Musik mit riesigen Kopfhörern. Diese seien eins der Weihnachtsgeschenke seines Vaters gewesen – und das beste. Er bot mir an, sie aufzusetzen. Er wirkte ganz ruhig.

»Was glaubst du denn, was passiert ist?«, fragte ich.

Er zuckte nur mit den Schultern und gab keine Antwort.

Diese Kopfhörer der Marke Jon Koss, drei Pfund schwer, waren der Hammer. Was für ein fett-bombastischer Sound, unglaublich.

Ich muss gestehen, dass ich persönlich nicht sehr betroffen war von dem, was vorging. Um gleich die ganze Wahrheit zu sagen: Zu jenem Zeitpunkt war ich ziemlich sauer, dass es kein ausgelassenes Silvesterfest geben würde. Sowohl Iris Pinkerton als auch John Bradshaw waren mir scheißegal, es sei denn, ein Werwolf hätte die beiden gefressen.

»Hör mal, Jim«, sagte Chris.

»Ja?«

»Geh jetzt bitte. Und wenn du nach Mitternacht wiederkommst, mach keinen Lärm. Ich schlaf dann schon.«

Das war nicht der Chris, den ich kannte. Weiß Gott nicht. Er klang beinahe, als habe er vor, Schlaftabletten zu schlucken. Aber allzu viele Gedanken machte ich mir damals nicht und gehorchte einfach.

Edward Norrington (1985)

Es war ein verstörender Abend, aus dem wir versuchten das Beste zu machen. Natürlich wurde Alkohol getrunken, und gar nicht wenig. Das half ungemein. Unglücklicherweise hat sich der kleine Joshua heimlich einige der halbgeleerten Gläser einverleibt und musste sich übergeben.

Um Mitternacht stieß man mit Sekt an, und es war Deborah Rodgers, die schließlich das *Should auld acquaintance be forgot* anstimmte. Wir wussten ja schon vom Weihnachtskonzert, dass sie über eine beeindruckende Stimme verfügte. Sie sang betörend.

Abigail Jenkins (1985)

Es war ein öder Abend, der sich elend lang hinzog. Bis man endlich singen durfte. Aber so gedämpft und trist habe ich das *Auld Lang Syne* nie gehört, auch wenn Deborah es wunderbar intoniert hat, sehr ergreifend. Und dann passierte etwas ganz Unerwartetes. Das Jahr war gerade eine Viertelstunde alt, als man von draußen jemanden rufen hörte. Es handelte sich um eine Stimme, die niemandem von uns bekannt war. Offenbar stand jemand auf dem Hof und wollte hereingelassen werden. Es war eine ziemlich verschneite ältere Frau.

Gerda Bradshaw (1985)

Fragen Sie mich nicht, wie ich es dorthin geschafft habe. Also los, fragen Sie mich schon! Es hat ja kein Taxi gegeben und nichts, aber ich bin in eine der Kneipen gegangen und fand schließlich einen Lastwagenfahrer, der sich dreißig Pfund verdienen wollte. Ihm war aber nur die Straße von Süden her bekannt, die ein gutes

Stück vor dem Schulgelände endet. Den ganzen Rest musste ich zu Fuß zurücklegen.

Samuel Eastman (1985)

Wir baten die Frau herein, setzten sie an den Kamin und trugen ihr einen Teller heiße Suppe auf. Sie stellte sich uns vor. Wollte natürlich wissen, ob es etwas Neues gab. Und wo ihr Sohn sei, Christian Bradshaw. Jemand lief, um ihn zu holen, ich glaube, das war Ed.

Gerda Bradshaw (1985)

Als ich so dasaß, am Feuer, und die Suppe löffelte, sah ich mir die Leute an, einen nach dem anderen. Fast alle im Raum sahen neugierig zu mir her, nur eine nicht, die saß ganz hinten am Tisch, den Kopf in ihre Handflächen gestützt. Ich wusste sofort, das ist das Miststück, Deborah Rodgers, endlich bekam ich sie leibhaftig zu Gesicht. Ich starrte sie an, prompt stand sie auf und verließ den Salon, ohne sich von irgendwem zu verabschieden oder gute Nacht zu wünschen. Sie ergriff, das kann man ruhig so sagen, die Flucht. Dann kam Mr Norrington zurück, aber ohne meinen Sohn. Das war schon etwas peinlich für mich.

Edward Norrington (1985)

Ich klopfte an, aber niemand bat mich herein. Aufgrund der besonderen Umstände trat ich trotzdem ins Zimmer und fand die Schüler Christian Bradshaw und Anthony Brewer über ein Taschenschachspiel vertieft.

»Ihre Mutter ist eingetroffen, Bradshaw, und würde Sie gerne sehen.«

Seine Antwort lautete ungefähr, es sei schon so spät, er schlafe bereits und empfehle selbiges auch seiner Mutter, mit sehr guten Wünschen zum neuen Jahr 1966.

Was hätte ich tun sollen? Und wie in Dreiteufelsnamen sollte ich Mrs Bradshaw diese Nachricht überbringen, ohne sie vor allen Leuten zu brüskieren? Ich lief zurück, ging hin zu der übrigens ganz sympathisch wirkenden Dame, flüsterte ihr ins Ohr, dass ihr Sohn schon schlafen gegangen sei. Die Wünsche zum Neuen Jahr musste ich dementsprechend weglassen. Mrs Bradshaw sah mich an, und diesen Blick werde ich nie vergessen. Sie wahrte die Contenance, verzog keine Miene, aber ich sah, wie sich ein Tränchen in ihre Augen stahl. Ganz fürchterlich.

Charlton kam zum Glück zu Hilfe und lenkte die Aufmerksamkeit auf sich, indem er Mrs Bradshaw für die Nacht eine der leerstehenden Wohnunterkünfte der Lehrerschaft anbot. Was genaugenommen nicht in Ordnung war, denn das ging auf Kosten der Privatsphäre einer abwesenden Lehrkraft. Aber gut, für heute musste man darüber hinwegsehen.

Ich bemerkte, dass Deborah sich heimlich, still und leise davongestohlen hatte. Gegen drei Uhr morgens saßen wir zu viert in der Küche zusammen, Sam, Abigail, Charlton und ich, wir tranken eine gute Flasche Single Malt aus, man kennt das, der Abend war unbefriedigend verlaufen, aber man will nicht so einfach das Handtuch werfen. Und plötzlich hat Abigail Sam umarmt und geküsst, also, ich meine, so richtig geküsst. Die beiden haben es offenbar für nötig befunden, Flagge zu zeigen. Charlton und ich sahen zur Seite, strichen die Segel und zogen uns zurück.

Ich hab dann meinen Wecker auf neun Uhr gestellt, obwohl mir viel eher nach Ausschlafen gewesen wäre. Die Neugier hat gesiegt.

Abigail Jenkins (1985)

Natürlich hatten wir Verständnis für eine Frau, die aus Sorge um ihren verschwundenen Gatten eine sicher beschwerliche Reise auf sich genommen hatte, um uns auf die Nerven zu gehen. Sorry, wenn ich das so unverblümt formuliere. Ich bin einfach nur ehrlich. Wir wussten nicht, was wir mit ihr anfangen sollten. Das Frühstück haben Sam und ich leider verpasst, uns wurde aber zugetragen, dass weder Christian noch Deborah daran teilgenommen hatten.

Mrs Bradshaw muss sich währenddessen sehr verloren und unerwünscht vorgekommen sein. Mir wurde erzählt, sie habe geweint und mehrfach aufgestampft. Sie soll immer noch ihre sehr festen Wanderstiefel getragen haben, mit griffigem Profil. Sehr undamenhaft.

Gegen Mittag dann traf die Polizei ein, diesmal mit einem halben Dutzend Männern.

Gerda Bradshaw (1985)

Mein einziger Sohn Christian geruhte, mir kurz vor 12 Uhr eine Audienz im Tischtenniszimmer zu gewähren. Er machte keinen Hehl daraus, dass ihm meine Anwesenheit unangenehm war, wenngleich er nicht drastisch wurde oder rotzig. Vielleicht stand er unter dem Einfluss einer Droge, hatte einen Joint geraucht oder irgendwelche Tabletten geschluckt. Am meisten irritierte mich seine offensichtliche Gleichgültigkeit, was das Verschwinden seines Vaters anging. Daraufhin befragt, gab er zur Antwort: »Und? Was soll ich denn tun? Was weiß ich, wo er ist – das ist ja auch vor allem seine Sache.«

»Wie bitte?«, fragte ich. »Das ist *seine Sache*? Wenn ihm etwas zugestoßen ist, ist das *seine Sache*?«

»Wessen Sache könnte es sonst sein?«

Ich erschrak über die klirrende Kälte seiner Worte.

*

Im Gegensatz zu Chris hatte ich am Morgen großen Hunger und nahm ein ausgiebiges Frühstück zu mir. Ich beobachtete Mrs Bradshaw, die unentschlossen in einem Häufchen Rührei stocherte. Neben ihr saß Mr Piper, die beiden tuschelten ein wenig, aber wie es schien, nur Smalltalk, um das allgemeine Schweigen aufzulockern. Mr Norrington setzte sich mit seinem Becher Tee ans Klavier und spielte etwas aus den *Goldberg-Variationen* von Bach.

Das kannte ich damals nicht, aber es hat mich sonderbar berührt und eröffnete mir neue musikalische Welten. Tut hier nichts zur Sache. Mrs Bradshaw stand plötzlich auf und setzte sich neben mich. Sie habe gehört, sagte sie, ich sei ein Zimmergenosse ihres Sohnes.

»Das stimmt, Mam.«

Sie begann mich auszufragen, wie es denn so sei, mit ihm auf einem Zimmer zu liegen, ob man mit ihm auskommen könne, ob er schwierig sei, ob er unter Stimmungsschwankungen leide, ob er Drogen konsumiere.

Ich sagte immer Na ja oder Nee. Was denn sonst? Warum stellen Sie all diese Fragen nicht ihm selbst?, wäre der Satz gewesen, wäre ich ein paar Jahre älter gewesen und hätte den Mumm dazu gehabt. Stattdessen immer nur Na ja oder Nee. Sie begriff schnell, dass aus mir nichts herauszuholen war, obwohl ich mich nicht etwa feindselig oder provokant benahm. Ich hätte es einfach nicht für richtig befunden, über meinen Buddy Chris zu plaudern, ohne dass er dabei war.

Edward Norrington (1985)

Als die Polizei eintraf, gab es Gemurmel, ich wurde Zeuge, wie die Beamten Hausmeister Brady darum baten, ihnen eine geeignete Räumlichkeit zuzuweisen, in der sie ihr Büro unterbringen konnten.

»Ein Büro? Wofür?«

Der Inspector erklärte, man müsse Befragungen durchführen und diese mit einem Tonband aufzeichnen. Ein Telefon in der Nähe sei dabei von Vorteil. Dass sich der einzige Apparat in den Räumen der vermissten Direktorin befinde, begrüßte der distinguiert wirkende Endvierziger. Er war schlank, hatte einen angegrauten Schnauzbart und leuchtend blaue Augen. »Die stehen doch ohnehin leer.«

Brady antwortete nicht sofort. Seinem Gesicht war anzusehen, dass ihm bei dem Gedanken erstens nicht wohl war, dass es ihm zweitens egal sein konnte, weil es ihn drittens nichts anging. Der Inspector bat ihn um eine Liste aller jetzt und während der letzten sieben Tage auf dem Gelände befindlichen Personen.

Abigail Jenkins (1985)

Dieser Inspector hieß Perkins und war ein Arsch. Ich meine, was nahm sich der Kerl heraus? Er ließ sich unser aller Namen geben und erstellte eine Liste, laut der wir zu bestimmten Zeiten bei ihm antanzen mussten, im Halbstundentakt. Ich war für 16:30 Uhr einbestellt, Sam um 17:00 Uhr. Was, wenn ich nun keine Lust darauf hatte? Aber es herrschten andere Zeiten, noch war niemand daran gewöhnt, die Autorität der Polizeibehörde in Frage zu stellen oder gezielt zu unterlaufen.

*

Von diesem Tag an existieren erste behördlich protokollierte Aussagen, vom Tonband abgetippt und archiviert. Fünfzig Jahre später, im Januar 2016, wurden sie mir, Anthony Brewer, ausgehändigt, nach mehreren Eingaben beim Justizministerium. Und auch das war nur möglich, weil ich mich inzwischen (nachdem ich als Anwalt in Rente gegangen war) als Journalist akkreditiert hatte, der, mit der Hilfe einer Wochenzeitung im Rücken, nachweisen oder zumindest glaubhaft darlegen konnte, dass es ein öffentliches Interesse an den Protokollen gab.

Ich lege sie in der Reihenfolge ihrer Entstehung vor, von 13:00 Uhr des 1. Januar 1966 bis 19:30 desselben Tages. Es wird ein paar Redundanzen geben, denn viele der Befragten haben damals Dinge gesagt, die sie mir gegenüber später, in den Achtzigerjahren, mit nur wenig anderen Worten wiederholt haben. Aber ein paar kleine Abweichungen von der späteren Version fielen mir auf. Vielleicht sind sie von Bedeutung, vielleicht auch nicht. Psychologen haben mir erklärt, dass Erinnerungen sich mit der Distanz der Jahre wandeln, denn das Gehirn ist ein brodelnder Topf, in dem kaum eine Information sozusagen auf Eis gelegt ist, sondern alles weich oder zu Brei gekocht und mit Gewürzen versehen wird.

Erwähnenswert ist noch, dass es plötzlich viel wärmer geworden war. Ein regelrechter Temperatur-Umsturz. Der Schnee begann zu schmelzen, und man konnte daran denken (darauf *hoffen* klingt in meinen Ohren falsch), dass der Wald etwaige Geheimnisse preisgab. Mit Chris habe ich an diesem Tag kaum Kontakt gehabt. Er lief mit versteinerter Miene durch die Gegend. Sprach man ihn an, gab er einsilbige, belanglose Antworten, die von einem wie mir hätten stammen können.

DIE PROTOKOLLE

***Polizeiprotokoll 1** – 13:00 Uhr am 1.1.1966. Befragt wird Gerda Bradshaw, 55, Ehefrau des als vermisst geltenden John Bradshaw. Zugleich Mutter des am Institut befindlichen Schülers Christian Bradshaw. Das Verhör führt Chief Inspector David Perkins, Beisitzer ist Constable Ian-Seth Berry.*

PERKINS

Mrs Bradshaw, Sie haben Ihren Gatten John als vermisst gemeldet und uns hergebeten, damit wir eine Untersuchung einleiten wegen eines möglichen Kapitalverbrechens. Was bringt Sie zu der Annahme?

GERDA BRADSHAW

Na, was wohl? Er ist verschwunden, hat sich nicht gemeldet, aber sein Wagen steht hier herum. Wenn er einen Herzinfarkt gehabt hätte oder sonst einen Unfall, hätte man seinen toten oder verletzten Körper gefunden. Hat man aber nicht. Demnach muss ich damit rechnen, dass er Opfer eines Verbrechens geworden ist.

PERKINS
Können Sie mir erläutern, in welchem Verhältnis sich Ihr Gatte zu diesem Institut befindet?

GERDA BRADSHAW
Er ist Vater eines der Schüler, unseres Sohnes Christian.

PERKINS
Darüber hinaus noch etwas?

GERDA BRADSHAW
Er hat dem Institut im Sommer eine beträchtliche Summe Geld gespendet, damit der Lehrbetrieb fortgesetzt werden konnte.

PERKINS
Um welche Summe handelte es sich?

GERDA BRADSHAW
Das weiß ich gar nicht genau, und wenn ich es wüsste, wüsste ich nicht, ob ich es Ihnen sagen dürfte ohne sein – Johns – Einverständnis.

PERKINS
Was wäre denn in Ihren Augen eine beträchtliche Summe? Wenn ich so frage, können Sie unverbindlich antworten. Es interessiert mich einfach. Und Sie möchten doch sicher, dass ich mich für Ihr Anliegen interessiere?

GERDA BRADSHAW
Na, hören Sie mal! Das Interesse dürfte ja wohl doch ein öffentliches sein, wenn ein angesehener Bürger dieses Königreichs vermisst wird.

PERKINS
Jedes Detail würde mir helfen, die Angelegenheit richtig einzuordnen.

GERDA BRADSHAW
Na schön, ich würde eine Summe von 80.000 Pfund als doch sehr beträchtlich einordnen.

PERKINS
In der Tat. Ihr Gatte ist also als Wohltäter aufgetreten. Hat er dafür ein Quid pro Quo eingefordert?

GERDA BRADSHAW
Ein was?

PERKINS
Ein Entgegenkommen, eine gewisse Gegenleistung.

GERDA BRADSHAW
Nicht, dass ich wüsste.

PERKINS
Aber Ihr Sohn, Christian, besucht seither die Abschlussklasse in diesem Institut?

GERDA BRADSHAW
Ja, warum nicht? Er musste irgendwohin.

PERKINS
Weil er zuvor von anderen Schulen verwiesen wurde?

GERDA BRADSHAW
Woher haben Sie das? Und tut das etwas zur Sache?

PERKINS
Vielleicht, vielleicht auch nicht. Wir haben Erkundigungen eingezogen. Christian Bradshaw, Ihr Sohn, gilt danach als nicht ganz unkomplizierter Schüler.

GERDA BRADSHAW
Das ist nun mal das Alter. *Das* ist schwierig, nicht er selbst. Er ist im Herzen ein guter Junge.

PERKINS
Mag sein. Nehmen wir nun einmal den Fall an, jemand hätte Ihrem Gatten etwas antun wollen. Welchen Grund könnte derjenige gehabt haben?

GERDA BRADSHAW
Nun, ich will niemanden beschuldigen, ganz sicher nicht, aber wenn Sie schon einmal, wie Sie sagen, Erkundigungen eingezogen haben, dann wissen Sie wahrscheinlich längst, dass mein Mann – nun, reden wir nicht drum herum – eine Affäre hatte. Mit jemandem vom Lehrpersonal hier.

PERKINS
Mit wem genau?

GERDA BRADSHAW
Es war eine kurze, törichte Affäre, John hat sie mir gestanden, ich habe ihm vergeben, Ende der Geschichte.

PERKINS
Sie wollen sagen, dass Sie mir den Namen jener … *Affäre* verschweigen wollen, obwohl ich wahrscheinlich längst ins Bild gesetzt wurde?

GERDA BRADSHAW
Ich spreche ihren Namen ungern aus. Aber da Sie ohnehin bereits informiert sind – es war Miss Deborah Rodgers.

PERKINS
Sie mögen Miss Rodgers nicht besonders?

GERDA BRADSHAW
Das liegt doch wohl in der Natur der Dinge, darüber hinaus kenne ich sie bisher nicht persönlich und maße mir kein Urteil an. Obschon sie nun einmal eine Affäre mit einem verheirateten Mann begonnen hat. Der dazu deutlich älter ist als sie.

PERKINS
Was wollen Sie damit ausdrücken?

GERDA BRADSHAW
Ziehen Sie selbst Ihre Schlüsse. Miss Rodgers ist achtundzwanzig, außerordentlich hübsch, und mein Mann - na ja.

PERKINS
Sie wollen insinuieren, dass es nicht in erster Linie eine… erotische Obsession gewesen ist?

GERDA BRADSHAW
Ich sehe, Sie beherrschen die Grundrechenarten.

PERKINS
Sie müssen schon etwas deutlicher werden.

GERDA BRADSHAW
Ich muss leider aufpassen, was ich sage. Es war wohl so, dass Miss Rodgers meinen Mann unter Druck gesetzt hat.

PERKINS
Weswegen?

GERDA BRADSHAW
Wegen was wohl. Ich will nicht zu deutlich werden.

PERKINS
Einer Schwangerschaft?

GERDA BRADSHAW
Möglicherweise. Ob diese Schwangerschaft allerdings je bestanden hat, wer weiß das schon?

PERKINS
Das ist mir alles zu hypothetisch. Haben Sie irgendeinen Hinweis darauf, dass Miss Rodgers von Ihrem Mann Geld bekommen hat?

GERDA BRADSHAW
Nein. Geld hat nur Raven Hall bekommen.

PERKINS
Was genau würden Sie Miss Rodgers demnach vorwerfen?

GERDA BRADSHAW
Ich hätte ihr etwas vorgeworfen? Nein! Alles, was ich sagen will, sie war die einzige Person hier, mit der John eine Art von emotionaler Verbindung gehabt hat.

PERKINS
Mrs Bradshaw, Sie versuchen partout, den möglichen Vorwurf einer Verleumdung zu umgehen, dennoch stoßen Sie mich mit der Nase darauf, dass ich Miss Rodgers näher unter die Lupe nehmen soll, richtig?

GERDA BRADSHAW
Nun, es geht mir darum, anzudeuten, dass niemand hier ein Motiv gehabt haben dürfte, John etwas Böses zu wollen, außer eben Miss Rodgers. Ich will einfach nur hilfreich sein.

PERKINS
Sie sagen, dass es eine Schwangerschaft gegeben hat oder gegeben haben könnte. Demnach, wenn es keine Fehlgeburt gab, hätte Miss Rodgers diese Schwangerschaft … abgebrochen. In unsrem Land eine schwere Straftat.

GERDA BRADSHAW
Ich sage ja, ich bin überhaupt nicht sicher, ob diese Schwangerschaft je bestanden hat.

PERKINS
Ungeachtet dessen wissen Sie nichts davon, dass Miss Rodgers jemals Geld für sich selbst verlangt hat?

GERDA BRADSHAW
Das hat sie wohl nicht. Ich nehme an, John hat ihr die Adresse eines Arztes gegeben, der ihr half, ihren … Zustand wieder in den ursprünglichen zurückzuverwandeln.

PERKINS
Das nehmen Sie an? Gibt es den Namen dieses Arztes? Ich mache Sie darauf aufmerksam, dass das keine Lappalie ist.

GERDA BRADSHAW
Ich möchte dazu lieber nichts weiter sagen.

PERKINS
Gut. Kommen wir zu Ihrem Sohn. Christian. Mir

ist zu Ohren gekommen, dass er seine ganz eigene emotionale Verbindung zu Miss Rodgers unterhält.

GERDA BRADSHAW
Davon höre ich zum ersten Mal. Was für eine emotionale Verbindung sollte das bitte sein?

PERKINS
Tja… Es ist die Rede davon, dass er sie während des laufenden Schuljahrs belästigt haben soll. Ein gewisser Mr Zachary Wright hat dabei eine Rolle gespielt.

GERDA BRADSHAW
Wer war das noch mal?

PERKINS
Er ist inzwischen nicht mehr an der Schule. Wir werden ihn in London um eine Stellungnahme bitten. Und wie ich weiter gehört habe, vertragen sich Miss Rodgers und Ihr Sohn seitdem ganz gut.

GERDA BRADSHAW
Was wollen Sie damit sagen?

PERKINS
Das, was ich gesagt habe. Es hat keine weiteren Vorkommnisse gegeben. Christian Bradshaws Strafregister ist seit zwei Monaten tadellos.

GERDA BRADSHAW
Das ist doch gut! Er ist in seinem Herzen, wie ich bereits sagte, ein gutes Kind.

PERKINS
Ich fürchte, an diesem Punkt kommen wir für heute nicht weiter. Wenn Sie vorhaben, mir Miss Rodgers in einem schlechten Licht zu zeigen, müssen Sie schon konkreter werden.

GERDA BRADSHAW
Das hatte ich nie vor. Ich weiß dafür zu wenig. Sie wollten aber doch wissen, wer einen Grund gehabt haben könnte, ein Interesse daran, dass John … Da ist mir eben nur diese Schlampe eingefallen, diese Ehebrecherin. Die sollten Sie befragen. Ob sie zu einem Engelmacher gegangen ist. Wer sein eigenes Kind tötet, der ist zu allem fähig, weiß Gott. Oder etwa nicht?

PERKINS
Wir kümmern uns darum, Mrs Bradshaw. Bewahren Sie die Ruhe.

GERDA BRADSHAW
Wie sollte ich, Mr Perkins. Mein Mann ist weg. Verschwunden, vielleicht tot.

PERKINS
Beruhigen Sie sich. Die Tatsache, dass es keine Leiche gibt, spricht in neunzig Prozent der Fälle dafür, dass Ihr John noch lebt. Auch wenn er

mit Ihnen reinen Tisch gemacht hat, haben beinahe alle Ehemänner ihren Frauen gegenüber noch etwaige Geheimnisse.

GERDA BRADSHAW
Ihr Wort in Gottes Ohr, Mr Perkins. Aber warum lässt er seinen Wagen hier stehen?

PERKINS
Wir werden das Fahrzeug noch genauer untersuchen. Vielleicht ist ihm einfach nur das Benzin ausgegangen?

GERDA BRADSHAW
Lieber Inspector, ich weiß wirklich nicht, was Sie damit bezwecken wollen, hier etwas schönzureden. Es sind ja immerhin zwei Menschen, die vermisst werden, nicht nur mein Mann, auch die Direktorin, Mrs Pinkerton.

PERKINS
Ein Mann und eine Frau. Könnte es nicht sein, dass die beiden zusammen irgendwohin losgezogen sind?

GERDA BRADSHAW
Jetzt hören Sie aber auf, das ist doch geradezu lächerlich.

PERKINS
Nach dem, was ich über Mrs Pinkerton gehört habe, vielleicht. Aber Sie kennen diese Frau doch gar

nicht. Wie können Sie diese Möglichkeit also einfach vom Tisch wischen?

GERDA BRADSHAW
Nun, John ist … also, er … Und ich habe ein Foto von Mrs Pinkerton gesehen.

PERKINS
Sie wollen sagen, er ist wohlhabend genug, um sich eine jüngere, attraktivere Geliebte zu leisten?

GERDA BRADSHAW
Das wird ja jetzt geradezu peinlich. Aber ja, wenn es denn so in Worte gefasst werden muss …

PERKINS
Man hat mir auch erzählt, dass es zwischen Miss Rodgers und der Direktorin in letzter Zeit Spannungen gegeben hat.

GERDA BRADSHAW
Darüber weiß ich nun leider gar nichts.

PERKINS
Erzählt Ihnen denn Ihr Sohn nicht ab und an etwas über Vorkommnisse am Institut?

GERDA BRADSHAW
Nein. Tratsch ist nicht sein Ding. Um ehrlich zu sein, er erzählt so gut wie nie etwas.

PERKINS
Sie wissen aber schon, dass er sich einer körperlichen Züchtigung unterziehen musste?

GERDA BRADSHAW
Chris? Nein, das höre ich zum ersten Mal.

PERKINS
Ihr Gatte hat davon gewusst. Und hat es Ihnen demnach verschwiegen?

GERDA BRADSHAW
Ja, wenn das so ist - vermutlich, um mich zu schonen. Aber was soll das jetzt?

PERKINS
Nun, Ihr Sohn hätte durchaus Grund genug gehabt, wegen der verhängten Prügelstrafe einen gewissen Groll gegenüber Mrs Pinkerton zu hegen.

GERDA BRADSHAW
Moment! Was wird das hier?

PERKINS
Es ist doch interessant, dass sowohl Chris als auch Miss Rodgers Iris Pinkerton gehasst haben dürften.

GERDA BRADSHAW
Sie werfen so einfach mit Worten wie *Hass* um sich, das ist…

PERKINS
Einverstanden, nennen wir es Antipathie. Darüber wussten Sie nichts?

GERDA BRADSHAW
Nein, woher denn auch. Was genau wollen Sie sich gerade zusammenreimen?

PERKINS
Ich möchte mich einfach nur inspirieren lassen und in alle möglichen Richtungen denken.

GERDA BRADSHAW
Sie verfügen über eine zu lebhafte Fantasie, die momentan mit Ihnen durchzugehen scheint.

PERKINS
Kann sein, kann sein. Ich will Ihnen aber nicht vorenthalten, dass es gewisse Gerüchte gibt…

GERDA BRADSHAW
Was denn für Gerüchte? Was wird das hier?

PERKINS
Gerüchte, die das innige Verhältnis Ihres Sohnes zu Miss Rodgers betreffen.

GERDA BRADSHAW
Nicht im Ernst, oder?

PERKINS
Jemand hat mir erzählt, dass Miss Rodgers auf dem

Weihnachtskonzert gesungen hat, begleitet von der Schulband, in der Christian Gitarre spielt.

GERDA BRADSHAW
Oh, wirklich? War das so?

PERKINS
Und es kursieren noch viel… deftigere Gerüchte, wonach es zwischen den beiden zu… ähm… einvernehmlichen Handgreiflichkeiten gekommen sein soll.

GERDA BRADSHAW
Wer behauptet das?

PERKINS
Nun, das möchte ich Ihnen lieber nicht im Detail erläutern, ich kann nur sagen, dass es sich sogar um mehrere Quellen handelt. Weswegen ich es durchaus ernst nehmen muss.

An dieser Stelle hat Gerda Bradshaw die Befragung abgebrochen und ohne ein weiteres Wort den Raum verlassen. Ich weiß nicht, woher genau Inspector Perkins seine Informationen bezog. Aber ich rufe in Erinnerung, dass Chris des öfteren mit seiner angeblich intimen Beziehung zu Miss Rodgers geprahlt hatte. Folglich wusste fast jeder Schüler davon. Weil aber konkret von einer *Handgreiflichkeit* die Rede war, nehme ich an, dass Zachary Wright der Polizei einen Hinweis gegeben hat. Es ist in jedem Fall erstaunlich, um nicht zu sagen beängstigend, wieviel Schmutzwäsche der Inspector nach nur ein paar Stunden Recherche zusammentragen konnte. Bereits nach diesem ersten Verhör scheint sich Perkins auf Deborah und Christian als mögliche Verdächtige fokussiert zu haben. Er war sehr fleißig, ehrgeizig, war sich wohl auch bewusst, dass dieser *Fall* ihm eine Plattform bieten würde, seine Karriere enorm zu beschleunigen.

Am Mittag sah ich zu, wie der Abschleppdienst kam, um den Buick von John Bradshaw vom Gelände zu entfernen, irgendwohin, wo der Spurendienst ihn auseinandernehmen würde.

Ungefähr um drei am Nachmittag, ich weiß es nicht mehr genau, habe ich Chris gesehen, der mit seiner Mutter durch den Schnee stapfte, in einiger Entfernung, ich konnte nicht hören, was die beiden sagten. Es sah aus, als würde sie ohne Unterbrechung auf ihn einreden, wozu er meistenteils schwieg oder nur sehr einsilbig Antwort gab. Ich hätte hingehen können, wollte aber nicht stören.

Der Wetterwechsel war sehr aufregend. Plötzlich wehte ein warmer Wind, jeder neue Tag würde ein wenig länger dauern. Ich bin an den See gegangen, der immer noch zugefroren war.

***Polizeiprotokoll 2** – 13:30 Uhr am 1.1.1966. Befragt wird Deborah Rodgers, 28, ledig, Lehrerin für Englisch am Institut Raven Hall.*

PERKINS
Miss Rodgers, darf ich Sie zuallererst fragen, ob Sie Ihre Lehrtätigkeit an diesem Institut gerne ausüben?

DEBORAH RODGERS
Welch eine sonderbare erste Frage, die müssen Sie mir schon erklären.

PERKINS
Das muss ich eigentlich nicht, aber um Ihrem Wunsch zu entsprechen: Ich möchte keine Zeit mit Geplänkel verschwenden und gleich in medias res gehen. Hätte ich Sie zuerst gefragt, ob Ihnen im Zusammenhang mit dem Verschwinden der beiden vermissten Personen irgendwelche relevanten Informationen bekannt sind, hätte Ihre Antwort vermutlich Nein gelautet.

DEBORAH RODGERS
Woher wissen Sie das so genau?

PERKINS
In diesem Fall wären Sie doch von sich aus zu uns gekommen, um diese Informationen mit uns zu teilen.

DEBORAH RODGERS
Ach ja? Na ja, sicher, sofern mich meine innere Aufgewühltheit daran hätte denken lassen.

PERKINS

Gut, kürzen wir das ab. Ich möchte ehrlich mit Ihnen spielen und keine Fragen stellen, die als Fangfragen betrachtet werden könnten, will Ihnen auch etwaige durchaus nachvollziehbare Notlügen ersparen. Uns ist bekannt, dass Ihr Verhältnis zu Direktorin Pinkerton in letzter Zeit kein sehr entspanntes gewesen ist. Man redet sogar von einer Art Revolte gegen das hier herrschende Schulsystem.

DEBORAH RODGERS

Große Worte, die kleine Meinungsverschiedenheiten beschreiben. Unter einer Revolte verstehe ich doch etwas ganz anderes. Natürlich werden Sie mir kaum offenbaren, wer Ihnen diesen Schmus erzählt hat. Aber wenn Sie sich umsehen, werden Sie feststellen, dass kein Haus niedergebrannt wurde und der Betrieb im üblichen Rahmen verläuft.

PERKINS

Sicher. Nur dass die Direktorin von der Bildfläche verschwunden ist.

DEBORAH RODGERS

Was viele Ursachen haben kann. Wahrscheinlich haben Sie auch schon gehört, dass Mrs Pinkertons Alkoholkonsum in letzter Zeit Anlass zur Sorge gegeben hat.

PERKINS
Ja, ich muss zugeben, dass ich davon gleich zu Beginn der Ermittlungen erfahren habe.

DEBORAH RODGERS
Erstaunlich, wo es in einer zivilisierten Gesellschaft ein Gebot der Diskretion geben müsste.

PERKINS
Der Drang, sich mitzuteilen, ist ein tief menschliches Bedürfnis.
Und Sie werden Verständnis haben, dass ich in jede Richtung ermitteln muss.

DEBORAH RODGERS
In Ordnung.

PERKINS
Fällt Ihnen denn sonst noch jemand ein, der gegenüber Mrs Pinkerton, sagen wir mal, *unfreundliche* Gedanken hegen würde?

DEBORAH RODGERS
Damit deuten Sie an, das wäre bei mir so. Aber meine Gefühle bezüglich Mrs Pinkerton bewegen sich eher zwischen Mitleid und Bedauern, nicht im Bereich von Hass und Zorn.

PERKINS
Sie haben meine Frage nicht beantwortet.

DEBORAH RODGERS
Ob mir wer einfällt, der… nein. Man kann über die Direktorin sagen, was man will, sie verhielt sich stets korrekt, zumindest nach den gesetzlichen Vorgaben.

PERKINS
Denken Sie noch einmal nach. Gab es da nicht wen, der allen Grund hatte, auf Mrs Pinkerton sauer zu sein?

DEBORAH RODGERS
Verstehe. Sie meinen Mr Wright. Ja. Sauer sein ist aber etwas anderes als Hass und Zorn. Er hat aufgrund einer Unbeherrschtheit seine Anstellung verloren. Das ist nichts, wofür er die Schuld auf andere abwälzen könnte.

PERKINS
Mochten Sie Mr Wright?

DEBORAH RODGERS
Ich weiß nicht, inwiefern das eine Rolle spielt.

PERKINS
Sagen Sie doch einfach Ja/Nein/Geht so.

DEBORAH RODGERS
Wir waren lose befreundete Kollegen, und ich habe seinen Abschied bedauert.

PERKINS
Okay. Sie sagen *lose befreundet*.

DEBORAH RODGERS
Ja. Warum? Haben Sie etwas anderes gehört?

PERKINS
Miss Rodgers, reden wir über Ihr Verhältnis zu John Bradshaw.

DEBORAH RODGERS
Ich ahne bereits, dass Sie auch dahingehend schon etwas gehört haben.

PERKINS
Es ließ sich absolut nicht vermeiden.

DEBORAH RODGERS
Na gut. Obwohl es eigentlich niemanden etwas angeht, gebe ich freiwillig zu, dass es zwischen mir und John eine Geschichte gab.

PERKINS
Eine *Geschichte*?

DEBORAH RODGERS
Eine Affäre, wenn Sie dieses Wort unbedingt hören wollen. Auf Details möchte ich verzichten.

PERKINS
Haben Sie während John Bradshaws Anwesenheit auf Raven Hall Kontakt mit ihm gehabt?

DEBORAH RODGERS
Nein. Wir gehen uns aus dem Weg. Die Geschichte hatte ein Ende, und das wars.

PERKINS
Kein einziges Wort?

DEBORAH RODGERS
Keines.

PERKINS
Ich will nicht näher auf Dinge eingehen, die mich nichts angehen, jedenfalls nicht, solange ich keine tieferen Einblicke gewonnen habe. Dennoch ist mir daran gelegen, so viel wie möglich zu erfahren, dafür bitte ich um Respekt, so wie ich Ihre Privatsphäre respektiere.
Kommen wir zu Christian Bradshaw, Johns Sohn.

DEBORAH RODGERS
Von mir aus.

PERKINS
Sind Sie seine Lehrerin?

DEBORAH RODGERS
Nein, er ist in keiner meiner Klassen.

PERKINS
Wie würden Sie Ihr Verhältnis zu ihm beschreiben?

DEBORAH RODGERS
Um ehrlich zu sein, er war ein Mistkerl, eine Nervensäge, und nicht sehr nett mir gegenüber. Ein junger aggressiver Mann, nein, das Wort *Mann* nehme ich zurück. Ein testosterongesteuertes Bürschchen, das seine Grenzen ausgetestet hat. Er und Mr Wright gerieten aneinander, das werden Sie wahrscheinlich alles schon wissen, wie ich annehmen muss. Dann hat uns Mr Wright verlassen, seither ist Frieden eingekehrt zwischen Chris Bradshaw und mir. Wir haben uns ausgesprochen und vertragen. Ich sage Ihnen gleich und hier und jetzt: Was immer Mr Wright dazu zu sagen hat, ist zutiefst parteiisch.

PERKINS
Mr Wright war in Sie verliebt?

DEBORAH RODGERS
So was in der Art.

PERKINS
Können Sie mir etwas über das Verhältnis von Christian Bradshaw zu seinem Vater John sagen?

DEBORAH RODGERS
Nichts Spektakuläres. John hat seinen Sohn, soviel ich weiß, stets unterstützt. Wie es normal sein dürfte gegenüber dem einzigen Kind.

PERKINS
Ist es wahr, dass Sie die Anmeldung von Christian an Ihrer Schule als provokant empfanden?

DEBORAH RODGERS
Ja – und auch wieder nicht. John Bradshaw hat mit einer sehr großzügigen Spende den Weiterbetrieb dieses Instituts ermöglicht, warum sollte sein Sohn davon nicht profitieren und hier den Abschluss machen, der ihm woanders vielleicht nicht… so sicher gewesen sein dürfte.

PERKINS
Wissen Sie, um welche Summe es sich bei dieser großzügigen Spende in etwa gehandelt hat?

DEBORAH RODGERS
Keine Ahnung. Ich habe von Iris Pinkerton gehört, dass sie enorm gewesen sein muss, eben: großzügig.

PERKINS
Und welchen Grund konnte John Bradshaw gehabt haben, sich derart generös zu zeigen?

DEBORAH RODGERS
Fragen Sie ihn selbst. Ich nehme an, er konnte den Betrag von der Steuer absetzen.

PERKINS
Ich kann ihn nicht fragen, er ist – weg.

DEBORAH RODGERS
Sie benutzen das Wort *weg*…

PERKINS
Kein anderes schließt ähnlich viele Möglichkeiten ein.

DEBORAH RODGERS
Dann ist es ja ein gutes Wort, ein Wort mit weiten Armen.

PERKINS
Miss Rodgers, ich will Ihnen nun doch noch die Frage stellen, mit der dies alles hier unter normalen Umständen hätte beginnen müssen.

DEBORAH RODGERS
Ich höre.

PERKINS
Wissen Sie irgendetwas über das Verschwinden von Mrs Pinkerton und Mr Bradshaw?

DEBORAH RODGERS
Nein.

PERKINS
Ihre Beziehung zu Mr Bradshaw ist zweifellos eine Privatsache. Das achte ich. Dennoch muss ich fragen: Hatte die generöse Schenkung John Bradshaws an das Institut Raven Hall irgendetwas mit Ihrer Person zu tun?

DEBORAH RODGERS
Nicht, dass ich wüsste. Sie fragen im Grunde, seien wir ehrlich, ob ich ihn mit irgendwas erpresst haben könnte. Gegenfrage: Womit hätte ich ihn erpressen können? Es seiner Frau zu sagen? Er hat es seiner Frau gestanden. Das entzieht einer möglichen Erpressung jeden Spielraum.

PERKINS
Hat John Bradshaw Sie gezwungen oder dazu verleitet oder Ihnen angeboten, eine Abtreibung vorzunehmen?

DEBORAH RODGERS
Das führt zu weit.

PERKINS
Ich würde so weit gehen, Ihnen zu versichern, dass eine wahrheitsgemäße Antwort keinerlei juristische Konsequenzen nach sich ziehen würde.

DEBORAH RODGERS
Sie können versichern, was immer Sie wollen, aber darauf werde ich nicht eingehen. Der Spaß ist hiermit für mich beendet.

PERKINS
In diesem Fall muss ich drauf beharren, dass es durchaus eine Rolle spielt, inwieweit… Hallo? Constable Berry, ich bitte Sie, zu bestätigen, dass Miss Rodgers die Befragung abgebrochen und den Raum verlassen hat.

BERRY
Aye, Sir.

(Ende der Tonbandaufzeichnung)

Ich weiß noch genau, welcher Schauder mich überkam, als ich 2016 endlich die Aussage von Deborah Rodgers lesen durfte. Von ihr gab es ja, abgesehen von den beiden boshaften Briefen an den inzwischen suspendierten Mr Wright, kaum Originalton. Sie war das mysteriöseste Individuum dieser ganzen Affäre. Ich kann es dem Inspector nicht verdenken, wenn er sich fortan auf sie als eine mögliche Verdächtige versteifte. Jeder hätte das getan. Wobei ich heute noch perplex bin, was die Rolle von Miss Jenkins angeht. Mir gegenüber hat sie sich stets als Freundin von Miss Rodgers ausgegeben. Vielleicht hatte sie zwischendurch sogar vorgehabt, ihr eine Freundin zu sein. Menschen sind kompliziert.

Polizeiprotokoll 3 – 14:00 Uhr am 1.1.1966. Befragt wird Abigail Jenkins, 33, ledig, Lehrerin für Musik (inaktiv) und Französisch am Institut Raven Hall.

PERKINS
Miss Jenkins, können Sie uns irgendetwas über das Verschwinden von Iris Pinkerton und John Bradshaw sagen, das uns weiterhelfen könnte?

ABIGAIL JENKINS
Nein, gewiss nicht, sonst hätte ich es längst gesagt.

PERKINS
Wie würden Sie Ihr Verhältnis zur Direktorin beschreiben?

ABIGAIL JENKINS
Mit einem Wort: Fein. Ja, doch. Ich meine, es gibt immer Nickligkeiten. Nichts, was man erwähnen muss.

PERKINS
Wie ich höre, gab, vielmehr gibt es im Lehrkörper zwei Lager, das eher traditionell-konservative und das fortschrittlich-liberale. Welchem zählen Sie sich denn zu?

ABIGAIL JENKINS
Sie reden, als wären wir Parteimitglieder wie Tory- und Labour-Leute, aber so ist das nicht. Es gibt keine starren Blöcke. Man kann mal dieser Meinung sein, mal jener. Die Grenzen verschwimmen.

PERKINS
Deborah Rodgers beispielsweise fordert eine Abschaffung der Prügelstrafe und den Verzicht auf Schulgeld für Schüler aus einkommensschwachen Familien. Was halten Sie davon?

ABIGAIL JENKINS
Fände ich beides gut, das Erstere ist diskutabel, das andere eine unbezahlbare Utopie, fürchte ich. Obwohl zu begrüßen.

PERKINS
Dann gehören Sie also eher zur Gruppe um Miss Rodgers?

ABIGAIL JENKINS
Was soll das bedeuten, *Gruppe um Miss Rodgers*? Sie ist eine Lehrkraft wie alle anderen, keineswegs eine Rädelsführerin. Vielleicht traut sie sich etwas öfter, mal den Mund aufzumachen, ja. Das verleiht ihr nicht gleich die Autorität einer Anführerin.

PERKINS
Sie besitzt aber Ihre Sympathie, oder nicht?

ABIGAIL JENKINS
Natürlich, sie ist eine kluge, eloquente Frau. Mit Problemen. Um ganz offen zu sprechen: Sie ist nicht allen sympathisch.

PERKINS
Woran liegt das?

ABIGAIL JENKINS
Nun, wie ich sagte, sie ist klug und recht hübsch. Viele Männer begehren sie und können sie dann doch nicht leiden, weil sie von ihr zurück-

gewiesen werden. Und die Frauen, na ja… fühlen sich ihr gegenüber minderwertig, intellektuell wie optisch. Und dann war da natürlich diese Sache mit John Bradshaw. Also ihr unmoralischer Umgang mit einem verheirateten Mann. Wobei man sagen muss, dass Raven Hall es wahrscheinlich *ihr* zu verdanken hat, dass es seine Pforten noch nicht schließen musste. Aber Menschen sind selten dankbar. Nicht wie sie sein sollten. Hinzu kommt, dass Deborah eine sehr manipulative Persönlichkeit ist.

PERKINS
Woran machen Sie das fest?

ABIGAIL JENKINS
Na ja, vermutlich sind viele schönen Frauen manipulativ, einfach weil sie es können. Und sie sind es oft, ohne es richtig zu bemerken. Einfach weil viele Männer vor ihnen sabbernd auf die Knie fallen und benutzt werden wollen, so wie Zach – ich meine, Mr Wright.

PERKINS
Was war mit Mr Wright?

ABIGAIL JENKINS
Er war ihr komplett verfallen, was Deborah weidlich ausgenutzt hat.

PERKINS
Inwiefern?

ABIGAIL JENKINS
Das tut nichts zur Sache, ich möchte nicht ins Detail gehen, das wäre nicht fair gegenüber diesem armen Kerl.

PERKINS
Weswegen wurde ihm gekündigt?

ABIGAIL JENKINS
Na, er hat die Beherrschung verloren und diesem kleinen Bastard die Fresse poliert.

PERKINS
Wem? Christian Bradshaw?

ABIGAIL JENKINS
Ach, das wissen Sie also bereits. Na ja, diese Schule ist ja nicht besonders reich an süffigen Geschichten. Mr Wright war ziemlich beliebt. Er hat nur das getan, was ein Mann, was jeder aufrechte Mann getan hätte. Diesen Teufelsbraten in die Schranken zu weisen.

PERKINS
Weswegen genau?

ABIGAIL JENKINS
Nein, keine Details, das ziemt sich nicht.

PERKINS
Könnten Sie es abstrakt ausdrücken, ohne Details?

ABIGAIL JENKINS
Chris Bradshaw war spitz auf Miss Rodgers. Hat sie unter Druck gesetzt.

PERKINS
Womit?

ABIGAIL JENKINS
Weiß ich nicht. Das wären Details. Abstrakt gesagt: Deborah fühlte sich von ihm bedrängt. Und hielt dem Esel Zachary – diesem gutmütigen, gierigen Esel – eine Möhre vor die Nase. Zach hätte alles für sie getan. Und er hat viel für sie getan. Was erlaubt war und etwas darüber hinaus. Als er das Institut verlassen musste, hat Deb ihm keine Träne nachgeweint. Im Grunde ist sie skrupellos, eine Frau aus Eis. Ich wollte ihr dennoch eine Freundin sein, denn sie hatte keine Freunde in der Lehrerschaft, und ich bin ein hilfreicher Mensch, der ein Herz hat für Außenseiter. Herrgott, sie erfährt doch nichts von dem, was ich gerade sage? Das wäre mir nämlich schon unangenehm. Sie ist eine Art Freundin, aber gewisse Seiten von ihr sind, na ja… düster, oder zumindest wenig überschaubar.

PERKINS
Was Sie mir hier erzählen, bleibt strikt unter uns.

ABIGAIL JENKINS
Dann bin ich beruhigt.

PERKINS
Das Verhältnis von Miss Rodgers zu Christian Bradshaw soll sich gebessert haben, hörte ich.

ABIGAIL JENKINS
Das weiß ich nicht, man redet darüber, es wird viel geredet, aber bisher habe ich niemanden getroffen, der wirklich etwas weiß.

PERKINS
Wollen Sie andeuten, dass zwischen den beiden etwas läuft?

ABIGAIL JENKINS
Gott bewahre, Deb ist Lehrerin und er ein Schüler, das wäre kriminell, sie wäre völlig verblödet… Aber wenn Sie mich schon so fragen: Sie hatte ein Verhältnis mit einem deutlich älteren Mann, das ist Fakt. Ein Verhältnis mit einem deutlich jüngeren Mann ist da nicht völlig im Bereich des Undenkbaren, oder? Das will ich aber ganz abstrakt gesagt haben, rein hypothetisch. Hören Sie, ich will keine schmutzige Wäsche waschen, obwohl… Welchen Sinn hätte es, saubere Wäsche zu waschen. Es ist die Rede davon, dass sie sich mit Mr Wright, dem armen Esel, einen derben Scherz erlaubt hat, nein, keine Details, ersparen Sie mir das. Aber es wirft ein gewisses Licht auf ihren Charakter. Manche würden den schelmisch nennen, andere boshaft.

PERKINS
Sie trauen Miss Rodgers demnach allerhand zu?

ABIGAIL JENKINS
Nein, das habe ich nicht gesagt. Aber Abgründe hat nun mal jeder in sich, hat ein Philosoph mal gesagt. Und Deborah ist eine, die die inneren Abgründe vielleicht eher mal Gassi führt als andere.

PERKINS
Wenn Sie all dies sagen, bezeichnen Sie sich immer noch als ihre Freundin?

ABIGAIL JENKINS
Sie hat ja niemanden sonst.

PERKINS
Wissen Sie, ob es zwischen Miss Rodgers und John Bradshaw nach dem Ende der … Affäre noch eine Art der Kommunikation gegeben hat?

ABIGAIL JENKINS
Ist mir nicht bekannt, nein. Ich weiß viel zu wenig.

PERKINS
Gäbe es einen Grund, weswegen Miss Rodgers … wie soll ich mich ausdrücken … einen nachhaltigen Groll gegen Mr Bradshaw hegen könnte?

ABIGAIL JENKINS
Sie meinen, ob sie sich für irgendetwas an ihm rächen müsste?

PERKINS
Das klingt etwas hart formuliert, aber Sie können abstrakt darauf antworten, dann gleicht sich das wieder aus.

ABIGAIL JENKINS
Sehr witzig, nein, ich bin da lieber vorsichtig. Fragen Sie lieber Chris Bradshaw. Der Junge hat beim First Day Caper etwas von einem *Dark Doc* gesungen, wohl ein poetischer Ausdruck für einen Engelmacher, einen Abtreibungsarzt. Das wäre ein Grund. Keine Frau würde es je verzeihen, wenn sie gegen ihren Willen zu einer Abtreibung gezwungen wird.

PERKINS
Ich habe aber auch gehört, dass diese Schwangerschaft… und diese Abtreibung… womöglich nur erfunden war.

ABIGAIL JENKINS
So viel wissen Sie schon? Alle Achtung! Das ist ja fast mehr, als ich weiß. Nein, da müssen Sie Deborah selbst fragen, das kann nur sie beantworten. War's das?

PERKINS
Darf ich Sie noch fragen, in welchem Verhältnis Sie sich zu Samuel Eastman befinden?

ABIGAIL JENKINS
Ein guter Kollege und Freund. Warum? Nein, pfeif drauf, wir mögen uns. Wir lieben uns. Schluss mit dem Versteckspiel. Obwohl Sie das nichts angeht.

PERKINS
Das respektiere ich. Mir wurde erzählt, Ihr Samuel und Zachary Wright waren befreundet. Oder sind sie es noch?

ABIGAIL JENKINS
Worauf wollen Sie hinaus? Herrgott, gibt es an dieser Schule denn gar keine Geheimnisse? Nein, an diesem Punkt wird es privat, da ziehe ich eine Grenze. Und falls Ihnen irgendjemand flüstert, dass Sam irgendetwas getan haben soll, was auch immer, dann hat dahinter immer Deborah gesteckt. Sam ist ein Engel.

PERKINS
Ich wünsche Ihnen beiden alles Glück auf Erden. Darf ich noch fragen, ob es eine Verbindung irgendeiner Art zwischen Ihnen beiden und John Bradshaw gibt?

ABIGAIL JENKINS
Nein. Also, ich meine, Sie dürfen. Aber es gibt

keine. Ich habe mit diesem Menschen nie ein Wort gewechselt. Sam, soviel ich weiß, auch nicht.

PERKINS
Eine letzte Frage: Wie beurteilen Sie das Verhältnis von Christian Bradshaw zu seinem Vater?

ABIGAIL JENKINS
Keine Ahnung, beim besten Willen nicht. Obwohl: Es gab diese Episode mit der Pistole.

PERKINS
Pistole?

ABIGAIL JENKINS
Das wissen Sie noch nicht? Bei Chris Bradshaw wurde eine Pistole gefunden. Eine Nazi-Pistole, angeblich.

PERKINS
Eine Nazi-Pistole?

ABIGAIL JENKINS
Verständlich, wenn die Kollegen das nicht als Erstes erwähnen. Chris wurde deswegen beinahe von der Schule expediert. Es wirft ja auch kein gutes Licht aufs Institut.

PERKINS
Und diese Pistole bekam er von seinem Vater?

ABIGAIL JENKINS
Nein, das glaube ich nicht, er hat sie ihm geklaut, bestimmt. Das hat er ja auch eingestanden.

PERKINS
Ach? Christian mag Schusswaffen?

ABIGAIL JENKINS
Wie fast alle Jungs, wenn sie sich trauen, seien wir ehrlich.

PERKINS
Danke, Miss Jenkins.

Die nachfolgenden Protokolle waren weniger interessant und sind deshalb hier nur in Ausschnitten wiedergegeben, die relevante Aspekte streifen.

Polizeiprotokoll 4 *– 15:00 Uhr am 1.1.1966. Befragt wird Edward Norrington, 35, ledig, Lehrer für Englisch und Geschichte am Institut Raven Hall.*

PERKINS
In einer Ihrer Englischklassen befindet sich der Sohn des vermissten John Bradshaw, Christian, ist das richtig?

EDWARD NORRINGTON
Das ist korrekt. In Geschichte hab ich ihn auch.

PERKINS
Wie fällt Ihre Beurteilung dieses Burschen aus?

EDWARD NORRINGTON
Nun, bei meinen Kollegen häuften sich zu Beginn des Schuljahrs Klagen über seine, sagen wir mal: Faxen. In letzter Zeit hat sich das beruhigt. Ich persönlich kann nichts Negatives über ihn sagen, Englisch ist sein bestes Fach und scheint ihm sogar etwas Spaß zu machen. Seine Mitarbeit im Unterricht würde ich als durchschnittlich einstufen. Einmal ging es um die Französische Revolution, und Chris hielt ein Referat über die Madame du Barry, die MÄHDRESCHE des Königs Ludwig XV.
Die *Mähdresche*? Er zog ein Gesicht, wie jemand, der bei einem Lapsus ertappt wird. Er meinte *Mätresse*, sprach das Wort aber absichtlich falsch aus, um alle zum Lachen zu bringen. Er hat Humor und macht sich auch mal zum Deppen, wenn es für einen Witz nötig ist. Leider war das Referat sehr… frivol, denn er betonte, dass die Madame du Barry ein solides Handwerk als Prostituierte gelernt hatte, und auch ihre Hinrichtung aufgrund *selbstüberschätzender Dummheit* schilderte er äußerst brutal. Den Mitschülern hat das gefallen, leider. Erfreulicherweise ist er einer der wenigen unter seinen Altersgenossen, die Shakespeare etwas abgewinnen können, ohne dies nur zu heucheln. Ich würde sogar sagen, dass seine Art etwas Forsches, aber auch sehr Ehrliches an sich hat. Auf zur Schau gestellte Autorität reagiert

er rebellisch. Behandelt man ihn fair, dann gibt es keinen Grund, sich über ihn aufzuregen. Ich versuche immer, den Schülern ein Freund zu sein. Iris Pinkerton hat darüber eher den Kopf geschüttelt, sie besteht auf starren Hierarchien, man dürfe sich mit den Jungs nicht gemein machen.

PERKINS
Dann gehören Sie also eher dem Team von Miss Rodgers an?

EDWARD NORRINGTON
Wenn man das so ausdrücken will.

Norrington lässt sich zu keinerlei Tratsch oder Spekulation hinreißen, bleibt sachlich und vage. Gibt sich als Schöngeist und Einzelgänger. Von Komplikationen zwischen Chris und Miss Rodgers will er nichts mitbekommen haben. Seine Vernehmung endet schon nach zwanzig Minuten.

***Polizeiprotokoll 5** – 15:30 Uhr am 1.1.1966. Befragt wird Harold Brady, 45, ledig, Hausmeister am Institut Raven Hall.*

PERKINS
Sie haben auf der Suche nach Mr Bradshaw auch die alte Turnhalle durchsucht.

HAROLD BRADY
Ja, stimmt, denn es hieß, das sei der letzte Ort gewesen, an dem er von jemandem gesehen wurde. Er soll sich dort mit seinem Sohn Chris getroffen haben.

PERKINS
Warum steht die Turnhalle offen, wenn es doch keinen Sportunterricht mehr gibt?

HAROLD BRADY
Warum nicht? Es gibt dort nichts zu stehlen, und man kann sie nutzen, kann zum Beispiel ein paar Bälle in die Körbe werfen oder Hallenhockey spielen. Tut halt niemand, denn es ist nicht geheizt.

PERKINS
Gab es in der Turnhalle irgendetwas Interessantes?

HAROLD BRADY
Nein, nichts. Wir fanden nichts und niemanden. Nicht die winzigste Kleinigkeit.

PERKINS
Wollen Sie andeuten, die Halle sei gesäubert worden?

HAROLD BRADY
Wie meinen Sie das? Natürlich ist die Halle sauber, das ist mein Job.

***Polizeiprotokoll** 6 – 16:30 Uhr am 1.1.1966. Befragt wird Angela Strickland, 50, geschieden, Köchin und Putzkraft am Institut Raven Hall.*

ANGELA STRICKLAND
Deborah Rodgers ist eine sehr nette und hilfsbereite Frau. Sie war sich nicht zu schade, mir bei der Zubereitung der Suppe an Silvester zur Hand zu gehen. Ich weiß, dass sie bei vielen nicht sonderlich beliebt ist, aber ich kann nichts Schlechtes über sie sagen, im Gegenteil. Eine Frau ohne Allüren und, wenn ich das so sagen darf, mit Arsch in der Hose.

PERKINS
Warum, meinen Sie, ist sie bei vielen nicht sonderlich beliebt?

ANGELA STRICKLAND
Weil sie etwas Besonderes ist, schon allein optisch. Die Männer träumen von ihr und hassen sie, weil sie niemanden an sich ranlässt, außer diesen alten Bradshaw, wie man munkelt. Die Frauen sind nicht viel besser.

PERKINS
Worin äußert sich das?

ANGELA STRICKLAND
In herablassendem Gerede über ihren leichtfertigen Lebenswandel. Eifersucht, die sich mit überheblicher moralischer Verachtung tarnt. Ich be-

komme so einiges mit, bin ja nur eine Angestellte. In meinem Beisein wird oft geredet, als wäre ich gar nicht vorhanden.

Strickland bleibt im Folgenden recht allgemein, äußert sich noch mehrmals anerkennend über Miss Rodgers und weigert sich, sie wegen ihrer Affäre mit John Bradshaw zu verurteilen, das sei allein die Sache jener beiden Menschen. Nach Chris befragt, gibt sie sich völlig unwissend, er sei ihr nie aufgefallen, weder positiv noch negativ.

***Polizeiprotokoll 7** - 17:00 Uhr am 1.1.1966. Befragt wird Charlton Piper, 55, geschieden, Lehrer für Englisch und Geschichte, momentan kommissarischer Leiter am Institut Raven Hall.*

PERKINS
Gibt es irgendeine rechtliche Grundlage, aufgrund derer Sie zum kommissarischen Leiter des Instituts berufen wurden, während Iris Pinkertons … Abwesenheit?

CHARLTON PIPER
Nein, offen gestanden nicht. Ich nehme das auch nicht so ernst. Irgendwer muss es ja machen. Sofern wichtige Entscheidungen anfallen.

PERKINS
Und - gibt es wichtige Entscheidungen?

CHARLTON PIPER
Bislang, Gott sei Dank, nicht. Ich fürchte mich davor.

Charlton Piper verweigert es im Folgenden stur, sich in irgendeiner Frage klar zu positionieren, und verweist auf den mit seiner neuen Stellung einhergehenden Zwang zur Neutralität. Perkins redet gegen eine Wand. Zu Deborah Rodgers befragt, zieht sich Piper auf glatte Floskeln zurück, demnach sie eine allseits beliebte und geachtete Pädagogin sei.

Zu Chris fällt ihm gar nichts ein, außer dass es sich um einen Jugendlichen handele, der eine schwierige Phase überstehen musste, inzwischen aber auf dem richtigen Weg sei. Anscheinend.

Interessant wird es erst wieder, als Sam Eastman an der Reihe ist.

Polizeiprotokoll 8 – 17:30 Uhr am 1.1.1966. Befragt wird Samuel Eastman, 40, ledig, Lehrer für Physik und Chemie am Institut Raven Hall.

PERKINS
Ihre Geliebte, Miss Jenkins, hat ausgesagt, dass
(er zitiert:)
Und falls Ihnen irgendjemand flüstert, dass Sam irgendetwas getan haben soll, was auch immer, dann hat dahinter immer Deborah gesteckt. Sam ist ein Engel.
Was hat sie damit gemeint?

SAMUEL EASTMAN
Wieso reden Sie von ihr als meiner *Geliebten*?

PERKINS
(zitiert:) Nein, pfeif drauf, wir mögen uns. Wir lieben uns. Schluss mit dem Versteckspiel.

SAMUEL EASTMAN
Herrgott! Das hat sie gesagt? Oje.

PERKINS
Wollen Sie sagen, dass sie lügt? Oder einem Wunschdenken nachhängt?

SAMUEL EASTMAN
Ich… nein, es ist nur… Warum rückt sie gerade jetzt damit raus? Das kann uns beide den Job kosten.

PERKINS
Ihre Aussagen werden diskret behandelt, insofern es nicht direkt um den Fall geht, also nichts mit dem Verschwinden von John Bradshaw und Iris Pinkerton zu tun hat.

SAMUEL EASTMAN
Ist das so?

PERKINS
Das versichere ich Ihnen. Wollen Sie eine Aussage machen? Alles ist besser, als etwas zu verschweigen.

SAMUEL EASTMAN
Hören Sie - das war echt eine verrückte Sache. Aber sie spielt keine Rolle, was die jetzige Situation betrifft.

PERKINS
Lassen Sie das meine Sorge sein. Erleichtern Sie sich.

SAMUEL EASTMAN
Nun, es gab diese Zeit, als Mr Wright und Miss Rodgers nicht mehr weiterwussten, weil dieses Aas, ich meine Chris Bradshaw, ihr, also ich meine Miss Rodgers, arg zugesetzt hat. Deborah hat Zach gleichsam die Pistole auf die Brust gesetzt, dass er ihr helfen müsse. Und Zach wandte sich an mich, bat mich um Hilfe, Unterstützung. Wir haben beschlossen, dem kleinen Scheißkerl eine Abreibung zu verpassen, ihm endlich Grenzen aufzuzeigen, ihm zu zeigen, wo der Hammer hängt. Zach meinte, dass es sich um Notwehr handeln würde. Vielleicht war es so.

PERKINS
Was haben Sie denn getan?

SAMUEL EASTMAN
Ihm eins übergezogen.

PERKINS
Wie bitte?

SAMUEL EASTMAN
Er hat's ja überlebt. Und es war tatsächlich Notwehr, denn er hat ein Messer gezogen und damit rumgefuchtelt.

PERKINS
Ich fasse zusammen: Christian Bradshaw hat Sie beide mit einem Messer bedroht. Sie haben sich gewehrt.

SAMUEL EASTMAN
Korrekt.

PERKINS
Und Miss Rodgers hat euch angestiftet, dem jungen Mann… *zu zeigen, wo der Hammer hängt*. Auch korrekt?

SAMUEL EASTMAN
Ich will nicht schlecht über Deborah reden. Sie fühlte sich wirklich bedroht, hatte Angst – und mit Grund. Sie wusste nicht mehr ein noch aus. Es musste etwas geschehen.

PERKINS
Und offenbar hat es Gutes bewirkt. Christian und Miss Rodgers vertragen sich seitdem. Richtig?

SAMUEL EASTMAN
Darüber weiß ich nichts. Es hat zumindest den Anschein. Ich weiß wirklich gar nichts… in dieser Richtung.

Es fällt auf, dass Perkins keinerlei Interesse daran hat, Eastman weiter über Zachary Wright auszufragen, der ja doch ein ganz passables Motiv gehabt hätte, der Direktorin etwas anzutun. Soviel ich in Erfahrung bringen konnte, wurde Mr Wright nicht einmal nach einem Alibi befragt. London lag nur eine gute Stunde entfernt, wenn man einen der Schnellzüge nahm. Ich will nicht sagen, dass Mr Wright etwas mit der Sache zu tun hatte. Es wäre immerhin denkbar gewesen.

Für den Inspector muss festgestanden haben, dass Chris ein Fiesling gewesen ist, und Deborah Rodgers fähig war, Menschen zu einer Straftat anzustiften.

Und dann, gleichsam als Höhepunkt einer zunehmend schrillen Revue-Abfolge, tritt Chris Bradshaw selbst auf. Ich war äußerst gespannt auf seine Aussage gewesen, auch weil ich ihn damals, am späten Abend des 1. Januar 1966, eindringlich befragt hatte, wonach man ihn befragt hatte. Doch hat er mich abblitzen lassen, wollte nur seine Ruhe haben. Und ich muss sagen, dass er selten zuvor eine Gelegenheit versäumt hat, sich in Szene zu setzen, dramatisch oder melodramatisch. Er wirkte nur noch wie ein Schattenriss seiner selbst. Natürlich habe ich das damals als Sorge/Trauer um seinen Vater gedeutet.

Polizeiprotokoll 9 *– 18:00 Uhr am 1.1.1966.* ***Befragt*** *wird Christian Bradshaw, 18, ledig, Schüler am Institut Raven Hall und Sohn des vermissten John Bradshaw.*

PERKINS
Zuallererst möchte ich Sie fragen, ob Sie sich gerne an dieser Schule befinden.

CHRIS BRADSHAW
Weiß ich nicht.

PERKINS
Das wissen Sie nicht?

CHRIS BRADSHAW
Wenn ich wenigstens ein halbes Dutzend Menschen wäre, von denen sich fünf irgendwo anders befänden, könnte ich mehr sagen. So aber ist es, wie es ist. Ich bin eben hier.

PERKINS
Gut, dann will ich meine Frage präzisieren: Fühlen Sie sich an dieser Schule ungerecht behandelt?

CHRIS BRADSHAW
Ich kann dieser Frage keinen Sinn abgewinnen, egal wie meine Antwort lauten würde.

PERKINS
Sie sind durch mehrere Übertretungen aufgefallen, die zu Sanktionen geführt haben. Waren diese gerechtfertigt?

CHRIS BRADSHAW
Die Übertretungen oder die Sanktionen?

PERKINS
Ich bitte um mehr Ernst in der Sache, es geht immerhin um Ihren Vater.

CHRIS BRADSHAW
Bitten sind besser als Anweisungen, das sei Ihnen hoch angerechnet.

PERKINS
Was? Machen Sie sich über mich lustig?

CHRIS BRADSHAW
Hab ich denn gelacht?

PERKINS
Das hier ist eine polizeiliche Untersuchung, Bursche. Wenn Sie nicht kooperieren und hier einen auf Jung-*Hamlet* machen, kann ich auch anders.

CHRIS BRADSHAW
Jung-Hamlet? Gab es je einen *Alt*-Hamlet? Ist er nicht jung verstorben? Kurz vor dem Ende des nach ihm benannten Schauspiels? Da war er achtundzwanzig oder so etwa.

PERKINS
Schluss jetzt. Offenbar sind Sie die letzte Person, die Ihren Vater, John Bradshaw, gesehen hat vor dessen Verschwinden.

CHRIS BRADSHAW
Also doch nicht Schluss?

PERKINS
Schluss mit Ihren Respektlosigkeiten.

CHRIS BRADSHAW
Sehr wohl, General.

PERKINS
Sie haben ihn in der Turnhalle getroffen. Warum dort?

CHRIS BRADSHAW
Ein menschenleerer Ort. Ich glaube, er wollte Zeugen vermeiden.

PERKINS
Warum? Was gab es denn zu besprechen, das niemand hören sollte?

CHRIS BRADSHAW
Etwas, das niemand hören sollte. Außer mir und ihm.

PERKINS
Demnach berufen Sie sich auf Ihr Recht, zu schweigen?

CHRIS BRADSHAW
Warum gleich so dramatisch? Aber wenn wir schon bei meinen Rechten sind: Hätten Sie mir die nicht vorlesen müssen?

PERKINS
Das hier ist eine Befragung, kein Verhör.

CHRIS BRADSHAW
Also mehr *casual* statt festlich? Schade, das nimmt der Sache doch ein gehöriges Maß an Pathos.

PERKINS
Ich frage ein letztes Mal: Wollen Sie Auskunft erteilen oder weiterhin Sperenzchen treiben?

CHRIS BRADSHAW
Sperenzchen ist ein schönes Wort, so kapriziös. Wie sähe wohl die *große Sperenz* aus? Mann, das muss ein mächtig Ding sein.

PERKINS
Es reicht. Ich kann Sie auch morgen vorladen ins Präsidium in Westcott. Dann ist es keine Befragung mehr, sondern ein Verhör, und Sie bekommen Ihr Pathos. So viel Sie wollen.

CHRIS BRADSHAW
Nein, jetzt fürchte ich mich. Mir wird ganz bang. Dabei bin ich doch zu gar nichts nutze.

PERKINS
Was soll das? Haben Sie getrunken?

CHRIS BRADSHAW
Mein Vater hat mir in der Turnhalle ein paar Weihnachtsgeschenke überreicht.

PERKINS
Warum dort?

CHRIS BRADSHAW
Weil er mir ein paar Fragen gestellt hat. Welche, das ist eine Sache zwischen mir und meinem Vater. Einzig zwischen uns.

PERKINS
Na gut, das hätten Sie doch gleich so formulieren können. Sie berufen sich also auf Ihr Zeugnisverweigerungsrecht. Finde ich eigenartig, aber das muss ich respektieren. Ging es bei den Fragen Ihres Vaters um Miss Deborah Rodgers?

(Zeuge schweigt.)

Bei Ihnen wurde im Oktober eine schussbereite Pistole gefunden, mit zwei Magazinen.
Woher hatten Sie die?

(Zeuge schweigt.)

Wie würden Sie mir Ihr Verhältnis zu Miss Rodgers beschreiben?

CHRIS BRADSHAW
Pack schlägt sich, Pack verträgt sich.

PERKINS
Redet man so über eine Dame? Als *Pack*.

CHRIS BRADSHAW
Stimmt, das ziemt sich nicht. Ich bin das Pack, sie ist eine Graziosa.

PERKINS
Eine was?

CHRIS BRADSHAW
Irgendwas Großes. Sie ist toll, unsre Debbie. Wie die Kronprinzessin des kosmischen Imperators. Sie müssten sie mal singen hören.

PERKINS
Ich versuche es noch mal mit der Turnhalle. Haben Sie sich mit Ihrem Vater gestritten?

CHRIS BRADSHAW
Worüber?

PERKINS
Woher soll ich das wissen? Gingen Sie beide im Guten auseinander?

CHRIS BRADSHAW
Was ist: im Guten? Wo beginnt, wo endet es? Das Leben ist eine Grauzone, nicht?

PERKINS
Sie machen mich müde.

CHRIS BRADSHAW
Wie gesagt: Ich bin zu gar nichts nutze. Deshalb gehe ich noch zur Schule. Um geformt zu werden. Zu einem Werkzeug.

PERKINS
Ich habe diesen Quatsch jetzt satt. Können Sie wenigstens bestätigen, dass Ihr Herr Vater die Turnhalle verlassen hat?

CHRIS BRADSHAW
Sonst wäre er noch immer da.

PERKINS
Ja, ja, ich meine, haben Sie gesehen, wohin er ging? Wollte er zu seinem Wagen? Wollte er abreisen?

CHRIS BRADSHAW
Das hat er mir nicht mitgeteilt. Und ich war zu sehr damit beschäftigt, mich an meinen Geschenken zu freuen.

PERKINS
Was waren das für Geschenke?

CHRIS BRADSHAW
Spielt das eine Rolle?

PERKINS
Nur wenn es Pistolen waren.

CHRIS BRADSHAW
Nein, leider. Unsere Unterhaltung, finde ich, wird zunehmend bizarr. Warum müssen es denn unbedingt *Pistolen* sein? Würde eine nicht reichen?

PERKINS
Zu etwas ganz anderem: Ist es richtig, dass Sie Opfer einer Gewalttat wurden, ausgeübt von Mr Zachary Wright und Mr Samuel Eastman?

CHRIS BRADSHAW
Jetzt wird es doch recht persönlich. Aber das interessiert mich. Samuel Eastman? Aha. Ich hab was auf den Dez bekommen. Der war das? Allerhand. Sitzt er im Gefängnis?

PERKINS
Nein.

CHRIS BRADSHAW
Dann stimmt was nicht im Lande Dänemark. Sorry, Claudius.

PERKINS
Ich heiße nicht Claudius.

CHRIS BRADSHAW
Ich glaube Ihnen. Sie müssen das am besten wissen.

(Bemerkung im Protokoll: An dieser Stelle bricht Inspector Perkins die Befragung ab und entlässt den Zeugen.)

Als ich das alles im Jahr 2016 gelesen habe, ist mir einiges klar geworden. Bis dahin war ich der Meinung gewesen, die Polizei sei damals autokratisch und selbstherrlich vorgegangen. Doch Chris' Verhalten am Neujahrstag 1966 kann man nicht anders als selbstzerstörerisch und irrwitzig bezeichnen. Mehr irre als witzig. Kein Wunder, dass er mir über jene Befragung nichts hatte erzählen wollen. Jedwede Zusammenfassung seiner Aussagen darf als gequirlte Kacke beurteilt werden, im höchsten Maße unproduktiv. Es ging immerhin um den Verbleib seines eigenen Vaters. War ihm das komplett egal? Anscheinend.

Es fällt vielleicht auf, dass die Polizei an diesem Tag weder mich noch Joshua Stone befragt hat.

Weil wir nur dumme Jungs waren, die nichts wissen konnten? Weil man endlich Feierabend machen wollte? Fest steht, dass ich damals sehr froh war, nicht ausgequetscht zu werden, auch wenn ich rein gar nichts verbrochen hatte.

Gegen 19:00 Uhr zogen die Polizisten wieder ab, bevorzugten es, in ihren eigenen Betten zu schlafen, in Westcott oder sonst wo, das war ja ganz natürlich. Sie kündigten ihre Rückkehr für den nächsten Tag an, dann mit mehr Gefolge, das noch mal den Wald durchkämmen sollte. Warum das nicht schon an diesem Tag geschehen war, konnte mir später niemand erklären, vielleicht Personalmangel, vielleicht lag der Schnee einfach noch zu hoch; bis zum Morgen würde er zu weiten Teilen getaut sein, die Temperatur erreichte am Mittag 8 Grad Celsius.

In Raven Hall entstand ein seltsames Vakuum. Mir fällt kein passenderes Wort ein. Ich habe einige Menschen gesehen, die mit gesenkten Köpfen und Trauermienen umherliefen und dabei doch bestrebt waren, ihren restlichen Urlaub zu genießen. Die Sonne genossen alle. Brady holte ein paar Liegestühle aus dem Schuppen hervor, klappte sie vor dem Haupthaus auf, sie waren stets besetzt, vielmehr belegt. Es kam bei vielen dieses *Sanctus Januarius*-Gefühl auf, die Leute waren aufgekratzt, als wäre die Sonne eine Droge und der Schnee zum blinden Spiegel geworden, in dem sie ihre verdezemberten Seelen wuschen. Nein, die Metapher ist nicht von mir, die stammte von Chris. Wir hörten damals die neueste Platte der Stones, *December's Children,* waren etwas enttäuscht, doch *Get off of my cloud* war auf dem Schulhof schnell zur geflügelten Phrase geworden. Chris litt, wie er einmal erzählte, an einer leichten Winterdepression, fühlte sich *verdezembert.* Den Januar hingegen liebte er. »Ein Monat, der mit *Ja* beginnt.« Seine Worte.

Plötzlich ging es in Raven Hall zu wie im Taubenschlag. Überall liefen Polizisten herum, oder Presseleute, aber Charlton Piper war der Einzige, der sich für Fragen zur Verfügung stellte.

Ich war zugegen, als sich Chris beim Frühstück am 2. Januar neben Sam Eastman setzte und sagte: »Wegen Ihnen also musste ich, vom leckgeschlagenen Kopf auf meine Schultern herabblutend, in Angst um mein Leben nackt durch die Kälte kriechen?«

Mr Eastman sah ihn an, mit offenem Mund.

»Ähm«, lautete seine Antwort.

»Schon gut«, sagte Chris – und lachte laut. »Ich vergebe Ihnen.«

Eastman sagte kein Wort, aber seiner Gesichtsfarbe war anzusehen, dass ihm die Episode keinen Spaß bereitete. Chris blieb neben ihm sitzen und aß. Eastman tat, als habe er keinen Appetit mehr, stand auf und zog sich zurück.

Ich ging hin und nahm seinen Platz ein. Chris entschuldigte sich für sein rüdes Verhalten vom Vorabend, das ich gar nicht als rüde empfunden hatte. Und für Entschuldigungen war er auch nicht gerade bekannt.

»Jim, komm!«

»Was ist denn los?«, fragte ich.

»Komm, ich mach es wieder gut und zeig dir was!«

»Darf ich noch aufessen?«

»Nein, essen kannst du jeden Tag.«

Wir verließen das Hauptgebäude, gerade als sich ein Suchtrupp formierte und Richtung Wald aufbrach.

Am 4. Januar würden die Schüler aus dem Winterurlaub zurückkehren, am 5. würde der normale Schulbetrieb wieder aufgenommen werden. Wir hatten noch zwei Tage Freiheit vor uns.

»Wo gehen wir hin?«, fragte ich.

»Siehst du diesen rostigen Schlüssel, Jim?«

»Ich sehe diesen rostigen Schlüssel. Und?«

»Stammt aus dem Schrank von Brady.«

»Aha?«

Wir gingen zur Kapelle, die ich schon einmal erwähnt habe. Ein unauffälliges Gebäude aus dem 17. Jahrhundert, wohl seit Jahrzehnten nicht mehr genutzt, seitdem abgesperrt und dem Verfall überlassen. Der Schlüssel passte, aber es wurde Kraft benötigt, ihn im Schloss herumzudrehen. Drinnen sah es erbärmlich aus. Über ein Loch im Dachgebälk mussten Vögel eingedrungen sein, alles war verschissen. Jedweder Zierat war fortgeschafft worden, bis auf das Holzkreuz über der Altarempore, insofern man dieses als Zierat bezeichnen will.

»Und? Was machen wir hier?«

»Guck mal, Jimbo, hier ist eine Falltür. Siehst du?«

»Oh, ja! Eine Falltür! Und?«

Chris lächelte. Auf eine sehr seltsame Weise, die mir damals faszinierend erschien, ich kann es nicht anders benennen, wiewohl es etwas hilflos klingen mag. »Unter dem Altar befindet sich eine Gruft. Dort liegt natürlich kein Earl begraben, das wäre weit unter dessen Würde gewesen. Aber es hat dort jemand seine letzte Ruhestätte gefunden, der dem ersten Earl von Buckinghamshire sehr wichtig war. Wichtiger wahrscheinlich als so manches Familienmitglied. Ich habe das Ganze in einem Buch aus der Schulbibliothek nachgelesen. Da unten in der Gruft befinden sich die Holzsärge von vier Institutsdirektoren, die hier begraben werden wollten. Sowie der steinerne Sarkophag einer Frau.«

»Und?«

»Ihr Name lautete Agnes Dyer. Nun musst du fragen, Jim: Wie kommt eine Bürgerliche zu einem steinernen Sarkophag? – Das kann durchaus passieren, wenn sie die heimliche Geliebte eines Earls gewesen ist.«

»Wirklich? Toll!« So ungefähr habe ich meiner Begeisterung Ausdruck verliehen. Ich meine, das Kapitel Gruft war schon interessant, wie alles Morbide die Fantasie von Jugendlichen entzünden kann, aber ich hatte Mühe, zu begreifen, woher Chris' plötzliches Interesse für historische Episoden kam. Hatte er die letzten Tage allen Ernstes in der Bibliothek verbracht?

»Lass uns hinuntersteigen!«

»Was?«

»Ich brauche dich, Jim.«

»Wozu, um Himmels willen?«

»Ich möchte Agnes Dyer in die Augen sehen. Auch wenn es nur Augenhöhlen sind. Zu zweit können wir es schaffen, Jim.«

An diesem Punkt habe ich zum ersten Mal an Christian Bradshaws Geisteszustand gezweifelt. Ich meine, an sich war die Aktion bestimmt cool, subversiv, aufsehenerregend. Aber ich verspürte keinerlei Lust, ein Grab zu schänden, um irgendeiner Agnes von anno sintemal in die Augenhöhlen zu sehen. Geschweige denn zu tun, was Chris sonst noch vorschlug. Ich will das nicht mal aufschreiben, so abartig fand ich den Gedanken.

»Sorry, Chris, ist nicht mein Ding.«

»Gruselt es dich? Wird dir *unheimelig*?«

»Nein. Ja. Das ist krank.«

»Gut. Wir heben einfach nur den Deckel ab, okay? Gucken nur. Benimm dich nicht wie ein Hühnchen, Jim.«

»Sorry, nein, das tun wir nicht. Wozu auch? Lass die alte Dame in Ruhe!«

Ich habe Chris den Rücken gekehrt und die Kapelle fluchtartig verlassen. Das Letzte, was ich mit einem schnellen Blick über die Schulter sehen konnte, war, dass er allein in die Gruft hinunterstieg, während er mir ein Hühnergegacker nachrief.

Das tat weh, denn ich mochte ihn sehr. Einen Moment später blieb ich stehen. Es war doch unmöglich, ihn jetzt allein zu lassen. Wenn es eine Leiter nach unten gab, die aus Holz war, musste sie faul und verrottet sein, vielleicht war Chris dabei, sich das Genick zu brechen. Meine nächste Überlegung lautete, dass eine Holzleiter ganz unwahrscheinlich war, man hatte ja irgendwann die Särge und den Sarkophag da hinunterschaffen müssen, es musste also eine steinerne Treppe existieren. Man kann einen tonnenschweren Sarkophag nicht an Seilen da hinunterlassen.

Und plötzlich stellte sich bei mir so etwas wie Neugier ein, verbunden mit dem Gefühl, Chris beistehen zu müssen, auch und gerade wenn er dabei war, etwas Blödsinniges oder Widerliches zu tun. Ich rannte in die Kapelle zurück, hin zur Falltür hinter dem Altar und sah durch die Luke nach unten. Tatsächlich, eine steinerne Treppe. Unten stand Chris und wedelte mit einer Taschenlampe, die erbärmlich wenig Licht abgab. Man konnte kaum etwas erkennen.

»Jim! Hast du in deiner verschissenen Unterhose Reste deiner Eier entdeckt? Komm her, das ist aufregend. Nimm dir die zweite Lampe aus dem Sack!«

Neben der Falltür lag ein Lederbeutel mit Werkzeug (Hammer und Meißel) und eine zweite Taschenlampe, eine von diesen riesigen Dingern, die mit drei fetten Batterien betrieben wurden, deren Leuchtkraft aber von jedem modernen Handy übertroffen wird. Aus irgendeinem Grund zählte ich die Stufen nach unten, es waren dreizehn. Erstaunlich, wieviel kälter es da unten war, bestimmt betrug der Temperaturunterschied drei oder vier Grad.

Die Luft war muffig, aber es stank nicht. Die Krypta war gerade so hoch, dass man sich nicht den Kopf anstieß. Für Menschen von vor zweihundert Jahren gebaut, die im Schnitt zwanzig Zentimeter kleiner waren als heute. Der Boden schien trocken, von oben kam also keine Feuchtigkeit durch. Nach und nach gewöhnten sich meine Augen an das Dunkel. Trotz der Lichtkegel aus unseren Taschenlampen musste man immer noch von einer Dunkelheit sprechen, die dem Auge nur angeleuchtete Details preisgab. Der Raum war ungefähr fünf mal sechs Meter groß. Genau wie in dem Buch beschrieben, das Chris gelesen hatte, standen die vier Holzsärge eng beieinander, mit nur wenigen Zentimetern Abstand. Nein, sie standen nicht etwa auf Lafetten, sie lagen direkt auf dem Boden. Und ganz rechts, von uns aus gesehen, der steinerne Sarkophag. Der lag nicht, der stand, auf vier gleich großen Würfeln aus – ich nehme an – Granit.

Jahre danach habe ich mich schlaugemacht und erfahren, dass es bei den meisten Sarkophagen unten so eine Art Loch gibt, damit die Leichenflüssigkeit abfließen kann. In der Krypta muss es viele Jahrzehnte lang unerträglich gestunken haben, davon war jetzt aber nichts mehr zu riechen, gar nichts. Blanke Knochen stinken nicht.

»Ist das nicht ungeheuer erhebend?«, fragte mich Chris.

»Warum?«

»Nun, ich empfinde es so. Ich mag alte Mauern mit Leichen darin. Und ich mag Dinge, die Leuten vor Hunderten Jahren etwas bedeutet haben müssen. Was genau, wissen wir nie. Aber diese von Namen befreiten Dinge umgibt ein Schmunzeln, wie alles, was keine Besitzer mehr hat. Hast du *Hamlet* gelesen?«

»Nein. Wieso? Taugt das was?«

»Oh, ja, ich bin auch erst misstrauisch gewesen, aber es ist ein gutes Stück. Voller Action. Hamlet geht da mal auf einen Friedhof, wo gerade die Totengräber Platz für neue Tote schaffen. Und er hält den Schädel von Yorick in der Hand, dem Hofnarren, den er noch gekannt hat. Yorick hat Hamlet auf den Schultern herumgetragen, als der ein Kleinkind gewesen ist. Und Hamlet fragt den Totengräber, ob wir alle so enden. Entfleischt und stinkend. Ja, sagt der Totengräber, das tun wir. Alle. Weißt du, das erscheint mir als so ein Moment, von dem an Hamlet nicht mehr derselbe sein kann. Niemand kann das. Aber sieh es auch mal aus der Perspektive von Yorick. Der Hofnarr, bekannt für seine groben Späße, über die sich die Gesellschaft am Hof scheckig gelacht hat. Vierundzwanzig Jahre nach seinem Tod bekommt er den größten Auftritt seines Lebens. Eine stumme Rolle. Jeder von uns könnte sie spielen, selbst die ganz talentlosen.«

Ich wusste nicht, worauf Chris hinauswollte, aber es war ihm tatsächlich gelungen, mich anzustecken mit dem, was er die *Erhabenheit der Morbidezza* nannte.

»Du möchtest jener dir völlig unbekannten Miss Agnes Dyer einen Yorick-Moment verpassen? Seh ich das richtig?«

Chris leuchtete mir mit der Lampe direkt ins Gesicht.

»Hast recht. Wäre redundant. Nichts Neues. Nur von Shakey abgekupfert. Aber komm, lass es uns mal versuchen!«

Soweit zu sehen, lag der Deckel des Sarkophags einfach nur auf; es gab keine Eisenklammern oder sonstige Verschlüsse. Ich habe später mal nachgerechnet und bin zum Ergebnis gekommen, dass dieser Deckel ungefähr vierhundert Kilo gewogen haben muss. Da war nichts zu machen, nicht zu zweit. Wir hätten mindestens zu viert sein, hätten zusätzlich Brech- und Hebeleisen haben müssen oder noch besseres Gerät. Und wahrscheinlich wäre der Deckel in mindestens zwei Teile zerbrochen. Das wäre als Straftat verfolgt worden. Auf Grabschändung stand Gefängnis.

Ich habe Chris zum ersten Mal schwitzen gesehen. Er schnaubte über die Unverfrorenheit, mit der sich tote, dumpfe Materie dem menschlichen Willen widersetzte.

Ich war froh über unseren Misserfolg, froh auch darüber, dass Chris mich nicht länger als Hühnchen verhöhnte. Die schwachsinnige Aktion hat etwas verändert zwischen uns. Tiefgreifend verändert. Zum ersten Mal war er mir wirklich unheimlich geworden.

Von heute aus betrachtet, beurteile ich die Episode um einiges nachsichtiger, ich meine, Jungs haben jede Menge Unsinn im Kopf, wobei der treibende Beweggrund eine ganz natürliche Neugier ist. Damals war ich schockiert, weil Chris etwas tun wollte, das andere Teenager nicht mal angedacht hätten. Jedenfalls war er noch vernünftig genug, die Spuren unseres kleinen Abenteuers zu verwischen. Wir sperrten die Kapelle wieder ab und brachten den Schlüssel wieder in Bradys Büro.

Am Nachmittag kehrte der Suchtrupp zurück. Es war ein Schuh gefunden worden, am Waldrand, in Sichtweite des Sees. Ein dunkelgrüner Damenschuh, Größe 38, mit flachem braunem Absatz.

Er konnte noch nicht lange da draußen gelegen haben.

Seltsamerweise wollte sich niemand daran erinnern, diesen Schuh schon einmal an Iris Pinkerton gesehen zu haben, auch wenn die Größe ungefähr hinkam. Aber wenn es nicht ihrer war, wer hatte ihn dann dort verloren – und warum? Man merkt doch, wenn man einen Schuh verliert, dreht sich um und hebt ihn auf. Es sei denn, man rennt, rennt vor etwas weg und hat nicht die Zeit, sich umzudrehen. Allen wurde der Schuh gezeigt, auch Joshua, Chris und mir. Perkins richtete ein paar Worte speziell an die anwesenden Damen, von denen er glaubte, sie würden auf das Schuhwerk einer Schuldirektorin wohl eher achten als die Männer. Deborah Rodgers war die Einzige, die sich zum Thema äußerte. Sinngemäß lautete ihr Einwand, dass man nicht unbedingt vor etwas oder jemandem weggerannt sein müsse, um einen Schuh zu verlieren. Man könne auch schlicht sehr betrunken gewesen sein. Das Argument leuchtete ein, doch ich bemerkte Perkins' spitzen Blick, als sie das sagte. Es muss auf ihn gewirkt haben, als wollte Miss Rodgers ein mögliches Verbrechen relativieren, von einem Fremdverschulden ablenken. Ich glaube, zu diesem Zeitpunkt stand sie bereits unter dringendem Verdacht.

Perkins telefonierte mit Scotland Yard in London, bestellte zwei Taucher, die den See absuchen sollten. Der See, keine drei Fußballfelder groß, lag noch immer unter einer, wenn auch dünn gewordenen Eisdecke. Ein durch die Entsorgung einer Leiche entstandenes Loch wäre in der Nacht binnen Stunden wieder zugefroren. Wahrscheinlich war der Inspector schlicht gezwungen, irgendetwas anzuordnen, um nicht als untätig zu gelten.

Im Gegensatz zum Vortag blieben vier oder sechs Beamte – das weiß ich nicht so genau – über Nacht in Raven Hall, logierten sich ein in momentan leerstehenden Unterkünften der Schülerschaft.

Wo sich Chris an dem Abend befand, weiß ich nicht. Bis Mitternacht, als ich schlafen ging, war er weder in unserem Zimmer noch im Salon oder der Küche erschienen, wo man den üblichen Zeitvertreibungen nachhing – Radio hören, Karten spielen, Cocktails trinken. Auch Miss Rodgers habe ich nicht gesehen, und der Schluss lag nah, dass er sich mit ihr amüsierte. Oder war es nur meine Fantasie, die sich da etwas zusammenreimte? Er blieb die ganze Nacht unserem Zimmer fern, irgendwo musste er doch sein. Nicht mal beim Frühstück tauchte er auf. Wenn man mich fragt, warum ich nicht endlich aufgebrochen bin, um ihn zu suchen, lautet meine Antwort: Chris hätte mich gefragt, hätte er meiner Hilfe bedurft. Wenn er in Schwierigkeiten steckte, konnte ich womöglich stören. Um es anders zu sagen: Alles schien möglich, es gab nichts mehr, was völlig undenkbar war. Chris hätte sich dennoch immer auf mich verlassen können. Immer.

Am 3. Januar wurde ich endlich, zum ersten und letzten Mal in meinem Leben, von der Polizei befragt. Aber eben nur so, wie man etwas pflichtschuldigst abarbeiten will. Interessant war ich höchstens als jemand, der neue Facetten beisteuern konnte, was Christian Bradshaws Reputation betraf. Ausführlich kam die Geschichte mit der »Nazi-Pistole« aufs Tapet, und ich schilderte den Vorfall als jugendlichen Leichtsinn, als Angeberei mit einem Kriegsrelikt. Ich bestritt, selbst einen Schuss abgefeuert zu haben. Das war gelogen, schien mir aber auch unwichtig. Dann kamen die Drogen an die Reihe. Wer welche nahm, woher man sie bezog und so weiter. Ich gab mich unwissend, und tatsächlich wusste ich nicht sehr viel. Sie nannten es *Drogen* – wo es doch nur um ein paar Marihuana-Zigaretten ging. Wenig verklausuliert wurde mir die Frage gestellt, ob Chris ein *Dealer* sei, der den Schulhof mit Stoff versorgt habe. Lächerlich, lautete meine Antwort. Und ich hörte mich erstaunlich erwachsen bis altklug an, musste lächeln, als ich 2016 Einblick in meine damalige Aussage erhielt.

Zitat:

PERKINS
Sie würden also nicht zustimmen, wenn ich sage, dass Christian Bradshaw eine etwas … schwierige Persönlichkeit ist?

ANTHONY BREWER
Er ist eine schillernde Persönlichkeit mit den üblichen Schwierigkeiten eines intelligenten Pubertierenden. Aber wie sich in den letzten Monaten gezeigt hat, ist er doch auf einem guten Weg. Hat sogar sein Faible für Shakespeare entdeckt und besucht aus eigenem Antrieb die Bibliothek, um sich über die Geschichte Raven Halls weiterzubilden.

PERKINS
Ach?

ANTHONY BREWER
Ja, erst gestern hat er mit mir über *Hamlet* gesprochen und über seine Recherchen bezüglich des ersten Earls von Buckinghamshire.

PERKINS
Im Ernst?

ANTHONY BREWER
Das würde ich sogar unter Eid aussagen.

PERKINS
So weit sind wir noch nicht. Zum Glück.

Kurz danach folgte die Frage, was ich über das Verhältnis von Chris zur Lehrerin Rodgers wisse. Sie war dezent formuliert, aber ich kann mich erinnern, dass Perkins' Stimme einen Tonfall annahm, den ich als *witternd* beschreiben möchte, um nicht zu viel und nicht zu wenig zu sagen. Das war natürlich ein subjektiver Eindruck, nicht verifizierbar. Kann durchaus sein, dass ich das damals überinterpretiert habe.

Meine Antwort:
ANTHONY BREWER
Es hat da wohl mal ein paar, wie soll ich sagen, Frotzeleien zwischen den beiden gegeben, aber inzwischen verstehen sie sich ganz gut.

PERKINS
Ganz gut? Was bedeutet das genau?

ANTHONY BREWER
Es bedeutet: Ganz gut. Ich weiß nicht, worauf Sie hinauswollen.

PERKINS
Kann man von einer entstandenen Freundschaft sprechen? Oder eher von einer Art Waffenruhe?

ANTHONY BREWER
Freundschaft ist ein großes Wort. *Waffenruhe* noch viel mehr. Die beiden reden miteinander, was soll ich sagen?

PERKINS
Ein herzliches Verhältnis?

ANTHONY BREWER
Was ist denn ein *herzliches* Verhältnis?

PERKINS
Nun, wenn sich zwei Menschen mögen und einander vertrauen …

ANTHONY BREWER
Das kann ich nicht beurteilen.

PERKINS
… somit einander vertraut werden.

ANTHONY BREWER
Ich ahne jetzt, worauf Sie hinauswollen, aber das ist Unsinn. Miss Rodgers habe ich stets als eine sehr souveräne Lehrkraft kennengelernt, die für keine Kumpelei zu haben ist.

PERKINS
Soso.

Ich weiß noch heute, wie mich dieses Soso erzürnt hat. Es schwang darin etwas Süffisant-Überhebliches mit, doch traf es einen wunden Punkt, denn wahrheitsgemäß hätte ich darüber berichten müssen, was Chris mir stundenlang über seine sexuellen Abenteuer mit der Lehrerin erzählt hatte. Seither weiß ich, dass man erzürnt und empört sein kann, obwohl man sich im Unrecht befindet. Die Loyalität zu meinem Freund war so stark, dass ich alles verschwieg, was ihm hätte schaden können. Und das, obwohl dieser Freund nur einen Tag zuvor davon gesprochen hatte, einer seit zwei Jahrhunderten toten Frau zwischen die Zähne ejakulieren zu wollen.

Seit jener Episode war meine Liebe zu Chris getrübt durch die Möglichkeit – und es war eine noch erbsengroße Möglichkeit weit hinten im Hinterkopf –, er könnte mit dem Verschwinden seines Vaters und Mrs Pinkertons etwas zu tun haben. Doch gefiel mir das einfach nicht.

Bereits am Nachmittag trafen die Taucher aus London ein. Selbstverständlich ein Spektakel, am Ufer bildete sich ein Pulk aus Schaulustigen. Leute von der Polizei, von der Presse, Bewohner der umliegenden Dörfer und sehr viele von dem knappen Dutzend Menschen, die auf Raven Hall Neujahr gefeiert hatten. Es fehlten nur Chris, Deborah Rodgers und Mr Norrington, der sich eine Erkältung eingefangen hatte und das Bett hütete. Das lässt sich gut anhand der Pressefotos nachvollziehen bzw. belegen. Die Tauchaktion dauerte etwa zwei Stunden und brachte keine neuen Erkenntnisse.

John Bradshaws Buick war inzwischen von der Spurensicherung untersucht worden. Man hatte Blutpartikel gefunden, am Armaturenbrett und im Kofferraum. Diese neue Information hat Perkins aber zurückgehalten, ich erfuhr erst Tage später davon aus den Zeitungen. Es handelte sich um sehr, sehr wenig Blut, und ob es das von John Bradshaw war, konnte damals noch nicht bestimmt werden, DNA-Vergleiche gab es erst gut zwanzig Jahre später. Einer der Beamten war allerdings auf die brillante Idee gekommen, den Schuhschrank von Iris Pinkerton zu durchsuchen. Dort fand sich das linke Gegenstück zum rechten Schuh, den man am Waldrand sichergestellt hatte. Ein enorm verwirrender Fund, der, statt Antworten zu geben, viele Fragen aufwarf.

Wenn man bei Dunkelheit im Wald einen Schuh verliert, ist es verständlich, dass man den anderen erst einmal (an)behält, erstens der Kälte wegen, zweitens in der Hoffnung, den verlorenen am nächsten Tag wiederzufinden. Es würde bedeuten, dass Iris Pinkerton heimgefunden und den linken Schuh gesäubert (denn er war in einem sehr reinlichen Zustand) und in den Schrank gestellt hatte. Was für realistische Möglichkeiten gab es sonst?

In diesem Moment hatte ich eine Eingebung, und ich machte mich auf den Weg, Chris zu suchen. Zuerst klopfte ich an die Tür der Unterkunft von Miss Rodgers. Sie öffnete und bat mich herein, trug einen Bademantel, wirkte sehr müde und abgespannt. Ich sah mich um, konnte Chris nicht entdecken, er hätte sich schon unter ihrem Bett oder in ihrem Kleiderschrank oder Badezimmer versteckt haben müssen.

»Was gibt es denn, Anthony?«

»Ich bin auf der Suche nach Chris Bradshaw, Mam.«

»Ist mir heute noch nicht begegnet. Worum geht es?«

»Ich will gar nicht stören, sorry.«

»Was bringt Sie auf die Idee, er könnte hier sein?«

Ich kam ins Stottern. Die Situation war plötzlich etwas peinlich geworden. Mir fiel nichts Besseres ein, als zu behaupten, es schon an mehreren anderen Orten versucht zu haben. Und schnell, bevor es noch peinlicher werden konnte, habe ich mich von ihr verabschiedet.

Fündig wurde ich schließlich in der Schulbibliothek. Da saß Chris und blätterte in einem dicken Folianten. Und er trug eine Brille. Nie hatte ich ihn mit Brille gesehen. Er nahm sie auch prompt ab und legte sie neben das Buch.

»Was steht an, Jimbo?«

»Hey, du benötigst eine Lesehilfe?« Ich schäme mich noch heute für diesen einfältigen und unnötigen Satz. Für jüngere Zeitgenossen muss man erwähnen, dass es damals als unmännlich galt, eine Brille zu tragen, weshalb es nach Möglichkeit unbedingt vermieden wurde, wenn man nicht als *Vierauge* oder *Brillenschleiche* verspottet werden wollte. So war das nun mal.

»Und?«

Mit diesen drei Buchstaben hat er mich glorios abgefertigt. Ich weiß noch, dass ich für den Moment vergessen hatte, warum ich ihn treffen und sprechen wollte. Es fiel mir wieder ein.

»Der Schuh.«

»Was?«

»Der grüne Damenschuh.«

»Ich kann dir nicht folgen.«

Mit wenigen Sätzen schilderte ich die neueste Entwicklung, erzählte vom Schuh und Gegenschuh, von der daraus entstandenen Verwirrung, um nicht zu sagen: Ratlosigkeit.

»Hm.« Mehr sagte er dazu nicht.

Nach einer Minute der Stille begann ich zu reden. Dass es für mich nur eine einzige Erklärung für das Ganze gebe.

»Sag an!«

»Jemand muss aus Pinkertons Schuhschrank einen Schuh gestohlen und ihn im Wald abgelegt haben. Mit welchem Ziel?«

»Weiter ...?«

»Um die Ermittler auf die Idee zu bringen, sie habe den Schuh dort verloren, auf der Flucht vor irgendwem.«

»Hm.«

»Warst du das, Chris?«

»Hm.« Er kratzte sich am Kopf. »Denk doch mal nach. Selbst wenn ich das getan hätte, und ich beharre beharrlich auf dem Konjunktiv – warum hätte ich den anderen Schuh an seinem Platz belassen sollen?«

Das war in der Tat ein Argument.

»Weil du uns alle wie Deppen aussehen lassen willst, die sich nicht mehr zurechtfinden. Oder weil du damit Deborah schützen willst.«

»Ach?« Er sah mich wirklich erstaunt an. »Inwiefern wäre Deborah damit ... geschützt?«

»Das weiß ich auch nicht genau. Vielleicht, damit woanders gesucht werden soll, als ...«

»Lieber Jim«, unterbrach er mich. »Ich habe mit Miss Rodgers nie etwas gehabt. Das war alles gelogen. Frei erfunden.«

»Weiß ich doch!«, log ich.

»Nun denn.« Mehr sagte er nicht, setzte seine Brille auf und blätterte wieder in dem dicken Buch.

»Aber, Chris, ich bin doch auf deiner Seite. Hab nichts gesagt, was dich belasten könnte.«

»Das hoffe ich sehr, Jimbo.« Mit diesen Worten winkte er mich weg, als würde er eine Audienz beenden.

Ich war wie vor den Kopf gestoßen. Wie sollte man aus diesem Verhalten schlau werden? Machte es ihn in meinen Augen mehr oder weniger verdächtig? Keine Ahnung. Waren wir nie wirklich Freunde gewesen? Waren Jack, Joe und ich immer nur so eine Art *Gefolge* für ihn? Oder so was wie ein dankbares *Publikum* für seine narzisstische Selbstdarstellung? Ich erwog alles Mögliche.

Vielleicht litt er unter einer Depression und wollte mit ihr ganz alleine klarkommen, weil er sich ihrer schämte. Oder er nahm zu viele Drogen, die seinem Gehirn nicht guttaten. Vielleicht war es zu einem Streit mit seinem Vater gekommen, mit unglücklichem und unheilvollem Verlauf. Dann wäre es ganz logisch, dass er sich nicht mir, einem unreifen Pennäler, anvertrauen wollte.

Inzwischen tendierte ich zu dieser Hypothese. Aber was in Dreiteufelsnamen hätte Mrs Pinkerton damit zu tun gehabt?

Und warum hat Chris plötzlich und ohne konkreten

Anlass darauf bestanden, dass zwischen ihm und Miss Rodgers nie etwas Anstößiges passiert sei? Womit er ja nichts anderes tat, als sich einen chronischen Lügner zu nennen, dem man nie mehr vertrauen konnte.

Am Abend bekam Inspector Perkins eine Laboranalyse, aufgrund derer er Miss Rodgers am 3. Januar zum zweiten Mal befragte. Denn auf den Schuhen – auf beiden Schuhen wohlgemerkt – waren übereinstimmende Fingerabdrücke gefunden worden, die nun mit denen der Menschen vor Ort abgeglichen werden sollten, für den zugegeben recht unwahrscheinlichen Fall, dass sie nicht von Iris Pinkerton selbst stammten. Die Aktion war demnach ein Stochern im Nebel, ein Griff nach dem Strohhalm. Viele der Anwesenden verurteilten sie später als überzogen, als unangemessen, behaupteten, sie hätten sich unwohl dabei gefühlt, hätten aber die Ermittlungen nicht behindern wollen. Ein paar andere, präzise gesagt, Brady, Strickland und Piper, fanden nichts Verwerfliches daran und äußerten Verständnis.

Miss Rodgers wurde als Erste gebeten, sich der Prozedur zu stellen. Und sie verweigerte das. Als Einzige. Alle anderen, darunter auch ich und sogar der Knirps Joshua Stone, fügten sich der polizeilichen Anordnung, die allerdings juristisch eher einer Bitte entsprach. Miss Rodgers hätte nur durch einen Gerichtsbeschluss gezwungen werden können oder im Fall eines vorhandenen starken Verdachts. Davon konnte vorerst keine Rede sein. Ich rätselte darüber, was sie bewog, so zu handeln. Hören wir sie selbst:

PERKINS
Nennen Sie mir bitte einen Grund dafür?

DEBORAH RODGERS
Der Grund ist, dass es keinen Grund dafür gibt. Sie verschaffen sich damit aus einer Laune oder einer vagen Idee heraus unsere Fingerabdrücke. Ich verweise auf meine staatsbürgerlichen Rechte, mir die Finger nicht schmutzig machen zu müssen, um in einer Art Verbrecherkartei zu landen.

PERKINS
Ich kann und will Sie nicht zwingen, wenigstens für den Moment nicht, möchte Sie aber bitten, sich das noch einmal zu überlegen, in Ihrem eigenen Sinne.

DEBORAH RODGERS
Tut mir leid. Es bleibt dabei.

Es war klar, dass der Inspector früher oder später seinen Willen – und ihre Fingerabdrücke – bekommen würde. Spielte sie auf Zeit? Mit welchem Sinn und Zweck?

Wer nun erwarten würde, Deborah Rodgers hätte die Hilfe eines Anwalts in Anspruch genommen, sah sich getäuscht. Sie verhielt sich ganz so, als sei nichts Besonderes passiert; wenn doch, würde es sie nichts angehen. Vielleicht, dachte ich damals, steckte dahinter eine Strategie, um die Beamten zu verwirren. Eine Art Bluff, indem sie eben nicht so reagierte, wie man es von einer Schuldigen erwartete. Chris dagegen, das muss ich vielleicht noch erwähnen und betonen, hatte die Prozedur, die damals von vielen Menschen als ehrabschneidend und demütigend empfunden wurde, ohne jeden Widerstand über sich ergehen lassen.

So verging der letzte Tag der Winterferien. Gerda Bradshaw reiste am Mittag ab, fuhr nach Hause, nach Brighton. Sie sagte, sie könne es an diesem Ort nicht länger aushalten und sehe keinen Sinn in einem weiteren Verbleib. Zumal sie sich beschwerte, von allen geschnitten und als Nicht-Person behandelt zu werden. Ich persönlich glaube, das lag daran, dass kaum jemand wusste, wie er sich ihr gegenüber verhalten sollte. Zwischendurch soll sie hysterische Anfälle gehabt und aus der Werkzeugkammer von Hausmeister Brady einen Spaten entwendet haben, um an allen möglichen und unmöglichen Stellen des Institutsgeländes zu Grabungen anzusetzen, jeweils nur wenige Zentimeter tief, denn zu mehr reichte ihre Kraft nicht aus.

Ich versuchte, mit Chris darüber zu sprechen, doch zeigte er wenig Lust dazu. Über die Abreise seiner Mutter wirkte er ziemlich erleichtert. Sie nach Brighton zu begleiten, hatte offenbar nicht zur Debatte gestanden. Aber das weiß ich nicht, denn ich war jung und wenig subtil.

»Tickt sie noch richtig?«

»Jim, warum stellst du Fragen, die dich so gar nichts angehen?«

Damit war unser Gespräch beendet, das übrigens im Marstall stattfand, im Übungsraum unserer Band. Chris hatte sich die Gitarre umgeschnallt und schlug laut Akkorde, die er mit seinem neuesten Spielzeug verzerrte und mit einem Wah-Wah-Effekt versah. Auch das sei ein Weihnachtsgeschenk seines Vaters gewesen. Er verriet es mir, kurz bevor ich ihn auf so plumpe Weise nach dem geistigen Zustand seiner Mutter gefragt habe.

Ich wollte sein Freund sein, Gefährte, Kumpel und Seelentröster. Und hab's verkackt, weil ich zu den falschen Worten griff, weil ich cool und hart klingen wollte. Vielleicht war das der Grund, warum ich diese Sache so lange weiterverfolgte. Mein ganzes Leben lang.

Gegen Abend trudelten die Ergebnisse ein. Die Fingerabdrücke auf den grünen Damenschuhen entsprachen keinen der am Tag abgenommenen. Sie mussten also von Iris Pinkerton selbst stammen oder – mit deutlich geringerer Wahrscheinlichkeit – von Miss Rodgers. Oder – noch weniger wahrscheinlich – von irgendwem sonst. Das war keine besonders bedeutende Entdeckung, sie gab Inspector Perkins aber die Handhabe, Deborah Rodgers erneut in die Mangel zu nehmen.

PERKINS
Es müsste doch in Ihrem höchst eigenen Interesse liegen, sich von etwaigen Verdächtigungen freizumachen?

DEBORAH RODGERS
Verdächtigungen? Das ist ein starkes Stück, finde ich. Starke Worte. Einschüchternd. Anmaßend. Verstiegen.

PERKINS
Ich mache nur meinen Job, Miss Rodgers.

DEBORAH RODGERS
Das gilt für uns alle, Herr Inspector.

PERKINS
Sie gehen mir ein wenig auf die Nerven, Miss Rodgers.

DEBORAH RODGERS
Was soll ich da erst sagen?

Von diesem Zeitpunkt an herrschte offene Feindschaft zwischen der Lehrerin und dem Kriminaler. Man machte sich beiderseits keine Mühe mehr, dies zu verhehlen.

In der Nacht blieb Chris wieder einmal unserem Zimmer fern, für mich stand fest, dass er bei ihr war. Wo sonst? Etwa in der Bibliothek? Die war nicht beheizt. Um auch das einmal zu erwähnen.

Bisher war ich objektiv nicht viel mehr als ein Zaungast gewesen, ein marginaler, unwichtiger Zeitzeuge, der allenfalls ein paar kleine Beobachtungen hätte beisteuern können. Das änderte sich am Abend des dritten Januar 1966.

Ich saß allein auf meiner Bude und langweilte mich. Draußen zogen die Beamten ab, die Unterkünfte mussten ja für die am nächsten Tag eintreffenden Schüler freigegeben werden. Nur Perkins blieb vor Ort, für ihn fand sich ein Zimmerchen im Haupttrakt – eine Art Abstellkammer –, in das man eine Matratze legte. Beheizt wurde es mit einem Ölradiator. Mr Piper hatte dem Inspector aus purer Höflichkeit angeboten, in die Zimmerflucht der Direktorin einzuziehen, und war heilfroh gewesen, als dieser ablehnte. Das weiß ich, weil am nächsten Morgen beim Frühstück darüber heftig und kontrovers debattiert wurde.

Wie gesagt, ich fühlte mich von Chris und der Welt verlassen und fand es unerträglich, den letzten Abend der Winterferien so einsam verbringen zu müssen. Da halfen auch die famosen Kopfhörer nicht, die ich mir von Chris geborgt hatte, um *Rubber Soul* und *December's Children* rauf und runter zu hören. Ich zog mich an, warf mir den Anorak über und trat ins Freie. Es war nicht besonders kalt, ein paar Grad über Null, aber es wehte ein heftiger, sehr feuchter Wind, es fühlte sich an, als zöge ein Sturm auf. Im Radio hatte es eine Unwetterwarnung gegeben. Hier und da lag noch ein wenig Schnee. Zum Vollmond fehlten nur vier Tage, deshalb war es relativ hell, obwohl es an den Gebäuden meiner Erinnerung nach keinerlei Außenbeleuchtung gab, jedenfalls keine, die zu meiner Zeit dort in Betrieb gewesen wäre. Ich rauchte filterlose Zigaretten und gönnte mir jede Viertelstunde einen kleinen Schluck Brandy aus einem Fläschchen, das ich in der Küche geklaut hatte. Das spielt eine Rolle, wie man sich denken kann. Mein Spaziergang führte mich zum Lehrertrakt, zur Tür von Deborah Rodgers. Es war eine Schnapsidee im wahrsten Sinn des Wortes. Ich wollte einfach nur an der Tür horchen. Wozu? Um eventuell dort die Stimme von Chris zu hören? Ja, vermutlich. Um herauszufinden, ob er mich erneut angelogen hatte? Sicher. War ich etwa *eifersüchtig*? Damals hätte ich es nie so genannt, aus heutiger Sicht scheint mir das Wort in gewisser Weise angebracht.

Nun, ich stand also vor Miss Rodgers' Tür, die Jalousien vor ihren beiden Fenstern waren heruntergelassen, gaben nichts preis, man konnte nur gerade so erkennen, dass drinnen die Zimmer erleuchtet waren, dass sich dort jemand befinden musste. Wo sollte Deborah Rodgers auch sonst sein? Das war gegen halb zehn Uhr abends, die meisten Menschen wären üblicherweise noch nicht schlafen gegangen.

Ich wollte eben ein Ohr an diese Tür pressen, als vom Hof Schritte zu hören waren, schnelle Schritte. Was macht man da? Ich huschte um die Ecke, kauerte mich an die Mauer, kniend, konnte nicht erkennen, wer sich näherte. Doch die Schritte kamen näher und näher, dann hörte ich, wie jemand an ebenjene Tür bumperte. Hörte, wie die Tür knarzte. Hörte Miss Rodgers' Stimme.

»Was willst du hier, Chris?«

»Lass mich rein!« forderte er.

»Nein, kommt nicht in Frage!«

Das war alles. Er muss sich gewaltsam Zutritt verschafft haben, die Tür fiel mit einem lauten Wums zu, danach drang nichts mehr nach außen, kein Wort, keine Silbe. Ich steckte mir eine Zigarette an und wartete. Nach etwa einer Viertelstunde ging die Tür wieder auf, und ich, in meiner Besoffenheit, wagte es, um die Ecke zu lugen. Chris bemerkte mich nicht, zum Glück, es regnete stark, er lief über den Hof, hatte seinen Trainingsanzug an, und Deborah rief ihm hinterher: »Du spinnst doch!«

Lange habe ich nachgedacht darüber, wessen ich gerade Zeuge geworden war. Ich meine, ich habe bereits dargelegt, dass Chris in jener Nacht sein Bett nicht benutzt hat. Wo konnte er hingelaufen sein? Zumal bei schwerem Regen und pfeifendem Wind? Mir war kalt, ich war durchnässt und musste pinkeln.

Also bin ich schnellstmöglich zu unserer Butze gerannt und rein in die Gemeinschaftsdusche auf dem Flur, habe gezittert beim Warten auf heißes Wasser, das erst nach zehn Minuten kam.

Und wie ich da so stand, nackt, verwirrt und ziemlich neben der Spur, öffnete sich die Tür. Joshua Stone sah mich an und lachte. Was fand er so lustig? Dieser Idiot. Ich war drauf und dran, ihn anzuspringen und zu verprügeln.

»Verpiss dich, Knirps!«

Er lachte noch einmal, aber schob ab. Und das war's. Mehr fällt mir nicht ein über diese Nacht. Ich will einfach jedes noch so kleine Detail erwähnt haben.

Am nächsten Morgen ging ich zum Frühstück, war hungrig und sah mich nach Chris um. Er war nicht zu sehen, für Miss Rodgers galt dasselbe. Seit Gerda Bradshaw abgereist war, lockerte sich die Atmosphäre ein wenig, es wurden wieder Witze gemacht, man bereitete sich auf die Ankunft der Schüler vor, die Busse sollten gegen zehn Uhr eintreffen. Lehrer und Personal reisten individuell an. Unterricht würde am 4. Januar keiner stattfinden.

Perkins gab gegen neun Uhr eine Pressekonferenz, bei der es eigentlich nur darum ging, die Journalisten zum Verlassen des Schulgeländes aufzufordern. Er selbst wolle noch bis morgen vor Ort, doch eher im Hintergrund bleiben. Eine der Fragen lautete, ob Raven Hall umfassend abgesucht worden sei, und er bejahte dies. Beinahe hätte ich mich gemeldet und nachgefragt, ob das auch für die alte Kapelle gelte. Ich tat es nicht, kann nicht genau sagen, warum. Dachte, das müsste bestimmt geschehen sein, und vielleicht war es das auch. Versäumt man, zur passenden Zeit die richtigen Fragen zu stellen, bleiben sie für immer unbeantwortet. Ich suchte nach Chris und traf ihn nirgends an. Ich ging auch erneut zum Apartment von Miss Rodgers und klopfte an die Tür. Klopfte beherzt. Hämmerte sogar. Inspector Perkins tauchte hinter mir auf und fragte mich, was ich da tue.

»Ich suche nach Chris Bradshaw, Sir.«

»Wo haben Sie denn bereits gesucht?«

»Überall, Sir.«

»Und warum jetzt hier?«

»Hier eben noch nicht.«

»Aha?«

Es herrschte viel Trubel auf dem Schulgelände, von daher war es nicht verwunderlich, dass erst relativ spät die Unauffindbarkeit von Chris und Deborah zum Thema wurde. Niemand schien das Heft in die Hand nehmen zu wollen, niemand schien Lust zu haben, Alarm zu schlagen, schon gar nicht, wenn es ein Fehlalarm sein konnte, eine übertriebene, voreilige Aktion. Alle waren müde wegen der Aufregungen der letzten Tage. Inspector Perkins unterhielt sich schließlich mit Charlton Piper, forderte ihn auf, eine Art Suchtrupp zusammenzustellen, aus erfahrenen Lehrkräften. Das

Apartment von Miss Rodgers wurde gewaltsam aufgebrochen, schließlich konnte sie sich etwas angetan haben.

Gegen 6 Uhr abends, soweit ich mich erinnere, wurde das Thema publik, sogar bei den Schülern. Der Buschfunk funktionierte. Ich hatte Jack und Joe aka Bart und Roger alsbald, also schon kurz vor Mittag, von den Ereignissen unterrichtet, wir feierten freudiges Wiedersehen, mit Rock 'n' Roll und lauwarmem, später in Schnee gekühltem Weißwein. Zu diesem Zeitpunkt war ich übrigens noch überzeugt gewesen, dass Chris sich einen seiner berüchtigten Späße erlaubte, dass er mit einem Paukenschlag und zwei Trompetenstößen wieder auftauchen würde, mit einem feisten Grinsen über den gelungenen Streich. Aber Deborah Rodgers, eine erwachsene Frau? Konnte sie sich ernsthaft vom Acker gemacht haben? Wo sie sowieso schon in Verdacht stand? Das wäre einem – zumindest beruflichen – Suizid gleichgekommen. Eine Lehrerin, die sich mit einem ihrer Schüler auf die Flucht begibt? Die Pressefuzzis mussten sich die Hände reiben, um es vorsichtig auszudrücken. Und welche Aussicht auf Erfolg hätte solch eine Flucht gehabt, die ja nichts anderes gewesen wäre als das Eingeständnis, etwas verbrochen zu haben. Da schien es tatsächlich wahrscheinlicher, dass die beiden tot waren und sich ihre Leichen noch irgendwo auf Raven Hall befanden.

Dem widersprach vordergründig das Faktum, dass in Deborahs Apartment weder ihre Ausweise noch eine Geldbörse gefunden wurden. Ähnliches galt für den Spind von Chris, der gegen zehn Uhr abends aufgebrochen wurde, von Hausmeister Brady, im Beisein von Charlton Piper und Inspector Perkins. Uns Jungs hatte man währenddessen auf den Flur geschickt.

Selbst angenommen, die beiden hätten sich gegen Mitternacht des 3./4. Januar davongemacht – dann wie genau? Zu Fuß? Theoretisch denkbar. Nach einem Marsch von knapp zwei Stunden hätten sie Westcott erreichen und den Frühzug um 5:04 nach London erreichen können. Und dann? Wo sollten sie hin? Ins Ausland fliehen? Man konnte zu jener Zeit noch eine Flugreise antreten, ohne seine Personalien angeben zu müssen. Das sei für jüngere Leser erwähnt.

An dieser Stelle möchte ich meine Berichterstattung abbrechen, denn es ist nichts hinzuzufügen, was eigenem Miterleben entstammen würde.

Bart, Roger und ich machten unseren Abschluss und verließen Raven Hall Ende Mai. Musik haben wir nie mehr gemacht. Beim Überreichen der Urkunden sang der Schulchor Didos Klage *Remember Me* von Purcell. Charlton Piper wurde der neue Direktor.

Bis dahin waren keine neuen Erkenntnisse ans Tageslicht gelangt. Inspector Perkins hatte sich verzweifelte Mühe gegeben. Leichenspürhunde waren auf dem Gelände herumgelaufen, angeschlagen haben sie nur bei zwei toten Ratten. Chris und Deborah wurden bei Interpol zur Fahndung ausgeschrieben, obgleich nichts Konkretes gegen sie vorlag und sie genauso gut Opfer wie Täter gewesen sein konnten. Ohne Ergebnis waren

Hunderte Passagierlisten überprüft worden. Hätten die beiden einen Flieger bestiegen, würde sie irgendwer auf den Fahndungsfotos nachträglich erkannt haben. Möchte man denken. Versteckten sie sich im schottischen Hochmoor? Waren sie per Fähre auf den Kontinent gelangt? Verkleidet und getarnt? Ich besitze drei dicke Mappen mit Zeitungsausschnitten; die Boulevardzeitungen hatten den Begriff vom RAVEN HALL MYSTERY geprägt.

Irgendwann ließ das Interesse der Leser nach, obwohl es zwischendurch durch viele Spekulationen künstlich am Leben gehalten wurde. Dann nichts mehr.

Diese Stille. Dieses Schweigen. Das Rätsel.

ZWEITER TEIL

INTERMEZZO

Ich habe mich nie damit abgefunden. Es kam die Zeit mit Jane, es kam das College, es kam die Zeit mit Sarah in Cambridge, es kam die Zeit mit Shirley. Nach meinem Jurastudium wurde ich Anwalt für Zivilrecht. Es kam der Umzug nach Birmingham. Die schöne Kanzlei mit den riesigen Fenstern, ganz nah am Meer. Es kam die Zeit mit Josh und Rebecca, meinen Kindern. Und immer habe ich abends die Zeitungen durchwühlt, habe gezuckt, wenn das Telefon klingelte, habe gehofft, dass eine Postkarte eintrifft. Nach zwanzig Jahren, ich konnte mir endlich einen Monat Urlaub am Stück leisten, suchte ich die damals noch lebenden Beteiligten auf, deren Antworten bis hier zu lesen waren. Ich musste mich vorrangig um meine Familie kümmern, meine Kinder erziehen, das Haus abbezahlen, meine Frau bei Laune halten, den Hund füttern, Bäume pflanzen, all das. Insgesamt ein gutes Leben. Es kam der Umzug nach Southampton, in ein etwas kleineres Haus, dafür näher am Strand. Es kam zu Shirleys Krebserkrankung, zur Genesung, die Kinder bekamen Kinder, der erste Hund ist alt gestorben, der zweite auch.

DRITTER TEIL

DIE ALLGEWALT DER ZEIT

2015, mit siebenundsechzig Jahren, bin ich in den Ruhestand getreten. Bald darauf begann ich, kleinere Artikel für den *Southampton Chronicle* zu schreiben, nichts von Bedeutung, es ging mir eigentlich nur darum, mich *Journalist* nennen zu dürfen. Als solcher konnte ich Einsicht in die fünfzig Jahre alten Protokolle fordern, was mir schließlich gewährt wurde. Meine Leistung soll dabei um Himmels willen nicht überbewertet werden, es war die Arbeit von ein paar Nachmittagen.

Bis dahin war von den vier vermissten Personen, Iris Pinkerton, Deborah Rodgers sowie John Bradshaw und seinem Sohn Christian keine neue Spur aufgetaucht, kein Detail, gar nichts.

Undenkbar, werden Sie sagen. Doch, sogar ganz gut denkbar, wenn sich niemand mehr dafür interessiert. Angela Strickland war 1980 an Altersschwäche, Inspector David Perkins 1999 an einem Aneurysma verschieden. Was die Lehrerschaft betraf, fehlten mir exakte Informationen, wahrscheinlich waren nicht mehr viele am Leben.

Abgesehen von Roger (er ist 2004 bei einem Segelunfall ertrunken) war Perkins der Einzige gewesen, der sich 1985 geweigert hatte, meine Fragen zu beantworten. Warum? Das hatte, glaube ich, vor allem einen formellen Grund, weil er zu diesem Zeitpunkt noch im Dienst war. Vielleicht hatte er auch einfach keine Lust, auf seinen damaligen Misserfolg angesprochen zu werden, zumal von einem Nobody und Privatier.

Ich redete mit John Zimmermann, dem Chefredakteur des *Chronicle,* und schlug ihm eine Artikelserie über das *Raven Hall Mystery* vor. Er war nicht völlig abgeneigt, gab aber zu bedenken, dass das Ganze doch eine Ewigkeit her sei und nicht direkt etwas mit Southampton zu tun habe – der *Chronicle* war auf regionale Themen fokussiert. Zuvor hatte ich überlegt, ein Buch zu schreiben, hatte auch mit ein paar Verlegern darüber gesprochen. Alle sagten dasselbe: Für ein erfolgversprechendes Sachbuch sei die Stofflage zu dünn, dazu hätte ich irgendeinen Polizeiskandal aufdecken und am Ende eine Art Lösung anbieten müssen, wenigstens eine gemutmaßte, einigermaßen plausible. Ob ich nicht lieber einen Roman schreiben wolle, nach wahren Begebenheiten, mit allen denkbaren Freiheiten und dem Schwerpunkt auf den erotischen Verstrickungen des Personals?

Ich habe auch an eine Publikation im Eigenverlag gedacht, Auflage dreihundert Stück, davon womöglich hundert verkauft, mit ein wenig Glück.

Ab und an habe ich Gerda Bradshaw einen Brief geschrieben, in der Hoffnung, ihr Sohn würde sich doch noch irgendwann bei ihr gemeldet haben. Sie antwortete nur ein einziges Mal, 1988.

Geschätzter Mr Brewer, leider muss ich Ihnen zu meinem großen Bedauern mitteilen, dass ich nicht behilflich sein kann. Sollte Christian eines Tages wieder

Kontakt zu mir aufnehmen, und nichts auf der Welt wünsche ich mir sehnlicher, werde ich Sie umgehend darüber informieren. Etc. Mit herzlichem Gruß

2003 ist sie dann gestorben, im hohen Alter von dreiundneunzig Jahren. Ich habe versucht, ein wenig über die Erbmasse herauszufinden. Chris war ihr einziges Kind gewesen, sonst gab es keine nahen Verwandten. Als Anwalt hatte ich einige Kumpel da und dort, die mir weiterhelfen konnten. Kurzum, Chris hat die Erbschaft nie angetreten. Sie war auch nicht annähernd so beeindruckend, wie man vermuten durfte, keine hunderttausend Pfund, die zum Großteil an eine Tierschutzorganisation gingen. Am Ende blieb – im Testament nicht ausdrücklich erwähnt – eine Sechszimmerwohnung in Brighton. Das Nachlassgericht ermittelte den Enkel eines Cousins in Deutschland, wohnhaft in Berlin. Der Glückliche, bis dahin Ahnungslose, hat die Wohnung dann schnellstmöglich verkauft, ohne je einen Schritt hineinzusetzen.

Raven Hall wurde im Jahr 1990 als schulisches Institut endgültig geschlossen. Seitdem stehen die Gebäude leer; über eine alternative Nutzung als Hotel, Sanatorium oder sonst was wird immer wieder diskutiert, bislang ohne Ergebnis. Der Denkmalschutz schreckt potenzielle Investoren ab, die Sanierungskosten wären horrend.

John Zimmermann gab irgendwann nach, weil er mich mochte. 2018, von Januar bis Oktober, erschien im *Southampton Chronicle* eine zehnteilige Artikelserie, mit allen Fakten samt offenem Ende, ohne Spekulationen oder Theorien. Zehnmal zehntausend Zeichen. Ich glaube, keine zehntausend Menschen haben das gelesen. Es gab 23 Zuschriften, die meisten von positiver Resonanz. Ich hebe die relevanten hervor:

Jason F. aus Paignton fragte:

> Spannende Geschichte! Wurde denn je der Sarkophag von Agnes Dyer geöffnet?

Ja, das wurde er, denn ich hatte der Polizei – aus purer Neugier und um das endgültig auszuschließen – einen anonymen Hinweis gegeben, dass die Leichen dort versteckt sein könnten. Miss Dyer hat jedoch allem Anschein nach nie posthum Besucher empfangen.

Eine Elvira M. aus Portsmouth fragte:

> Was ist aus Mr Wright geworden?

Er war sehr kooperativ, wahrscheinlich aus Angst, vor der Nachwelt als liebeskranker Tolpatsch zu gelten. Mit viel Selbstironie hat er seine Geschichte erzählt. 1990 hatten wir das letzte Mal Kontakt, er muss kurz danach gestorben sein. Ich sehe nach: Ja, genau, im Jahr 1992, mit nur sechzig Jahren. Als Todesursache wird in der Sterbeurkunde *Herzschwäche* genannt.

Dave aus Southampton fragte:

> Was ist mit diesen Schneeketten an John Bradshaws Buick? Wie konnten die so einfach verschwinden? Zu welchem Zweck?

Ich habe keine Ahnung. Details wie dieses werden oft zu wichtig genommen, denn es ist denkbar, dass hier etwas ganz Belangloses Teil von etwas Bedeutungsvollem geworden ist. Ich meine, dass eventuell irgendwer grade Schneeketten benötigt und sie ganz einfach geklaut hat. Ich weiß, das klingt nicht überzeugend. Tut mir leid.

Es folgte eine weitere Zuschrift von Dave:

> Lieber Mr Brewer, ich mag erst dreizehn sein, aber ich glaube kaum, dass jemand so einfach Schneeketten klaut, nur weil sich ihm die Gelegenheit bietet. Ist nicht viel eher anzunehmen, dass die Schneeketten entfernt wurden, um Mr Bradshaw an der Abreise zu hindern, sodass er gezwungen war, auf dem Gelände zu übernachten?

Wow. Chapeau! Der Gedanke hatte was. Ich muss zu meiner großen Schande eingestehen, dass ich dies nie in Erwägung gezogen hatte. Prompt fühlte ich mich schuldig. Denn der Polizei gegenüber habe ich die Schneeketten mit keinem Ton erwähnt. Sie hätten mich womöglich zu einem wichtigen Zeugen gemacht.

> Danke, Dave, für diesen klugen und wichtigen Hinweis, den ich sofort an die zuständigen Stellen weiterleiten werde.

Was ich nicht tat. Es gab keine *zuständigen Stellen*. Die Akte Raven Hall war seit Jahrzehnten geschlossen. Wegen einer vagen Vermutung hätte sich kein Beamtenarsch auch nur einen Zentimeter aus seinem Sessel bewegt. Zumal die Überlegung nirgendwohin führte. Wenn jemand die Schneeketten entfernt hatte und es sich nicht um Diebstahl oder einen Streich handelte, was ließe sich daraus schlussfolgern? Interessant ist allein, ob John Bradshaw irgendwo auf Raven Hall ein Nachtquartier bezogen hat. Das müsste eigentlich irgendwem aufgefallen sein. Viel wahrscheinlicher ist, dass er irgendwann am späten Nachmittag des 28. Dezember irgendwo auf dem Schulgelände, auf welche Weise auch immer, zu Tode kam und sein Körper gleich danach versteckt wurde.

Und wieder kehrte Ruhe ein. Keine weiteren Zuschriften. Die Allgewalt der Zeit senkte sich auf das Raven Hall Mysterium. Immerhin hatte ich meine Aufgabe vollbracht. So gut es eben ging. Ein schwacher Trost. Auch Shirley hat die Artikel gelesen und behauptet, sie sei stolz auf mich. Das sagte sie aus Nettigkeit, wie ich annehmen muss. Im nächsten Satz bereits äußerte sie etwas sehr Vernünftiges, und obwohl es so überzeugend und selbstverständlich klang, empfand ich es als Schlag vor den Kopf.

»Schau, Tony, es ist doch im Grunde ganz klar, was passiert ist. Zwei Menschen sind gestorben, zwei andere geflohen. Letztere werden mit hoher Wahrscheinlichkeit für den Tod Ersterer verantwortlich gewesen sein. Was liegt nun noch daran, herauszufinden, wer genau wem und warum etwas angetan hat?«

Ich gab keine Antwort, reagierte verstockt wie ein Kind. Sie hatte so sehr recht. Und dann auch wieder nicht.

»Du solltest dich lieber mehr um deine Enkel kümmern, Tony!«

Stimmt. Die gab es ja auch noch.

Ein Jahr verging. Und die Allgewalt der Zeit sorgte für Überraschungen. Manchmal ist sie eben nicht nur der Platzwart, der neues Gras auf die Verwerfungen sät, manchmal findet sie Gefallen daran, Fenster und Türen zu öffnen in die Vergangenheit.

2019, im Februar, ging der *Southampton Chronicle* online, mitsamt dem Archiv der bisher dort seit 2000 erschienenen Artikel, abrufbar nur für zahlende Abonnenten, gegen eine Gebühr von 20 Pfund im Jahr.

Mein Vermächtnis, wenn ich es mal so nennen darf, wurde digitalisiert. Noch ein kleiner, absurder Trost, der uns davon ablenkt, morgen nicht mehr zu atmen, nicht mehr hier zu sein.

Wer, fragte ich mich, würde 20 Pfund ausgeben, um etwas über Raven Hall zu erfahren? Ich ging zu Zimmermann, beschwor ihn, dass es wenigstens eine Art *Schnupperabo* geben müsse – eine Woche kostenlosen Zugang zu allen Artikeln, auch zu meinen. Seufzend gewährte er mir den Wunsch.

Am vierten April erhielt ich eine Mail von einer gewissen Imogen Brady. *Brady.* Der Name sagte mir was, so hieß der Hausmeister damals, ich hatte ihn als patenten, gutmütigen Kerl in Erinnerung. 1985 verbrachte ich einen Nachmittag in seiner Wohnung, wo er mir allerhand Fragen beantwortet hat. Damals war er fünfundsechzig Jahre alt, und ich weiß noch, wie beeindruckt ich von ihm gewesen bin. Ein Mann aus Leder, der selten gelächelt hat und dennoch etwas Vertrauenswürdiges ausstrahlte.

Sehr geehrter Mr Brewer,
ich habe Ihre Artikel mit wachsendem Interesse gelesen und mich dabei zu erinnern versucht, was mein Vater mir über die Sache erzählt hat. Es wird Sie vielleicht interessieren, dass er bis zu seinem Lebensende, er starb vor vierzehn Jahren, ein Foto in Ehren hielt. Es stand, solange ich denken kann, auf seinem Schreibtisch und ist an den Rändern ein wenig vergilbt, ich füge es an, als Scan. Wenn ich mich nicht irre, ist das Gebäude im Hintergrund der Marstall von Raven Hall und die Frau davor Miss Rodgers. Stimmen Sie mir zu? Nach dem Tod meines Vaters hatte ich leider nie Kraft und Zeit zugleich, um all seine Hinterlassenschaften zu durchforsten. Das meiste ist im Müll gelandet. Aber das Foto habe ich aus irgendeinem Grund behalten. Ich finde, dieser lange kornblumenblaue Faltenrock, die Schaftstiefel, dazu als krasser Kontrast der orangefarbene Strohhut, das hat etwas. Noch irgendwie rest-viktorianisch, und doch bereits sixties. Und wie lasziv die Dame die Zigarette hält, zwischen Daumen und Zeigefinger, die anderen Finger abgespreizt, wie zu einem Gruß – so was habe ich noch nie gesehen, so würde man eher eine Maus am Schwanz hochheben als eine Zigarette halten.
Na ja.
Ich dachte, das könnte vielleicht von Interesse für Sie sein. Falls es das nicht ist, verzeihen Sie mir.
Mit guten Grüßen, Imogen Brady

Das leicht unscharfe Foto war tatsächlich wunderschön, gerade weil die Gilbränder der Szenerie etwas psychedelische Patina hinzufügten. Ja, kein Zweifel, die Frau, die da leicht schelmisch grinste, war Deborah Rodgers. Sie schien den Fotografen gemocht zu haben. Wann war das Foto entstanden? An den blauen Faltenrock glaubte ich mich erinnern zu können, aber ein so hochwertiges Kleidungsstück wurde von den Frauen damals oft jahrzehntelang getragen. Deborah war drei Jahre lang Lehrerin in Raven Hall gewesen. Während dieser Zeit wird sich ihr Gesicht kaum verändert haben. Sie stand im Gras, mit diesen nicht allzu hohen Schnürstiefeln, die sie im Unterricht übrigens nie trug, da bevorzugte sie Pantoffeln oder Tennisschuhe. Der orangefarbene Strohhut könnte einen Hinweis enthalten – ab wann hat es solche Dinger gegeben? 1964, '65, konnte sein, so was gab es in Brighton am Strand zu kaufen, der letzte Schrei, für ein paar Shilling, ein karnevaleskes Utensil, das Vergnügen und Exaltiertheit ausdrücken wollte. Irgendwoher waren plötzlich Farben ins Land gekommen, die es zuvor nicht gegeben hatte, und wenn doch, dann nur streng voneinander getrennt. Die Art, wie Deborah die Zigarette hielt, war wirklich sonderbar, als habe sie dem Fotografen verstohlen zuwinken wollen. Aber es war vermutlich Quatsch, daraus etwas ableiten zu wollen. Es war ein Schnappschuss, nicht mehr, ein Erinnerungsfoto. Allerdings hatte Brady es auf seinem Schreibtisch in Ehren gehalten.

Und dann fiel mir noch etwas zu diesem Strohhut ein. Wenn Deborah so einen besessen hätte, hätten wir Schüler ihn irgendwann mal zu Gesicht bekommen müssen, oder? An dieses quietschbunte Ding hätten wir uns gewiss ein Leben lang erinnert.

Es war nicht Deborahs Hut. Es war Bradys Hut, und sie hatte ihn sich zum Spaß aufgesetzt. Und es war

Bradys Zigarette, die sie mit zwei Fingern hielt, damit er in Ruhe knipsen konnte. Warum war das Foto unscharf? War er aufgeregt gewesen? Hatte er gezittert?

Imogen Brady wohnte etwas außerhalb von Crawley, der nächstgrößeren Stadt nach Westcott und Dorking, nur gut 20 Meilen von Raven Hall entfernt. Ich brauchte mit dem Zug zwei Stunden. Imogen hatte einem Treffen sofort zugestimmt. Aus irgendeinem Grund (Rechenschwäche? Sturheit?) erwartete ich, einer jüngeren Frau entgegenzutreten, aber sie war neunundsechzig, beinahe in meinem Alter.

Imogen, mit diesem dreckig goldenen Teint, den nur jahrzehntelange Tabakabhängigkeit hervorbringt, hätte als People of Colour durchgehen können. Sie kleidete sich im Ethno-Look, farbdivers und bequem, mit curryfarbenen Latzhosen, einer schlumpfblauen Bluse, einer moosgrünen Strickjacke – und grellroten Sneakers. Auf ihren Handrücken, ebenso auf ihrem Hals, um den eine Kette mit Jade-Elefant und Lederbeutelchen hing, waren winzige Tattoos aus Reihen koreanischer Schriftzeichen zu erkennen – oder waren es vietnamesische? Nichts, worüber ich gerne eine Unterhaltung geführt hätte. Ihr Gesicht war aufgequollen, vermutlich vom Suff, aber die stahlblauen Augen darin wirkten wach und beweglich. Wenn sie den Mund öffnete, konnte man sehen, dass ihr letzter Zahnarztbesuch lange zurückliegen musste. An jeder Hand trug sie drei Ringe, von denen schwer zu sagen war, ob es sich um Modeschmuck oder antike Preziosen handelte.

»Schön, dass Sie sich herbemüht haben, Anthony. Sie gefallen mir, ebenso wie Ihre Artikel, fühlen Sie sich bitte willkommen.« So begrüßte sie mich mit ihrer rauchigen Stimme und bat mich in ihre kleine Drei-Zimmer-Parterrewohnung, vollgestellt mit tausend Sachen, viel Nippes, Flohmarktkram, zu Paketen zusammengebundene Illustrierte, eine kleine Sammlung von Kaffeekannen. Farbe und Musterung der Tapeten war hinter der Legion wertloser Ölgemälde kaum bestimmbar. Über das Sofa im Wohnzimmer war eine staubige Tagesdecke gespannt.

»Tut mir leid, dass ich nicht zum Aufräumen gekommen bin. Vielleicht gehen wir besser in den Garten?«

»Ich verstehe jetzt, dass Sie keinen Platz für die Kisten Ihres Vaters hatten.«

»Ja, leider.«

Wir tranken im winzigen Gärtchen grünen Tee und kamen ins Gespräch. Mir lag viel daran, um das Mindeste zu sagen, mehr zu erfahren von dem, was Harold Brady seiner Tochter über das Geschehen erzählt hatte. Das jedoch war nicht so viel wie erhofft. Um ehrlich zu sein: Es war der Rede nicht wert. Angesprochen darauf, ob sie sich an den Strohhut erinnern könne, schüttelte Imogen den Kopf, fand es aber durchaus denkbar, dass er ihrem Vater gehört haben mochte. Daraus ein engeres Verhältnis zwischen Harold und Deborah abzuleiten, hielt sie für weit hergeholt. D'accord.

»Reagierte Ihre Mutter nicht eifersüchtig, wenn Deborahs Foto auf dem Schreibtisch Ihres Vaters stand?«

»Kaum, sie war ja tot. Sie starb bei meiner Geburt.«

»Oh, Verzeihung.«

»Sie trifft daran keine Schuld, denke ich. Nein, es liegt ja nahe, dass mein Vater ein wenig vernarrt gewesen sein muss in diese hübsche Lehrerin – und vielleicht sind die beiden sogar Freunde gewesen. Aber wissen Sie, mein Vater war ein echter Mann.«

»Was genau meinen Sie damit?«

»Nun, er hätte bestimmt vor mir angegeben, wäre da je was gewesen. Natürlich nicht damals, als ich fünfzehn war. Aber später bestimmt – und warum auch nicht, es wäre ja nichts dabei gewesen.«

»Es sei denn, er hätte einen guten Grund gehabt, nicht darüber zu reden.«

»Welcher Grund schwebt Ihnen da vor?«

»Er könnte Miss Rodgers behilflich gewesen sein.«

»Wobei?«

»Das ist die große Frage. Ich will Ihrem Herrn Vater, den ich persönlich sehr geschätzt habe, auf keinen Fall etwas anhängen ...«

»Aber Sie benutzen das Wort *behilflich*. Das klingt sehr nach *Beihilfe*. Zu was?«

»Verzeihen Sie mir, wenn ich – bildlich gesprochen – nach jedem Strohhalm greife aus dem Hütchen Ihres Vaters. Hat er denn gar nichts weiter hinterlassen außer diesem einen Foto?«

»Na doch, sehr viel sogar. Ich hab nur alles weggeworfen.«

»Schade.«

»Ja, schade.«

Es entstand eine Pause von etwa einer halben Minute. Dafür gab es die Teetasse, an der man nippen konnte. Dann erwähnte Imogen etwas, auf eine so beiläufige Art, dass ich fast wütend wurde.

»Könnte sein, dass in Raven Hall noch was rumliegt.«

»Wie? In Raven Hall?«

»Na ja. Sein Büro dort wurde nie – wie sagt man – ausgemistet. Er blieb dort Hausmeister bis 1990, bis zur Schließung des Instituts. Der Schlüssel liegt noch hier herum, den hab ich nicht weggeworfen.«

»Der Schlüssel zu seinem Büro liegt noch … – ernsthaft?«

»Ja, wieso auch nicht? Wer hätte ein Interesse oder die nötige Autorität gehabt, dort … einzudringen? Lieber Mr Brewer, darf ich Anthony sagen? Tony? Wenn Sie Lust haben, fahren wir hin und sehen es uns an. Dann komme ich mir auch nicht mehr so unnütz und verachtet vor wie gerade jetzt.« Sie zog einen Schmollmund, dann grinste sie.

Eine halbe Stunde später saßen wir in einem dreißig Jahre alten Chrysler. Das Navi, das erste, das ich je sah, verkündete eine bevorstehende Fahrzeit von 35 Minuten. Imogens Fahrstil war sehr ruckelig, als würde sie auf dem Gaspedal den Rhythmus zu einem Song aus dem Radio treten, oder zu irgendwas in ihrem Kopf.

Es mag merkwürdig erscheinen, dass ich nie auf den Gedanken gekommen war, das Gelände von Raven Hall erneut zu betreten. Man hatte einen Zaun ringsherum errichtet, um die Gebäude vor Vandalismus und Diebstahl zu schützen. Dabei war fast alles von irgendeinem Wert längst abtransportiert worden. Der Zaun stellte kein Problem dar. Neugierige Jugendliche hatten ihn an manchen Stellen durchgesägt oder brutal aus der Erde gerissen. Dankenswerterweise. Wir machten einen langen Spaziergang. Wie bei stillgelegten Gebäuden üblich, waren alle Fenster und Türen ursprünglich einmal mit dicken Brettern verrammelt gewesen – völlig sinnlos. Das Gelände war ein Märchenreich für morbid veranlagte Kiffer, Junkies, Satanisten, Desperados und sonstige Eroberer, die sich überall schon Wege ins Innere verschafft hatten. Vielleicht nutzten Obdachlose die leeren Zimmer, hier und da stank es nach Kot und Kotze, da und dort schwärzten Brandspuren die Mauern.

Harold Bradys Büro war ein angebauter kleiner Schuppen hinter dem Lehrertrakt, von Anfang an ein Provisorium, in den Dreißigern wohl mal für Fahrräder genutzt, bevor die nach dem Krieg in den Marstall ausgelagert wurden. Ein Jahrzehnt später gab es keine Fahrräder mehr, jedenfalls nicht für die Schüler, denen man nicht zu viel Mobilität zugestehen wollte.

Imogen zog einen Schlüssel aus dem Ledertäschchen, das um ihren Hals hing.

»Ich bin aufgeregt«, flüsterte sie.

»Dito.«

Der Schlüssel passte. Es war gegen vier Uhr nachmittags, draußen noch sehr hell, drinnen sehr dunkel, weil es keinen Strom gab. Wir knipsten die Taschenlampenfunktion unserer Handys an.

Ich erkannte das Schlüsselbord, aus dem Chris sich bedient hatte, um die alte Kapelle zu öffnen.

So viele Erinnerungen kamen wieder. Mir wurden die Augen feucht. Das Büro enthielt einen Metallschrank, sichtlich an vielen Stellen verrostet. Er ließ sich ganz einfach mit einem Brecheisen öffnen, das wir zwischen einem Haufen von Schaufeln, Harken und Klappstühlen fanden. Im Schrank lagen allerlei Werkzeuge, alles, was ein Hausmeister brauchen konnte, Schraubenzieher, Hammer, Zangen, Cuttermesser, Saugglocken, Dichtungsringe etc.

Und noch etwas. Ganz unten. Ich griff danach, wobei ich einen kleinen Schrei ausstieß, als hätte ich in einen Sack voller Schlangen gegriffen.

»Was ist denn?«, fragte Imogen.

»Siehst du das?«

»Was ist das?«

»Schneeketten. Das sind Schneeketten. Herrgott.«

Imogen gab sich alle Mühe, meine Euphorie zu dämpfen.

»Na und? Dann sind das halt Schneeketten. Warum sollte mein Vater keine besessen haben? Es müssen doch nicht die von Bradshaws Wagen gewesen sein.«

»Stimmt. Ja.« Meine Begeisterung schwächte sich ab, doch so leicht gab ich nicht auf. »Warum liegen die dann aber nicht bei den Schaufeln und Harken?«

»Das beweist doch gar nichts, Tony.« Sie sprach meinen Vornamen mit einer kleinen Pause zwischen den Silben aus. Das hatte etwas Tadelndes und Nachsichtiges zugleich.

Es gab im Zimmer auch einen Schreibtisch mit verschlossener Schublade. Für den besaßen wir keinen Schlüssel. Ich griff, ohne einen Moment des Zögerns oder Nachdenkens, zu roher Gewalt und brach ihn auf, mit einer Feile.

»Du hättest mich vielleicht mal fragen können, ob du das darfst.«

»'tschuldigung«, sagte ich, »du hast wahrscheinlich recht. Aber wozu sind wir schließlich hier?«

Statt einer Antwort schmiegte sich Imogen an mich. Das konnte ich gerade nicht brauchen. Mir war durchaus nicht entgangen, dass sie ihre ganz eigenen Gründe haben mochte, mit mir dieses Abenteuer zu unternehmen. So etwas war ich nicht mehr gewohnt, hatte ganz ehrlich gedacht, das wäre für immer vorbei.

»Lass uns sachlich bleiben, ja?«

»Okay. Sächlich also. Bitte sehr.«

Die Schublade enthielt ein Konvolut von Papieren aller Art. Zumeist Gebrauchsanweisungen, Lagepläne, Grundrisse, Darstellungen von Kabelnetzen. Nichts Persönliches. Warum auch hätte Harold Brady derlei hier bunkern sollen? Wäre es von sentimentalem Wert gewesen, hätte er es nach seiner Pensionierung sicher mit nach Hause genommen. Es sei denn ...

»Es sei denn?«

»Was?«

»Du hast gerade gesagt: *Es sei denn.*«

»Habe ich? Einerlei. Also gut, ich wollte damit wohl sagen, es sei denn« – da sah ich die Postkarte, zog sie hervor aus den feuchten, schimmligen Blättern eines Straßenatlas von Südengland.

Die Vorderseite zeigte den Eiffelturm. Der Poststempel war verwischt und unlesbar. Die Adresse hingegen war noch zu entziffern:

Harold Brady, Raven Hall/Westcott-Dorking. Auf der linken Seite sehr wenige Worte. *Danke. Für immer. D.*

Mehr an Beute ergab sich nicht. Aber das war doch enorm. Wir verließen das Areal.

Ich rief Shirley an und sagte, dass ich in der Nacht nicht heimkommen, sondern vor Ort in einem Hotel übernachten würde.

»Hast du was rausgefunden?«

»Vielleicht. Nicht sicher.«

Sie zeigte Verständnis, riet mir aber, wie so oft, mich

nicht *hineinzusteigern*. Wobei ich mich insgeheim fragte: Was sollte dieser Ratschlag bezwecken? Was kann der Sinn des Lebens sein, wenn nicht, sich zu steigern? Mitten hinein.

Imogen hatte unserem Gespräch in recht wenig dezentem Abstand gelauscht und meinte, ich könne die Nacht bei ihr verbringen, ein Hotel sei nicht nötig. Sie habe ein Gästezimmer. Was ich für eine absurde Behauptung hielt. Um ehrlich zu sein, ich fühlte mich doppelt lebendig. Zumal ich anscheinend noch einmal begehrt wurde auf meine alten Tage.

»Lass gut sein, Imogen. Hier gibt es doch Hotels, oder nicht?«

»Na klar, jede Menge. Wenn du unbedingt Geld ausgeben willst.«

»Will ich. Ist nichts Persönliches.«

»Klar doch. Du sollst nur wissen: Das heute war ein großer Spaß, ich hab ihn sehr genossen.«

»Absolut. Und ich danke dir dafür.«

»Gehen wir noch was trinken?«

»Gerne. Das ja. Ich zahle natürlich.«

»Wieso *natürlich*?«

»Als Benzingeld.«

»Ach so. Gut.«

Wir fanden einen Pub, der noch offen hatte. Sahen uns zusammen die Postkarte an, mit dem verwischten Datumsstempel.

»Die 1 und die 9 kann man gerade noch erkennen«, sagte Imogen, die sich einen Gin Tonic bestellte. »Danach ist eine 6 wahrscheinlich.«

»Findest du? Ich denke eher, die 1 und die 9 sind

ja klar, obwohl unleserlich, und der Rest ist einfach weg.«

»Ja, aber die Vorderseite, das ist doch typisch Sechzigerjahre. Eine billige Postkarte aus Paris, schwarzweiß. Ich will ja keine Spielverderberin sein, Tony, aber D. muss nicht *Deborah* bedeuten. Es kann für *Danielle* stehen, oder *Dean* oder *Duncan*. Oder *Doris, Diana, Daphne* und *Delilah*.«

»Schon klar. Aber ...« Ich hatte mein Tablet dabei, darauf befanden sich Scans der beiden Briefe, die Deborah Rodgers einst an Zachary Wright geschrieben hatte.

Eindeutig. Dieselbe Handschrift. Halleluja.

»Eine relativ ähnliche Handschrift, ja.«

Irgendwie gefiel mir nicht, wie Imogen alles, was ich sagte, relativierte und in Zweifel zog. Doch blieb ich selbstkritisch und räumte die Möglichkeit ein, zu schnell mit hereinkommenden Ergebnissen zufrieden zu sein. Zum Glück kannte ich einen Graphologen, dem ich die beiden Schriftproben per Mail zusenden konnte, der auch so nett war, beinahe sofort einen Blick darauf zu werfen.

> Lieber Tony, die Schriften sind sich in der Tat recht ähnlich, aber da die Postkarte nur wenige Wörter enthält, lässt sich nichts definitiv sagen. In einem Gerichtsprozess würde ich die Wahrscheinlichkeit, dass sie von ein und derselben Person stammen, mit ca. 80 Prozent angeben.

Na gut, immerhin.

Imogen hat sich nach zwei weiteren Gin Tonics mit einer Kusshand verabschiedet und fand offenbar nichts verwerflich dabei, mich zuvor zu meinem Hotel und danach noch nach Hause zu fahren. Zum Abschied bat sie darum, auf dem Laufenden gehalten zu werden. Selbstverständlich, warum auch nicht? Als Person war sie mir etwas dubios, nicht ganz unsympathisch, aber sicher mit Vorsicht zu genießen. Doch das Gefühl, eine Verbündete zu haben, fühlte sich gut an.

Am nächsten Morgen fuhr ich mit dem Zug nach Southampton zurück und kontaktierte das dortige Polizeilabor. Meine Hoffnung war, dass man auf irgendeine mirakulöse Weise mit Hilfe modernster Technik den Datumsstempel auf der Postkarte wieder lesbar machen könnte. Die Jungs dort verfügen inzwischen über ganz sagenhafte Möglichkeiten. Hier stießen sie an Grenzen. Man kann auch vermuten, dass sie nicht restlos begeistert waren, mir diesen Gefallen zu tun. Dass sie sich überhaupt damit beschäftigten, sei ihnen hoch angerechnet. Man muss den Menschen eine interessante Geschichte erzählen, muss ihre Neugier, ihren Ehrgeiz wecken. Viele sind von Natur aus freundlich und aufgeschlossen. Oft auch gelangweilt und froh um eine Ablenkung.

Am Ende stand nur wenig fest, und zwar, dass jemand diese Postkarte aus Paris nach England geschickt hatte, aus der Innenstadt, nicht etwa einem Vorort.

Der Wert der Briefmarke grenzte den Zeitpunkt in etwa ein, das Porto war ab 1964 gültig gewesen und erst 1968 leicht erhöht worden, von 30 auf 35 Centimes.

Mir wurde schmerzlich bewusst, dass ich die letzten Jahrzehnte viel effektiver hätte nutzen können. Zu meiner Entschuldigung kann ich anführen, dass es vor der Digitalisierung der Welt einfach nicht diese Möglichkeiten gegeben hatte, Sachverhalte kurzfristig zu recherchieren. Wochen und Monate hätte gedauert, was man inzwischen binnen Stunden, ja Minuten abrufen konnte.

Paris war ein Anhaltspunkt. In den nächsten zwei Wochen machte ich mich auf die Suche nach Deborahs Verwandten. Sie war ein Einzelkind, geboren am 6. April 1937 in Rochester. Ich ließ mir eine Kopie ihrer Geburtsurkunde zuschicken. Es folgten die Geburtsurkunden ihrer Eltern und Großeltern. Um das abzukürzen: Es gab eine Großtante namens Adelaide Entwistle, die nach Frankreich geheiratet hatte (einen gewissen Pierre Martin, Lebensmittelhändler) und 1940 gestorben war, begraben in einem winzigen Dorf in der Bretagne. Adelaide und Pierre hinterließen drei Kinder: François, Jacques und Josephine, geboren 1913, 1915 und 1920. Von da an wurde es unübersichtlich, denn alle drei haben sich zahlreich fortgepflanzt. Josephine starb 1962 – und wo? In Paris. Ihre Kinder hießen Jean, Jacques, Emily und Edith.

Geboren 1940 bis 1946. Sie konnten alle noch am Leben sein.

Wohlgemerkt, ich ging von der sehr spekulativen Annahme aus, dass Deborah auf ihrer Flucht Hilfe bei einer Verwandten gesucht haben könnte. Das *muss* nicht der Fall gewesen sein. Anders gesagt: Ich stocherte im Nebel, suchte Beschäftigung.

Über Facebook befreundete ich mich mit der Tochter von Edith, sie hieß Josephine, wie ihre Großmutter. Diese Josephine Riviere war Jahrgang 1976, 42 Jahre alt. Sie akzeptierte meine Freundschaftsanfrage. Und nein, sie wusste nichts über eine sehr entfernte Verwandte namens Deborah Rodgers.

Ich hatte mich verrannt. Shirley äußerte immer öfter ihren Unmut über meine *Besessenheit,* wie sie es nannte. Sie riet mir, es endlich gut sein zu lassen. Aufzugeben. Das hat mich wütend gemacht. Wie sollte denn etwas von alldem je gut sein, je gut werden, wenn man aufgibt, wenn man die Finger davon lässt?

Ich entschloss mich zu einem BLOG. Dieses Wort war mir bis dato unbekannt, ich hatte es von Imogen Brady, die mir ab und an freundliche Mails schrieb und Tipps gab. John Zimmermann war einverstanden und schickte mir eine studentische Aushilfe aus der Bildredaktion, die die ganze Website für mich entwarf und online stellte. Von nun an publizierte ich Neuigkeiten zum RAVEN HALL MYSTERY im Netz. Garnierte das Ganze mit Fotos, Videos, Interviews, sogar mit Musik. (*See My Friends/Ich bin der Welt abhanden gekommen/My Generation/Clair de Lune,* sogar *Feel the Beat* und *When I See Your Face,* zwei Lieder, die ich, weil es keine authentische Aufnahme gab, von einer lokalen Rockband für 300 Pfund rekonstruieren ließ.)

Mir wurde von Lesern prompt Geltungssucht vorgeworfen. Ich würde Details über Menschen publizieren, die sich dagegen nicht mehr wehren könnten. Ach je. Vorwürfe kommen immer, wenn sich jemand entschließt, aus dem eigenen Schneckenhaus hinauszutreten. Es gab FOLLOWER. Mehr, als man vermutet hätte. Erst um die hundert, dann, drei Wochen später, bereits dreitausend. Mit Followern im Rücken wirst du ein bisschen zum Feldherrn, jeder einzelne stärkt dein Selbstbewusstsein.

Es entstand ein FORUM, auf dem die FOLLOWER debattierten. Mir war nicht klar gewesen, wie viele Leute ein dröges Leben führen. Es bildeten sich FRAKTIONEN. Es gab immer mehr Zuschriften. Jede einzelne wurde von mir beantwortet.

Ein gewisser Boris Alvarez behauptete, Deborah Rodgers 1973 in Seattle, US, getroffen zu haben. Das nahm ich erst mal nicht ernst. Wie sollte sich jemand nach so langer Zeit an eine Frau erinnern, die er an einer Bushaltestelle (!) kennengelernt haben wollte. Selbstverständlich habe ich ihn um Einzelheiten gebeten. Alles war aufregender, als Shirley beim Keksebacken zuzugucken. Alvarez schrieb mir, er habe Deborah einmal gesehen, er erinnere sich deshalb so genau, weil sie eine so außerordentlich hübsche Frau war und er sie angeflirtet habe. Das sei an einer Bushaltestelle geschehen, bei prasselndem Regen. Er habe ihr eine Zigarette angeboten, die sie dankend annahm. Den Vorschlag, gemeinsam einen Kaffee trinken zu gehen, habe sie aber mit einem freundlichen Lächeln übergangen. Er habe ihr seinen Vornamen genannt, Boris, und sie habe mit zwei Silben geantwortet, doch derart leise, dass er nicht sicher sei, was sie gesagt hatte, eventuell Nora, Cora oder Dora oder so etwas.

Shirley drehte durch, weil ich nicht mal mehr zum Abendessen runterkam. Wir stritten uns. Heftig. Sie fragte: »Wozu? Wozu machst du das? Sollte sich Deborah Rodgers tatsächlich je in Paris oder in Seattle aufgehalten haben, wirst du nie viel mehr darüber erfahren, denn sie hat sich bis heute erfolgreich einer Verhaftung entzogen, sie hat dafür gesorgt, dass weder die Polizei noch so ein windiger Hobbydetektiv wie du ihr auf die Spur kommen konnte, sie war keine Idiotin. Aber du, du hoffst insgeheim, sie hätte sich wie eine Idiotin verhalten, nur weil du einen Erfolg feiern willst, irgendeine Art von sinnlosem Erfolg, das ist krank, sorry.«

Was Shirley sagte, tat mir sehr weh, weil es stimmte. Aber warum steigerte sie sich so hinein?

Imogen mailte mir aufmunternde Worte und ein Foto von sich, auf dem sie mir – oben ohne – schmollmündig eine Flasche Rotwein entgegenstreckte, sozusagen als Erste Hilfe. Ganz süß. Die Brüste allerdings ...

Lieber Tony,
Deine Frau hat nicht unrecht, wenngleich ihre Biestigkeit mich überrascht. Nimm sie mal wieder in den Arm, aber lass dir nicht alles gefallen. Mehr will ich nicht sagen, um keinen Keil zwischen euch zu treiben.
Wenn ich darüber nachdenke, ist es wohl so, dass eine Frau ihre Spuren in der Zeit leichter verwischen kann als ein Mann, schon durch die Möglichkeit, zu heiraten und einen neuen Namen anzunehmen. In den Staaten war und ist das noch einfacher. Die Spur nach Seattle erscheint mir darum gar nicht absurd. Ich fürchte, du wirst Miss Rodgers, wenn sie noch lebt, sehr wahrscheinlich nie ausfindig machen. Konzentrier dich doch eher mal auf Chris Bradshaw. Überleg dir – wo kann er hingegangen sein? Wie kann ein ungelernter junger Mann, ein Bürschchen ohne schulischen Abschluss, von dem wir annehmen, er ist auf den Kontinent geflohen (selbst das wissen wir nicht genau), sich dort über Wasser gehalten haben? Das ist beinahe

nicht möglich ohne Hilfe. Was ist denn mit diesem entfernten Verwandten aus Berlin, der Gerda Bradshaws Wohnung geerbt hat? Hast du den je kontaktiert/in die Mangel genommen?

Liebe Imogen,
natürlich habe ich daran gedacht, aber jener entfernt verwandte Erbe von Gerda Bradshaws Wohnung, er heißt übrigens Hans Kramer, Jahrgang 1964, ist viel zu jung, um damals eine Rolle gespielt zu haben. Dennoch habe ich ihn angeschrieben, und er hat mir sogar nett geantwortet. Demnach war Gerda Cohn, verheiratete Bradshaw, eine Cousine seines Großvaters. Ansonsten gab er an, nichts weiter zu wissen, vielleicht hätte sein Vater noch etwas gewusst, aber den hätte ich vor 2002 fragen müssen. Und danke, aber schick mir bitte keine Bilder mehr von deinen Brüsten, ich wüsste nicht, wie ich Shirley derlei erklären sollte, und sie sehen, to be honest, nicht mehr wirklich appetitlich aus.

Arschloch! Honey, ich schätze deine Ehrlichkeit normalerweise hoch. Heute nicht. Willste meine Tattoos sehen?

Zurück zu wichtigeren Dingen. Ich wollte weitere Details. Was hatte Nora, Cora oder Dora angehabt? Daran erinnerte sich Boris nicht, er habe immer nur auf ihr Gesicht gestarrt.

Sei ihr das nicht unangenehm gewesen?

Das könne sein, sie habe dann auch irgendwann, weil der Bus nicht kam, ein Taxi herangewinkt. Sie müsse irgendwas Blaues getragen haben, wenn er jetzt darüber nachdenke. Keine Hose, daran hätte er sich erinnert. Also wahrscheinlich einen langen Rock.

Und wo lag diese Bushaltestelle genau?

Boris konnte mir nur den Stadtteil nennen, er sei damals als Tourist dort gewesen.

Hat diese Frau mit englischem Akzent gesprochen?

Das wisse er nicht, sie habe ja kaum mehr als fünf Worte mit ihm gewechselt.

Gab es in der Nähe irgendein signifikantes Gebäude? Ich stellte noch viele Fragen, aber Boris Alvarez war wohl ein ganz normaler Mensch, dessen Gedächtnis alles Unwichtige längst aussortiert hatte. Nur ein hübsches Gesicht hatte in irgendeinem Winkel seines Hirns überlebt. Doch ging er in seinen Keller und kramte in alten Ordnern. Er hatte in jüngeren Jahren die Angewohnheit gehabt, aus jedem Hotel Briefpapier mitzunehmen als Souvenir, so fand er heraus, in welchem Hotel er dereinst gewohnt hatte. Der Bus, der dann doch irgendwann vorbeigekommen sein muss, sei zum Hotel sicher nicht lange unterwegs gewesen, vielleicht zehn Minuten, also drei oder vier Zwischenhalte.

Damit ließ sich etwas anfangen, und ich musste dank der modernen Zeiten nicht einmal eine Reise nach Seattle antreten. Das Hotel gab es noch immer, es war das *Mayflower Park Hotel* im Stadtteil Belltown. Und es gab Google Maps. Und Streetview. Ich machte Screenshots von ungefähr sechzig Bushaltestellen, die in Frage kamen. Natürlich war davon auszugehen, dass sich die Gegend stark verändert hatte.

Boris war ziemlich kooperativ, ein Mann ungefähr in meinem Alter, der Spaß am Detektivspiel entwickelte. Drei oder vier der Bushaltestellen hielt er für möglich.

Und plötzlich erinnerte er sich daran, dass er kurz zuvor in einem Antiquariat gewesen war. Er sammle seltene Bücher, sagte er. Nein, in besagtem Antiquariat habe sich nichts Erwähnenswertes gefunden.

Um eine lange Geschichte abzukürzen: Das Antiquariat gab es inzwischen nicht mehr, aber bis 1989 hatte es an der Ecke Denny Way und Boren Avenue gestanden.

Von den Namen, die Boris aufgezählt hatte, schien Dora am wahrscheinlichsten. Konnte als Kurzform von Deborah gedeutet werden. Frauen, die mit einem schönen Vornamen gesegnet sind, hängen daran, doch Deborah war zweifellos klug genug gewesen, ihn nicht unverändert zu behalten. Sie hatte ein Taxi herangewunken, obwohl es viel billiger gewesen wäre, noch etwas länger auf den Bus zu warten. Gut, es mochte an dem zudringlichen Boris gelegen haben, aber die Episode deutete darauf hin, dass sie über ein gewisses Einkommen verfügte. Konnte man sich Deborah Rodgers als Kellnerin in einem Restaurant vorstellen? Nein, am wahrscheinlichsten war doch, dass sie in Seattle das machte, was sie gelernt hatte und vermutlich am besten konnte. Also begann ich, mich an den umliegenden Schulen nach einer Englischlehrerin namens Dora zu erkundigen, die in den frühen Siebzigern dort unterrichtet hatte. Dabei gab ich mich frech als *Chief Inspector* von Scotland Yard aus und hielt eine gefälschte, im Internet erworbene Polizeimarke in die Kamera der Zoom-Meetings. Es war nahezu lächerlich einfach, und man kam mir sehr entgegen, nicht zuletzt, weil ich behauptete, es gehe um Fälle von möglichem *Kindesmissbrauch*. Niemand von Verstand hätte gewagt, Ermittlungen dieser Art zu behindern.

Kurzum: Binnen dreier Wochen fand ich heraus, dass von 1968 bis 1975 an der *Magnolia Elementary School* eine gewisse Dora Parker unterrichtet hatte, geboren am 6. April 1940. Der 6. April war Deborah Rodgers' Geburtstag. Sie hatte sich drei Jahre jünger gemacht, gehörte, wie wir wissen, dem Jahrgang 1937 an. Herrje, ich genoss die beste Zeit meines Lebens, und dies so spät, so unerwartet. Dora Parker – das klang nach Dorothy Parker, einer Autorin, die von Deborah Rodgers nachweislich geschätzt wurde. In ihrem Zimmer waren mehr als zwei Dutzend Bücher gefunden worden, darunter gleich drei der besagten Autorin, die Liste war aktenkundig. 1975 hatte Dora Parker ohne Angabe von Gründen ihre Stelle gekündigt und war von der Bildfläche verschwunden.

Ich ließ mir aus den USA Kopien von Dora Parkers Personalakte kommen. Sie enthielten auf den ersten Blick keine relevanten Informationen bzw. Angaben, abgesehen von ihrer damaligen Postadresse. Es gab auch kein Foto. Aber etwas hatte ich bei der Erstlektüre übersehen. Bis 1973 wurde sie an der Schule als *Miss* Parker geführt. 1974 bis 1975 als *Mrs* Parker. Herrgott.

Sie musste geheiratet haben! Wen, das ging aus den Akten nicht hervor.

Die neue Schlagzeile in meinem Blog lautete:

WER KENNT DORA PARKER? Bis 1975 als Englischlehrerin in Seattle/USA tätig.

Die Jungs vom Polizeilabor (es waren wirklich nur Jungs) mochten die Seite und halfen mir. Ich bekam aufgrund der vorhandenen Fotos eine Computeranimation mit dem heutigen mutmaßlichen Aussehen von Deborah Rodgers.

Und ich bekam, nach ein paar Wochen, Post von Dora Parker.

> Sehr geehrter Mr Brewer, einer Ihrer Leser, ein Polizist aus England, hat mich darauf aufmerksam gemacht, dass Sie eine Person suchen, die Sie offenbar in mir gefunden zu haben glauben.
> Es tut mir sehr leid, Sie enttäuschen zu müssen. Ich heiße Dora Agatha Parker, war in der Tat Lehrerin an der Magnolia bis 1975, bin dann nach Illinois umgezogen, zurück in meine Geburtsstadt Joliet, mit meinem Mann, Thomas Lewis, seither heiße ich Dora Parker-Lewis. Zum Beweis lege ich eine Kopie meiner Geburtsurkunde bei. Ich bin tatsächlich am 6. April 1940 geboren und musste mich nie für irgendwen jünger machen. Hoffentlich verdirbt Ihnen diese Nachricht nicht den Tag. Mit dem Internet habe ich aufgrund meines Alters bislang nur wenig zu tun gehabt, mein Sohn Frank hat mir bei dieser Mail geholfen. Seien Sie nicht zu enttäuscht und betrachten diese Information als immerhin – wie heißt es so schön? – *sachdienlich*. Im Anhang finden Sie auch ein aktuelles Foto von mir, wie Sie sehen werden, bin ich schwarz, war es damals und werde es wohl für den Rest meines Lebens bleiben. In diesem Sinne herzliche Grüße und viel Erfolg bei Ihrer weiteren Suche,
> Dora

Ich konnte es nicht fassen. War das möglich? Natürlich war es das. Welche Enttäuschung, was für eine Blamage. Ich verfluchte mich, verfluchte Boris Alvarez, verfluchte die ganze Welt und nahm die jüngsten Beiträge aus dem Netz.

> Lieber Tony, tut mir leid, zu hören, was du gerade durchmachst. Anbei schicke ich dir ein paar Fotos der Tattoos auf meinem Rücken, sind die nicht wunderbar gelungen? Nein, keine Angst, ist nur ein Scherz. Im Ernst: Komm mich mal wieder besuchen, dann hecken wir neue Strategien aus. Deine Imogen.

Beinahe hätte ich die Einladung angenommen. Stattdessen kümmerte ich mich zwei Wochen vorbildlich um Shirleys Wohlergehen, las ihr jeden Wunsch von den Augen und Lippen ab, konnte sie beschwichtigen und meine Ehe retten. Vorläufig. Sie wolle mal wieder Urlaub machen, sagte sie. Gut, gern. Such dir was aus. Palermo, sagte sie. Ja gut, warum nicht? Palermo. Wann? Im Oktober, wenn es dort nicht zu heiß ist. Bestens, machen wir. Palermo also, im Oktober. In fünf Monaten.

> Liebster Tony, du machst Urlaub in Bella Italia? Ich hätte hier eine gute Flasche Nero d'Avola di Sicilia, willste dich nicht ein bisschen vorbereiten auf deinen Südwärts-Trip? Hey, ich hab übrigens was Neues für dich und deinen Blog. Aber du musst herkommen und vor mir knien, musst mich auf Knien drum bitten.
> Dann beug ich mich zu dir herab und flüstre es dir ins feuchtgewordene Ohr.
> Immer die Deine, Imogen

Was sollte das?

– Du nervst. Ich werde ganz sicher nicht vor dir knien. Wenn es wirklich etwas Neues gibt, sag an. Oder scher dich zum Teufel.

– Ach, Tony, du bist so blöde und öde. Ich könnte dir eine gute Freundin sein, eine Gefährtin, Muse und Verbündete. Stattdessen bist du ein Stattdessen. Nimmst nicht, was du bekommen kannst, nur weil ich unähnlich Deborah bin. Die inzwischen über achtzig wäre, wenn noch am Leben. Du Idiot. Kein Gott sieht gnädig auf dich herab.

– Wenn dem so ist, dann sei es so. Hast du nun was für mich oder nicht?

– Na ja, ich habe mal meinen älteren Bruder Vincent gefragt, ob er vielleicht noch was von Daddy im Schrank hat. Hatte er.

– Ja und? Spann mich nicht auf die Folter!

– Du musst schon herkommen und es mir aus dem linken Nasenlöchlein ziehen, Tony.

Was macht man mit so einer Frau, die sich wie ein verhaltensgestörter Teenager benimmt? Einen Tag lang dachte ich nach, dann fuhr ich hin. Im schlimmsten oder besten Fall hätte sie nichts vorzuweisen gehabt, dann wäre ich sie wenigstens losgewesen. Und solange ich ihr das Neue nur aus der Nase ziehen musste …

Kurzum, ihr Bruder Vincent hatte eines von den Fotoalben seines Vaters aufbewahrt, woran er sich erst aufgrund der Nachfrage seiner Schwester erinnerte. Dieses Album enthielt ungefähr fünfzig Fotos, entstanden zwischen 1963 und 1982 in Raven Hall. Die Datierungen waren eindeutig, dank Harold Bradys handschriftlicher Kommentare. Es handelte sich unter anderem um neunzehn Jahresabschlussfotos, wie sie an Schulinstituten üblich sind, also die gesamte Lehrerschaft mitsamt der Direktorin bzw. dem Direktor. So geriet ich in den Besitz von drei neuen Fotos von Deborah Rodgers, das konnte schon mal nützlich sein. Pinkerton, Wright, Eastman, Jenkins, Norrington, Piper etc. – hier waren sie alle noch einmal versammelt. Es gab Ansichten der einzelnen Gebäude, aufgenommen in strahlendem Sonnenlicht. Es gab Aufnahmen der zum Betrieb antretenden Schüler, darunter eins vom 30. August 1965. Allein das wäre jede Reise wert gewesen, denn da, in der ersten Reihe, erkannte ich mich selbst, neben Chris, Bart und Roger. Chris im weißen Hemd, während alle anderen blaue Uniform trugen. Mir lief ein Schauer über den Rücken. Aber es kam noch besser. Eins der Fotos wirkte gegenüber den anderen fast privat. Herrgott. Es war ein leicht verzitterter Schnappschuss, er zeigte unseren Proberaum, das Schlagzeug in der ehemaligen Pferdebox des Marstalls. Drei Menschen standen da eng beieinander. Chris, Deborah – und Brady in der Mitte, mit seinen Armen auf den Schultern der anderen.

»Krieg ich ein Küsschen?«

Ich gab Imogen einen Schmatz auf die Stirn, damit sie Ruhe gab. Und ließ mich zurück auf das Sofa fallen.

Chris, Deborah – und Brady in der Mitte, mit seinen Armen auf den Schultern der anderen.

Wer hatte das Foto geschossen? Keine Ahnung, irgendjemand. Doch wer hatte darum gebeten? Offensichtlich Brady. Und was genau sollte damit festgehalten werden? Das Bild drückte eine Vertrautheit zwischen diesen drei Menschen aus. Gut, es gab Erklärungsmöglichkeiten, vielleicht hatte Deborah wieder mal eine Thermoskanne Schwarztee vorbeigebracht. Brady, der sie womöglich verehrte, hatte den Moment genutzt, um ein Erinnerungsfoto zu erzwingen. Hatte eventuell den kleinen Cecil darum gebeten, diesen Moment auf Zelluloid zu bannen.

Vielleicht, womöglich, eventuell.

Für die Jüngeren unter den Lesern: So ein Bild, so ein Arrangement, war, gelinde gesagt, ungewöhnlich. Die Zeit damals – steif, reserviert, verklemmt – hätte derlei nur als große Ausnahme zugelassen. Es wäre was anderes gewesen, hätten die drei einander eingehakt. Aber die Arme auf den Schultern? Ein Hausmeister, der sich mit einer Lehrerin und einem Schüler optisch verkumpelt? Das wäre allerhöchstens auf einer Weihnachtsfeier oder beim Jahresabschluss möglich gewesen, wenn man beschwipst mal fünfe grade sein lässt. Oder?

Ganz sicher war ich mir dessen nicht. Durch die peinliche Episode mit Dora Parker war ich übervorsichtig geworden, was spekulative Ausdeutungen betraf. In jedem Fall war es ein toller Fund, den ich Imogen zu verdanken hatte.

So, in etwa, klangen meine Gedanken. Zum Zeitpunkt, als ich das Album betrachtete. Gib Imogen, was sie von dir will, dachte ich, das hat sie sich verdient. Doch nein, sie hielt sich überraschend zurück. Wir küssten uns nicht.

Wenn man fragt, was genau ich dank dieses Albums nun Neues wusste, muss ich zugeben: nicht viel. Harold Brady war es offenbar erlaubt gewesen, einen Arm um Deborah zu legen. Nun gut. Das konnte etwas zu bedeuten haben. Ich habe alle Aufnahmen der Gespräche mit Brady noch mal durchgehört. Und die Polizeiprotokolle gelesen. Nein, nirgends hat er je verlauten lassen, er sei Miss Rodgers auf irgendeine Art verbunden gewesen über das Maß des Üblichen hinaus.

»Schau«, sagte Imogen, »sie hatte offenbar ein Faible für ältere Männer, wie ihre Affäre mit John Bradshaw beweist.«

»Das beweist gar nichts. John war zwar alt, aber auch sehr reich. Vielleicht stand Deborah einfach nur auf Geld.«

»Na gut, immerhin ist sie mit diesem unattraktiven alten Sack ins Bett gegangen. Nur für Geld? Das würde ein ziemlich mieses Licht auf ihren Charakter werfen.«

»Selbst wenn sie es vor allem für Raven Hall getan hätte?«

»Ach komm, Tony. Solche Frauen mag es zwar irgendwo geben auf der Welt, aber ...«

Es stellten sich zwei Fragen. Hatten Brady und Deborah etwas am Laufen gehabt? Wäre dies möglich gewesen, ohne dass irgendwer etwas davon mitbekommen hätte? Theoretisch – ja. Sie konnten sich nachts in der kleinen Hausmeisterwohnung getroffen haben. Wenn Brady andersherum Deborah in ihrem Apartment besucht hätte, wäre das vielleicht ein, zwei Mal gutgegangen. Aber nicht öfter. Dazu gab es zu viele Augen und Ohren, die auf den Schulhof hinauslugten und lauschten.

Die zweite Frage lautete: Konnte Brady etwas mit der Beseitigung der Leichen zu tun gehabt haben? Tja. Weswegen hätte er das machen sollen? Dazu hätte es schon eines besonders schwerwiegenden Grundes bedurft. Dass er in Deb verliebt war, reichte nicht aus, um ein so enormes Risiko auf sich zu nehmen, vor allem wenn die Beziehung wenig Zukunft hatte, weil Deb und Chris alsbald die Flucht ergreifen mussten.

»Sag mal, Imogen ...«

»Ja? Ich sage JA, Tony, wie immer du es haben willst.« Sie hatte was geraucht, saß auf dem Sofa und spreizte Arme und Beine von sich. Nie vorher im Leben war mir so etwas zuteilgeworden, warum *jetzt*? Warum nicht mit *sechzehn*? Herrgott.

»Lass das bitte! Sag mir lieber – warum sind wir in Raven Hall nur im *Büro* deines Vaters gewesen? Warum nicht auch in seiner Hausmeisterwohnung?«

»Liebster, weil die leer steht. Alle privaten Besitztümer wurden fortgeschafft und an ihre Eigentümer übergeben. Das Büro aber enthielt Gerätschaften, die nicht meinem Vater gehörten, die vielleicht noch einmal gebraucht werden würden, falls Raven Hall irgendwann einmal wieder – in irgendeiner Weise – in Betrieb gehen sollte.«

»Hast du die leere Wohnung je gesehen?«

»Hab ich. Klar. Vincent war mit mir mal dort. Da ist nichts mehr.«

»Würde es dir etwas ausmachen, wenn wir trotzdem noch einmal nachsehen?«

Imogen riss die Augen auf und schenkte mir ein breites Lächeln.

»Na los!«

Diesmal trafen wir bei fortgeschrittener Dämmerung in Raven Hall ein und besaßen nicht, wie beim ersten Mal, einen Schlüssel, der den Vorwurf oder juristischen Tatbestand eines Einbruchs entkräften oder abmildern konnte. Bradys kleine Dienstwohnung bestand aus einem Anbau am Haupttrakt, auf der Hinterseite, erstmals erwähnt 1724 als Wohnstatt des Kutschmeisters, später immer wieder modernisiert, mit Anschluss an die Wasserleitung ab 1906. Wir verschafften uns gewaltsam Zutritt und leuchteten die beiden sehr kleinen Zimmer, zusammen keine 25 Quadratmeter, mit unseren Handylampen aus.

Imogen hatte recht gehabt. Da war nichts mehr. Der alte Kamin, in dem Bradys Dutzende Vorgänger Unmengen an Holz verfeuert haben mussten, wies nicht einmal die kleinsten Aschereste auf. Worauf hatte ich gehofft? Auf ein Geheimversteck? Wo hatte wohl Harolds Bett gestanden? Wir fanden vier quadratische hellere Flecken auf dem Holzparkett. Ich ging zum Kamin. Leuchtete hinein. Eine Fledermaus flog knapp an meinem Kopf vorbei. Imogen kreischte.

Vielleicht fanden wir gerade dadurch etwas, dass wir so rein gar nichts fanden. Ich meine den Kamin.

»Warum hat sich jemand so viel Arbeit gemacht, ihn zu reinigen, ihn derart blitzblank zu schrubben, quasi zurück in den Urzustand zu versetzen? Bei alten Kaminen hat man doch gerne ein wenig Patina, zumal es eines großen körperlichen Aufwands bedurft haben muss, in diesen Kamin hineinzukriechen und Asche- und Schlackeschichten aus Jahrhunderten wegzukratzen.«

»Möglicherweise«, sagte Imo, »geht es mit Säure leichter als mit herkömmlichen Putzmitteln.«

»Wie kommst du auf Säure?«

»Weil ich mir diese Wände ansehe – und sie sehen, na ja, scharf behandelt aus, etwas porös, siehst du diese winzigen Löchlein? Mein Dad hat mit Säure gearbeitet, ich weiß das, weil er mich als Kind oft gewarnt hat, mich ihr zu nähern.«

»Was für Säure war das?«

»Na, hör mal! Ich sollte meine Händchen nicht hineinstecken und nicht davon *kosten*. *So was* sagt man einem Kind. Nicht, *was* das für Säure ist.«

Wir hörten aus nicht allzu weiter Ferne Gelächter aus mehreren Männerkehlen und beschlossen, uns schnell aus dem Staub zu machen.

Imogen fuhr mich zum Bahnhof, zum Nachtzug nach Southampton. Wir gaben uns die Hand wie Freunde, zu denen wir geworden waren. Das Fotoalbum durfte ich behalten.

»Ist aber nur geliehen, Honey.«

»Klar. Danke.«

Gab es noch irgendetwas zu tun? War irgendwas von mir übersehen worden? O ja.

In den nächsten Wochen erreichten mich immer wieder Zuschriften, aber es wurden schnell weniger, weil es im Blog keine neuen Einträge von mir gab. Der letzte stammte von Anfang Juli, als ich die neuen Fotos von Deborah gepostet hatte. Außer netten bis sexistischen Kommentaren kein Feedback. Anders bei der Simulation von Deborahs Aussehen als Seniorin. Dazu trudelten Hinweise ein, fast ein Dutzend. Mal wollte sie jemand in Adelaide, Australien, gesehen haben, mal in Südfrankreich, mal in Südamerika. Nie gab es dazu irgendeine erhellende Story, durch Einzelheiten oder gar Beweise gefüttert. Behauptungen, Mutmaßungen, Erfindungen, Wichtigtuerei. Ich hatte meine Lektion gelernt.

Aber warum gab es eigentlich keine Simulation von Christian Bradshaw als reiferer Herr? Imogen schrieb mir, dass ich dafür nicht einmal einem Buddy von der Polizei auf den Sack gehen müsse, es gebe inzwischen eine App, die erledige das gratis und in Sekunden und genauso gut wie die Bullen. »Schöne neue Welt, Honey. Hier, schau ihn dir an!« Sie schickte mir einen Screenshot von ihrem Handy.

Nicht schlecht. Chris mit zweiundsiebzig sah dem Chris mit achtzehn immer noch ähnlich, so ähnlich, dass ich ihn auf der Straße vielleicht sogar wiedererkannt hätte. Aber diese Gratis-App war nicht gut, nicht ehrlich genug. Sie ging von einem schablonenhaften Alterungsprozess aus, ohne den vielen Unfällen und Unwägbarkeiten Rechnung zu tragen, die einem Gesicht im Laufe eines halben Jahrhunderts zustoßen konnten. Ich probierte es mit einem Foto von mir selbst und verglich das Ergebnis mit dem, was ich im Spiegel sah. Eine nur entfernte Ähnlichkeit. Die App-Simulation von Chris wirkte wie ein Produkt, das Usern vor allem gefallen sollte. So alterten höchstens Schauspieler, deren Gesicht das ihnen wichtigste Kapital ist.

Na ja, was sollte es, ich lud die Simulation hoch. Gab sonst nichts zu tun. Der Blog hatte bislang dreihunderttausend Klicks generiert, aber die Zugriffe pro Tag waren von knapp tausend auf nur noch dreihundert zurückgegangen.

»Honey, ich hoffe, du weißt, dass du der größte Wichtigtuer von allen bist. Ich hab dich trotzdem gern.«

»Warum nur?«

»Vielleicht, weil du immer noch wie ein kleiner Junge bist, der nach verlorenem Spielzeug sucht, selbst wenn er damit nichts mehr anfangen könnte.«

Ich muss sagen, dass mir Imogen ans Herz wuchs. Das Alter an sich ist nicht so schlimm, wie viele behaupten. Bis auf ein paar Zipperlein muss sich gar nicht viel ändern. Das Einzige, was massiv wehtut, ist dieses Damoklesschwert des Todes. Es hing schon immer über einem, seit der Geburt, doch ist es von einer Drohung an der Zimmerdecke zu einer verschärften Kopfbedeckung geworden, abschreckend für andere Menschen. Sie wollen mit dir nichts mehr zu tun haben, weil ihnen die Investition nicht mehr lohnend scheint. Du hast nicht mehr die Zeit für ein großes neues Abenteuer. Jedenfalls denken das die anderen über dich. Imogens Hand blieb immer ausgestreckt. Ich hätte nur zupacken müssen. Eines Nachts schrieb sie mir:

– Ach, Tony, warum bist du nur so sperrig? Wir sind doch keine jungen Leute, die sich noch was für später aufheben könnten. Wir müssen uns schnappen, was auf dem Tisch steht.

– Da steht nichts mehr, wenn du es unbedingt wissen willst. Und richtig: Wir sind keine jungen Leute, die nach allem schnappen müssen. Ich hätte dabei ein schlechtes Gewissen, selbst wenn du auf mich einen nachweisbaren Reiz ausüben würdest.

– Das ist aber ziemlich hart formuliert. Sind meine Gefühle Freiwild für dich?

– Nein, nein, im Gegenteil, ich bin der gute Förster, der sie vor falschen Hoffnungen bewahrt …

Imogen schwieg, gab später aber zu, gegrinst zu haben.

Ja, ich weiß. Die Familie. Shirley, die Kinder, die Enkel. Das alles hat schon seinen Sinn. Wenn irgendetwas Sinn ergibt. Der Vorteil des Alters ist, dass man nicht mehr alles markieren muss, das man gern hat.

HALLO LEUTE! So könnte Christian Bradshaw heute aussehen, falls er noch unter uns Lebenden weilt. Sieht er nicht immer noch gut aus? Manche von euch sagen, ich dürfe hier keine Menschen an den Pranger stellen, deren Schuld nicht bewiesen ist.
Pfeif drauf. Er war ein Arschloch. Seine Schuld ist bewiesen, glaubt mir! Nicht weil er eventuell ein paar Leute umgebracht hat, das kommt vor, kann jedem von uns passieren. Aber ich hielt ihn für einen Freund, habe ihn geliebt, vielleicht mehr noch, als ich Deborah liebte. Und er hat mir nie, nie, NIE – eine Postkarte geschrieben, dieser Dreckskerl! Seht euch um nach ihm! Haltet Ausschau! Erstattet mir Bericht!

Am nächsten Morgen trat Shirley in mein Schlafzimmer (wir schlafen seit Jahren getrennt) und weckte mich. Sie hatte meinen Post der letzten Nacht gelesen und war verwirrt. Entsetzt. Etwas dazwischen. War sich nicht mehr sicher, ob ich noch richtig ticke.

»Ticke?«, fragte ich. »Wie ein Uhrwerk, meinst du?«

»Warst du betrunken?«

»Nein, Shirley. Nein.« Ich rechnete damit, dass sie mich verlassen würde. Habe es mir vielleicht sogar gewünscht. Ein bisschen. »Lass uns sofort nach Palermo fahren«, schlug ich vor.

»Wir können jetzt nicht nach Palermo. Es ist Ende Juli. Spinnst du?«

»Ach ja.«

»Lösch diesen Post!«

»Warum? Was findest du so schlimm daran?«

»Er klingt, als habe ihn ein Besessener geschrieben. Er ist mit Schimpfworten durchsetzt. Nichts daran ist souverän und beherrscht. Du machst dich zu einem Aufwiegler, Einpeitscher. Zum Demagogen.«

»Nein, nein. Ich moderiere. Leidenschaftlich. Beseelt, nicht besessen. Darauf stehen die Leute.«

»Bullshit. Du bist süchtig geworden nach Aufmerksamkeit. Und es klingt auch, wie ...«

»Wie denn?«

»Als wenn du mit diesem Burschen was gehabt hättest.« Shirley sah mich nicht an, ihre Wangen hatten sich gerötet, sie schnaufte schwer.

»Und wenn? Selbst wenn? Wir waren spätpubertierende Schüler an einem Internat. Natürlich haben wir was miteinander gehabt. Nein, nicht, was du denkst, das nicht. Doch er war mein bester Freund.«

»Das sah *er* wohl nicht so, sonst hätte er sich mal bei dir gemeldet.«

»Er hatte anscheinend Wichtigeres zu tun, Shirley. Musste überleben.«

»Ja, und doch hast du ihn gestern einen Dreckskerl

genannt, ein Arschloch. Du als Anwalt kannst dich nicht so benehmen.«

»Ich bin doch kein Anwalt mehr.«

»Anwalt ist man sein Leben lang, oder man war nie wirklich einer.«

»Welcher Philosophie entstammt dieser Sinnspruch? Dir geht es doch nur darum, was die Nachbarn von mir denken.«

»Ja, und weißt du was? Es ist mir gegenüber *herabwürdigend*. Es wirkt, als wäre ich ein *Trostpreis* gewesen, weil du die beiden nicht *ficken* konntest.«

»Herrgott, Shirley, wir haben uns erst zehn Jahre später kennengelernt.«

»Genau so sieht es aus. Warum kannst du diese Sache nicht endlich ruhen lassen? Vielleicht sind Chris und Deborah längst tot, das macht dein Engagement nur noch sinnloser. Aber sag mir doch mal – was würdest du denn machen, wenn du sie noch findest? *Was?*«

Interessante Frage. Ich hatte sie mir selbst oft schon gestellt. Vielleicht war sie nur mit einem Vergleich zu beantworten. »Stell dir einen Jäger vor. Nein, lieber einen Sammler. Von irgendwas. Er möchte ein bestimmtes Stück in seiner Sammlung haben, dafür tut er alles ihm Mögliche. Und wenn er es eines Tages bekommt – was passiert dann? Er *hat es*. Das ist alles. Nichts sonst passiert. Es liegt in der Vitrine herum. Deswegen gibt es Menschen, die Sammler für Idioten halten. Warum freust du dich nicht vielmehr darüber, dass es noch etwas gibt, für das ich am Morgen gerne aufstehe?«

Shirley erhob sich, begann zu schreien und raufte sich die Haare. »Weil *ich* der Grund sein sollte, weshalb du am Morgen gerne aufstehst. Und wenn nicht ich, dann deine Kinder, deine Enkel. Oder dein Haus. Dein Garten. Die Sonnenuntergänge am Strand von mir aus. Mir wäre lieber, du würdest dich auf deinen ersten Drink freuen und noch vor Mittag besoffen sein. Alles, außer sechzehn Stunden am Tag für diesen Blog zu leben.«

»Warum kannst du es nicht als ein Hobby betrachten? Es ist eine Form von Kreativität – und die willst du mir beschneiden?«

»Ach, dann bist du jetzt ein Künstler, oder was?«

»Nein, das nicht. Es gibt viele Menschen, die sich für Künstler halten und es eher nicht sind. Aber wer bestimmt das? Wer hat das Recht, derlei zu beurteilen?«

»Liebst du mich noch?«

Da war sie endlich, die Frage, die ich immer befürchtet hatte.

»Selbstverständlich. Ich habe dir eben vorgeschlagen, eine Auszeit in Palermo zu nehmen. Lass mich nachsehen. Meine Wetter-App sagt, dort herrschen momentan 34 Grad. Ist heiß, ja. Dir zu heiß. So wichtig kann dir unsre Ehe nicht sein, wenn dir das zu heiß ist.«

Meine Argumentation geriet mir etwas schräg, das erkannte ich selbst, doch war ich eben aus dem Tiefschlaf geweckt worden und noch nicht fähig zu einem stringent logischen Diskurs. Auch war ich etwas zornig, hätte mir mehr Verständnis gewünscht und – ja – Pragmatismus. Wir waren nun seit dreiundvierzig Jahren ein Paar. Wollte Shirley mich ernsthaft auf den letzten Metern ändern? Korrigieren? Konnte sie nicht einfach Ruhe geben und Bingo spielen? Oder, verdamm mich, wenn es unbedingt sein musste, eine Affäre mit dem Nachbarn beginnen?

Spätestens bei diesem Gedanken wusste ich, dass da von meiner Seite keine romantische Liebe mehr war. So ist das aber bei vielen alten Paaren, man arrangiert sich, findet sich damit ab, es gibt keinen Testosterondruck mehr, man muss nicht die Wände einreißen, es genügt, höflich zu sein, nett zueinander. Die wenigen verbleibenden Jahre sind keine übertriebenen Risiken wert.

Sollte ich Shirley das alles sagen? Nicht jetzt. Es wäre auch gar nicht möglich gewesen. Sie hatte den Raum verlassen und die Tür zugeknallt.

Mein Handy meldete sich mit einem Klingelton. Wie immer, wenn es auf dem RHM-Blog eine neue Zuschrift gab. Ich hatte Hunger, wollte frühstücken. Toast, Tomaten und Spiegeleier. Die mich nie fragen würden, ob ich sie noch liebte. Denn sie konnten sich dessen sicher sein.

Sehr geehrter Anthony Brewer,
es dürfte Sie wahrscheinlich interessieren, dass ich aufgrund Ihrer Phantomzeichnung ziemlich sicher bin, Mr Bradshaw wiedererkannt zu haben. Selbst wenn es sich nur um eine stupende Ähnlichkeit halten sollte, die natürlich nie auszuschließen ist. Urteilen Sie bitte selbst. Jener Mensch, den ich meine, nimmt seine Mahlzeiten oft, beinahe jeden Tag, in *Moe's Imbiss* ein, um die Ecke. So auch heute Morgen. Ich habe mit meinem Smartphone ein Foto geschossen, leider nur im Profil, anderes war nicht möglich, ohne allzu auffällig zu werden. Vielleicht überzeugt Sie auch die Seitenansicht. Ach so, *Moe's Imbiss* befindet sich in Adelaide. Gibt es für die Ergreifung dieses Menschen eigentlich eine Prämie?

Nein, die gab es nicht. Genaugenommen hätte Chris kaum etwas zu befürchten gehabt, wohl nicht mal in jenen Staaten, in denen es keine Verjährungsfrist für Kapitalverbrechen gab. Denn dafür hätte es erst mal eine *Anklage* geben müssen. *Leichen*. So gesehen, konnte man sich sogar darüber wundern, dass er sich immer noch versteckt hielt. Wenn er sich denn versteckt hielt.

Warum hatte er sich nicht wenigstens während der letzten Monate einmal bei mir gemeldet? Wenn er noch lebte und seinen Namen googelte – und wer, Hand aufs Herz, tut das nicht? –, musste er über meinen Blog Bescheid wissen.

Ich sah mir das Foto an. Oh, in der Tat, das hatte Hand und Fuß. Das fliehende Kinn, der Scheitel aus dünngrauen Haaren, die grünen Augen – zu sehen war nur das linke –, sogar die Nase stimmte. Mir gefiel auch, dass der Einsender von einer möglichen *stupenden Ähnlichkeit* sprach, statt drauf zu beharren, den Jackpot geknackt zu haben.

Adelaide, Australien. Da war es nun später Nachmittag. Hatte nicht irgendwer kürzlich behauptet, Deborah Rodgers dort gesehen zu haben? Der Tag, der so jämmerlich begonnen hatte, wurde hochinteressant. Fiebrig. Es war Zeit, die Stunde zu nutzen und einen Post abzusetzen.

HALLO LEUTE! Es mehren sich Hinweise, dass Chris und Deborah sich in Australien aufhalten könnten, in Adelaide. Heute traf dieses Foto ein (großes Danke an Dennis P.), das Chris Bradshaw zeigen soll. Aus meiner persönlichen Warte kann ich sagen: Ja, etwas ihm Ähnlicheres habe ich nie zu Gesicht bekommen. Also, konzentriert Eure Beobachtungen auf diese Stadt, genauer gesagt auf die *George Street*, in der sich *Moe's Imbiss* befindet. Denn dort ist dieses Foto entstanden. Geht dort essen, die Tacos sollen hervorragend sein.

Man mag einwenden, dass ich überstürzt handelte, dass ich mein neues Wissen erst mal für mich hätte behalten müssen. Warum? Um schnell mal eben persönlich dorthin zu fliegen?

Ja, das wäre reizvoll gewesen. Für einen Moment hatte ich es erwogen. Mit welchem möglichen Erfolg? Wollte ich Chris wirklich morgens beim Frühstück überrumpeln? Es klingt angesichts meines letzten Posts wahrscheinlich unfreiwillig komisch, aber ich fand, das wäre zu *aufdringlich* gewesen. Mich plagten weder Rachegefühle, noch war ich darauf aus, Beifall zu erhaschen.

Imogen hat mich den größten Wichtigtuer von allen genannt. Das hat eine Sekunde lang weh getan. Im Grunde hatte sie nur bestätigt, dass das, was ich tat, mir extrem wichtig war, warum auch immer.

Natürlich, die meisten Kalendersprüche und Populärphilosophen raten dir zu einem Schlussstrich und weiterzuziehen zu neuen Gestaden, die Vergangenheit ruhen zu lassen. Aber wissen Sie was? Es ist im Grunde ganz egal, womit wir uns im Alter beschäftigen, es sei denn, du wärest jemand wie Beethoven und die Welt hätte gerne noch eine Zehnte Sinfonie von dir. Die wahrscheinlich die Neunte nicht erreichen würde. Also scheiß drauf. Ich hatte noch etwas, wofür ich echtes Interesse und Engagement aufbrachte, das kann nicht jeder von sich behaupten.

Ich öffnete eine Flasche Wein, um auf andere Gedanken zu kommen, einen neuen Ansatz zu finden, ein neues Puzzlestück, irgendetwas. Mit der Flasche im Arm ging ich zum Hafen. Zu den Dingen im Leben, die erreicht zu haben mir am wertvollsten erschien, gehörte meine Bleibe in Meeresnähe. Es ist ein hohes Privileg, am Meer zu wohnen, die Gischt betrachten zu dürfen. Sich vor ihr zu betrinken, gleicht ein wenig einer Beichte, einem Zwiegespräch mit der großen Mutter, während die Endlichkeit einfach nur zuhört und lächelt. Das klingt jetzt vielleicht kitschig, aber so funktioniert das mit dem Meer und dem Mond und dem Alkohol. Man wird dumm, die Gedanken werden immer schlichter, werden reduziert auf einen animalischen Kern, eine Zusammenfassung deines innersten Wollens in einfacher Sprache. Bei einem jungen Mann geht es dann oft um Sex, bei älteren um den Tod, und wie man ihn vielleicht doch noch verhindern könnte. Bei alten Menschen, die begriffen haben, dass es keine Hoffnung gibt, dreht es sich um das Erbe, das man hinterlässt, auf dass sich andere an einen erinnern, obwohl es im Grunde keine Rolle spielt, ob sich irgendwer an dich erinnert. Die Flasche Wein war nicht genug, um davon richtig betrunken zu werden. Es blieben Störgeräusche, Satzfetzen, die von Shirley stammten und sich in zwei ekelhafte Silben bündelten.

Wozu?

Shirley, das könnte ich auch dich fragen. Wozu hast du zwei Dammrisse gehabt, um Kinder in die Welt zu setzen? Damit das alles weitergeht? Damit die Probleme dieses Planeten auf die nächste Generation vertagt werden? Irgendwann, so um das sechzigste Jahr, kommt die Einsicht, dass man bald – und womöglich schmerzhaft – sterben wird, ohne zuvor noch Weltbewegendes geleistet zu haben. Mit dem Testosteronsturz blickt man auch anders auf alles, was bis dato von Wichtigkeit gewesen ist. Vieles wird skurril, geradezu lächerlich im Rückblick. Als sähe man auf winziges Getier herab. Die Menschen erscheinen einem, und man muss achtgeben, nicht zynisch zu werden, als verfaulendes Fleisch, das wohl noch eine Weile durch die Straßen und Gassen läuft, bald jedoch verschwinden wird, um neuen Generationen zum Tode Verurteilter Platz zu machen.

Wo es vorher noch eine übergeordnete Instanz gegeben haben mag, eine Art der versöhnlichen Summa, den tieferen, höheren Sinn und Zweck von allem, etwas Metaphysisches, das sich erst spät bis zuletzt offenbart, erlebt man das Alter – gar nicht so sehr körperlich – als fiese Tortur, die dir das Ausmaß deiner Bedeutungslosigkeit in den Arsch rammt, bis hinauf ins Gehirn. Man trinkt dagegen an. Warum auch nicht? Wein ist ein göttliches Zeug. Scheint ja ganz egal zu sein, ob man noch die siebzig oder achtzig erreicht, auf dem Abstellgleis, aussortiert und unbeachtet. In diesem schwer erträglichen Zustand, wenn das Selbstwertgefühl gegen null tendiert, der Tod unmittelbar bevorsteht, wird zum Beispiel der Genuss einer heißen Suppe im Winter zum Festmahl, wird animalischer Festakt, das hat etwas Gutes, man lernt, die kleinen Dinge zu schätzen. Wenn man betrunken ist und vom nächtlichen Meer nach Hause kommt, mischen sich oft sehr banale und hochtrabende Gedankengänge zu einem unauflöslichen Kauderwelsch. Das Areal einer kreativen Mitte wird unbetretbar. Poeten schreiben Schwachsinn, den sie am

Morgen vernichten. Doch der Alkohol liefert Euphorie. Euphorie, die ganz grundlos ist, durch nichts gerechtfertigt. Und ausgerechnet in einem solchen Moment ist es passiert. Geschehen. Wahr geworden. Meine Güte.

Ich war nach unten zum Kühlschrank gegangen, um eine zweite Flasche Wein zu holen, hatte mich dann gegen das Meer und für mein Bett entschieden.

Nachts um halb zwei kam endlich die Nachricht, auf die ich so viele Jahrzehnte gewartet hatte. Beinahe hätte ich sie als Spam weggeklickt. Die Absenderadresse lautete:

souvenirdunautretemps@deathrow.org

Was für ein kranker Scheiß, dachte ich, doch etwas war seltsam und ungewohnt – die beiden verschiedenen Sprachen in der Adresse provozierten meine Neugier. Was mir da verkauft werden sollte, wollte ich dann doch erfahren. Dieser Moment, ich saß im Bett, mit meinem neu erworbenen ultraleichten Tablet und einem Glas Riesling, war gruselig und ärgerlich. Keine Anrede. Nur zwei Zeilen.

Jim, tu es nicht.
Lass es sein. Bitte.

Seit vierundfünfzig Jahren war ich nicht mehr mit *Jim* angesprochen worden, das war das Gruselige. Das Ärgerliche daran: Es gab keine Unterschrift. Dieser erhabene Moment war durch die Möglichkeit beschmutzt, dass sich vielleicht jemand einen Spaß mit mir erlauben wollte.

Welcher Troll will das wissen?

Eine etwas schroffe Antwort, doch angemessen, fand ich.

Fünf Stunden Schweigen. Ich nickte weg. Dann das:

Guten Tag, Anthony Brewer.
Ich hoffe, ich darf noch immer Anthony zu dir sagen, obwohl ich das niemals zu dir gesagt habe, für mich warst du immer nur Jim.
Hast du noch Kontakt zu Jack & Joe? Deren echte Namen hätte ich ohne deinen Blog leider vergessen, was du vielleicht nicht für möglich halten wirst, aber in unserem Alter ist vieles möglich, was wir als Kids lachend abgetan hätten.

Von diesem Moment an begannen meine Knie zu zittern, und ich schnaufte tief durch, wollte mich beruhigen, um nicht leichtfertig zum Opfer eines perfiden Scherzes zu werden. Und war doch schon mehr als bereit, mich darauf einzulassen. Mein Schlafzimmer wurde mir zu eng, ich ging in den Garten, hockte mich in die Hollywoodschaukel, sah hinauf zum Mond, der nicht mehr da war. Es war hell.

Ich habe, schon vor einigen Monaten, deine Artikelserie im *Chronicle* gelesen. Danke für die aus deiner Sicht präzise und insgesamt recht faire Berichterstattung, was die Ereignisse und im Besonderen meine Person betrifft. Die mir gegenüber geäußerte Sympathie hat mich gefreut, das muss ich schon sagen, hat mich berührt, als würde mir aus dem Nichts einer fernen Zeit eine Hand gereicht.

Meine Augen wurden nass, sehr gegen meinen Willen. So einfach wollte ich mich nicht – von einer *Hand aus dem Nichts einer fernen Zeit* – über den Tisch ziehen lassen. Wenn das wirklich Chris war, der da schrieb, musste er meine Zweifel voraussehen und spätestens im nächsten Absatz irgendeinen Beweis vorlegen, etwas, das nur wir beide wissen konnten.

> Wenn du dies liest, wirst du dich fragen: Was soll das? Was will er von mir? Jetzt. So spät.
> Um ganz ehrlich zu sein: Diese Frage müsste *ich* ja doch eher dir stellen, nicht?
> Ich habe einen gewissen Respekt vor deiner obsessiven, akribischen Arbeit, die sich so viele Jahrzehnte lang nie mit der Unlösbarkeit des RHM zufriedengegeben hat. Andererseits:
> War irgendetwas davon je dein *fucking Business*?
> Warum sollte ich dich anders behandeln als irgendeinen verrückt gewordenen Journalisten, der mir auf die Pelle rücken will? Weil wir irgendwann mal so was wie Freunde waren? Nein, Jim, wir lagen auf ein und demselben Zimmer, mehr nicht. Es wird dich wahrscheinlich enttäuschen, das zu hören. Du machst den Fehler, der den meisten Menschen unterläuft. Festhalten zu wollen an dem, was einst gewesen ist.
> Du tust es aber nicht aus Todesangst, wie viele sonst. Das würde ich sogar mögen. In Grenzen.
> Dich treibt die einzige Kraft, die uns alle mit der brutalen Natur versöhnen kann. Ich weiß, auch du hast Deborah geliebt.
> Jedes Mal, wenn du dir auf meine Fantasien hin einen runtergeholt hast, war es ein Akt der Liebe. Hinzu

kommt Eifersucht. Rachsucht. Auf mich, auf so vieles. Red dir deine Shirley schön, du wolltest immer Deborah haben, warst aber nicht bereit, wie ich, in emphatischer Konsequenz das dafür Nötige in Kauf zu nehmen. Bist den bequemlichen Weg gegangen, pragmatisch, hast vom Leben ein Hilfspaket bekommen, für den Winter. Ich stelle mir dich stets verschneit vor, voller Eiszapfen, die an dir hängen, die dich beschweren, verlangsamen, damit du die achtzig erreichst. Das ist, sorry, erbärmlich, bemitleidenswert, obwohl – wer bin ich, darüber zu richten? Was du oder irgendwer sonst aus diesem bisschen Filmstoff des eigenen frühen Daseins zusammenbraut, das mag tröstend oder frustrierend sein, manchmal beides zugleich. Dein Blog, dieser späte Versuch, dir Gewicht anzudichten, bringt dir vielleicht ein paar Likes, du Clown, du Hofnarr ohne Bezahlung. Was du damit aber anrichten könntest, werde ich nicht zulassen, niemals.

Gute Güte. War das eine *Drohung*? An dieser Stelle endete die Mail, ohne Unterschrift und Gruß. War er etwa *unterwegs* zu mir? Musste ich meine Lieben in *Sicherheit* bringen? An Schlaf war nicht zu denken. Ich lief noch mal zum Strand, betrachtete die im Sand stochernde Gischt.

Auf dem Meer tuckerten Fischerboote in den Hafen, beladen mit Beutenetzen. Es gab eine Passage, die sich mir ins Hirn hämmerte wie ein Specht im Ohr. ... *warst aber nicht bereit, wie ich, in emphatischer Konsequenz das dafür Nötige in Kauf zu nehmen*. Was bedeutete das genau?

Ich musste schlafen, war völlig übermüdet, musste einen klaren Kopf bekommen. Und dennoch schrieb ich zurück.

BIST WIRKLICH DU DAS? Bist du das, Chris?

Eine Antwort traf erst nach sechs Stunden ein.

– Ob ich es bin, willst du wissen? Ob wirklich ich es bin? Aber wer ist ICH? Und wer bist DU?
Soll ich dir meinen Ausweis zeigen? Müsste der denn nicht logischerweise gefälscht sein? Beziehungsweise auf einen anderen Namen lauten? Bist du ein Polizist? Ein Fahnder? Die heilige spanische Inquisition? Einer von den Zeugen Deborahs, die an fremden Haustüren klingeln? Ich sage dir noch einmal: Lass es sein.
Selbst wenn ich einen Grund hätte, mich vor dir ausweisen zu wollen – was könnte ich anführen an gemeinsamen intimen Momenten, die du nicht schon in deinen offenherzigen, manchmal geschwätzigen Artikeln verbraten hast? Ich will von dir in Ruhe gelassen werden. Mir ist indes klar, dass du, als Anwalt, wahrscheinlich zu wenig Anstand besitzt, dieser Bitte zu entsprechen, einfach so, ohne eine kleine Gegenleistung.
Hast du dir eigentlich die Kopfhörer geschnappt, die du so toll fandest? Das würde mich nun wiederum interessieren. Ich habe sie zurückgelassen. Kein Vorwurf – du wärst ein Tölpel gewesen, sie dir nicht zu krallen.

– Die Kopfhörer besitze ich noch immer. Deine Sammlung an Kassetten haben Bart, Roger und ich damals aufgeteilt unter uns. Der Rest ging an die Wohlfahrt oder an die Kleidersammlung. Bis auf deine Gitarre und die Mikrofone, die gingen in den Besitz der Schule über.

– Schön. Vielleicht hat sich jemand aus der nachfolgenden Generation darüber gefreut. Sind die Kopfhörer gerade in deiner Nähe? Sieh mal nach: Ich habe sie damals gekennzeichnet, habe auf eine der Ohrmuscheln mit Filzstift CB geschrieben, ganz klein, schwarz auf braun. Keine Sorge, du darfst sie behalten.

Was er schrieb, entsprach der Wahrheit. Ich holte die Kopfhörer sofort aus dem Schrank und sah noch einmal nach, obwohl ich um die beiden Buchstaben immer schon wusste. Doch fühlte ich mich, wie gerade aus einem langen und intensiven Traum erwacht, wonach alle vermeintlichen Sicherheiten fragwürdig erschienen.

– Danke für die Kopfhörer, Chris. Vielleicht freut es dich, dass ich sie über Jahrzehnte genutzt habe. Sie sind schon seit einigen Jahren kaputt, auf der linken Muschel kann man nicht mehr richtig hören, Wackelkontakt.

– Dann schmeiß sie weg!

– Würde ich nie tun. Never ever.

– Das rührt mich jetzt doch. Ach, Anthony – Jim –, kannst du dich erinnern an den Tag, als wir die alte Kapelle betraten? Und die Gruft unter dem Altar? Ganz sicher, so etwas vergisst man nicht. Du Mistkerl warst so böse, etwas zu erwähnen, das in unserer zunehmend puritanischen Zeit ein sehr negatives Licht auf mich geworfen hat. Ich hätte die Idee gehabt, der toten Agnes Dyer zwischen die Zähne zu ejakulieren. Das, lieber Jim, war natürlich ein Witz gewesen, einer jener ekelhaften Scherze, die man in diesem Alter als verrucht und piratisch empfindet. Ich nehme es dir krumm. Und vergebe dir hiermit. Denn du wusstest nicht, was wir da taten. Tun wollten. Lassen wir das.
Wie zu lesen ist, hast du eine Familie gegründet. Ich, der einsam bin, ohne Verwandte und echte Freunde, hoffe, es geht allen deinen Lieben gut. Hör auf, mich in Adelaide zu suchen, da bin ich nicht. Bei dir ist es jetzt sieben Uhr am Morgen. Geh schlafen!

Aha? Nicht in Adelaide? Wo dann? Ich nahm eine Schlaftablette und schloss das Haus und mein Zimmer von innen ab. Selbst wenn er sich von Australien sofort auf den Weg gemacht hätte, hierher, um mich zu töten, bliebe noch etwas Zeit – und ich musste in Form kommen. Unbedingt.

24 Stunden später erst schrieb ich eine Antwort.

– Lieber Chris, sofern du der bist, der du vorgibst zu sein. Du hast nach Jack und Joe gefragt. Sie sind beide tot. Jack – Bartholomew – seit letztem Jahr, nach

seinem dritten Schlaganfall, es ging sehr schnell, er fiel im Pub vom Stuhl, wir hatten nur sporadisch Kontakt, seiner Familie habe ich brieflich kondoliert. Joe aka Roger starb schon vor fünfzehn Jahren tragisch bei einem Unfall mit seinem Segelboot an der Küste von Cornwall. Er hatte drei Söhne, seine Witwe hat, wie ich mehr zufällig erfuhr, erneut geheiratet.
Ich freue mich, dass du lebst. Punkt. Was immer du getan hast. Ich freue mich, dass du lebst und mir geschrieben hast. Wir wollen nicht drum herumreden, selbstverständlich wüsste ich höllisch gern mehr, auch wenn sich daraus nie ein Buch ergeben dürfte, denn was sollte ich mit irgendeiner der Informationen, die ich von dir erhoffe, im journalistischen Sinne anfangen? Es wäre stets nur Hörensagen einer anonym bleibenden Person aus dem, wie du treffend schriebst: Nichts einer fernen Zeit. Gewäsch eines Gespensts.
Oh ja, ich war zornig auf dich. Weil ich nie wusste, ob es dir gut geht, ob du überhaupt noch existierst. Lange habe ich auf eine Postkarte gehofft, später auf einen Anruf. Der wäre doch problemlos möglich gewesen, nein? Ich litt unter dem Gefühl, von keinerlei Bedeutung für dich gewesen zu sein. Gut, dachte ich, dann ist das so. In uns allen wühlt die Furcht, von keinerlei Bedeutung zu sein.
Du sagst, dass du einsam bist. Ich wäre gerne bereit, dir wieder ein Freund zu werden. Das ist deine Entscheidung. Tu, was du willst, nur treib keine Spielchen mit mir. Du hast etwas wiedergutzumachen, meinst du nicht? Man muss nicht ruhen lassen, was nie geruht hat.
Sag mir doch bitte: Was ist aus Deborah geworden?

Sie müsste heute sehr alt sein. Das kannst du mir verraten, ohne Bezug darauf zu nehmen, was genau in RH geschehen ist.
Ich grüße herzlich, Tony

P.S. Meine beiden Kinder sind erwachsen und in ihren Berufen erfolgreich, ich lebe mit Shirley, meiner Frau, die ich übrigens nicht mühevoll schönreden muss, in einem Häuschen in der Vorstadt von Southampton. Das weißt du ja alles schon. Warum ich tue, was ich tu? Mir ist langweilig, ich bin Rentner, daraus folgt: Deine Nachrichten sind mir sehr willkommen.

– Lieber Tony, der letzte Satz in deiner Mail hat mich zum Lächeln gebracht. Langeweile ist wahrhaftig ein triftiger Grund, neugierig zu sein, das überzeugt mich. Ich weiß, du wartest auf Antworten. Aber wie du bereits ganz richtig gesagt hast, könntest du mit ihnen nicht allzu viel anfangen im Sinne der publizistischen Weiterverwertung. Gesetzt den Fall, dass du eventuell persönlich etwas davon hättest, stellt sich die Frage, was die Welt davon haben würde. Jim, du bist einundsiebzig, nur ein Jahr jünger als ich, du hast ausgesorgt und wirst bald tot sein. Lass dich verbrennen!
Ehrlich gesagt, gefällt mir schon recht gut, was du aus Raven Hall gemacht hast. Ohne dich würde bald kaum noch jemand diesen Namen kennen. Ich will keine verstiegenen Vergleiche bemühen, aber sieh dir zum Beispiel den Fall Jack the Ripper an. Kein Mensch

würde heute noch darüber reden, wäre dessen Identität je mit letzter Sicherheit gelüftet worden. (Unter uns: Natürlich war es Aaron Kosminski!) Es ist das Mysterium, das leuchtet und schillert. Sollten wir es dabei nicht belassen? Umso mehr, als auch ich nicht vollständig Kenntnis darüber habe, was genau vorgefallen ist. Das ist *keine* Koketterie, ich schwöre.

Manches weiß ich, anderes bleibt zu vermuten. Ein wenig will ich dir über mich erzählen. Nie habe ich eine Familie gegründet wie du, bin nun ein alter Mann im Todestrakt (metaphorisch, meine ich). Mein Leben war kaum von Bedeutung, abgesehen von der Tatsache, dass es als Erfolg gebucht werden muss, meistenteils Ruhe genossen zu haben. Was ist denn überhaupt je von Bedeutung? Es war kein produktives, wertvolles Leben, wenngleich ich nicht verbittert bin, auch nicht jammern will. Im Grunde kann man überaus zufrieden sein, wenn man zumeist ein Haus über dem Kopf und genug zu essen gehabt hat auf diesem schönen Planeten. Dazu einen gekühlten Rosé. Cheers.

Du sollst wissen, dass du doch etwas mehr warst als mein Zimmergenosse, dass ich dich sehr wohl gern gehabt habe, damals in Raven Hall, dass es mir leidtut, wie du oft von mir behandelt wurdest, hochnäsig, herabwürdigend. Dafür erbitte ich – ernsthaft und ohne jeden Hauch von Ironie – deine Verzeihung. Sei mir wieder gut. Wir haben nur unsere Erinnerungen. Sie werden immer lückenhafter. Doch diese Lücken sind wie Herbergen, in denen die Träume sich unterstellen können bei Regen. Das Alter frisst uns ab bis auf die Knochen, raubt unser Leben, während wir pro forma noch eine kleine Nachspielzeit lebendig sind. Für heute grüße ich dich von Herzen als meinen wiedergefundenen Freund.

Chris

An diesem Punkt brach ich in Tränen aus, ging ins Bad und wusch mir das Gesicht. Shirley kam ins Wohnzimmer, um sich vor den Fernseher zu setzen, oder was auch immer sie vorhatte, ich rannte zurück, aus Angst, sie könnte einen Blick auf mein Tablet werfen.

»Was ist los, Tony?«

»Heuschnupfen.«

»Willst du noch einen Eistee?«

»Nein, lass mich einen Moment allein bitte.«

»Ich wollte *After Life* weitergucken.«

»Kannst du. In fünf Minuten.«

So bin ich normalerweise nicht. Diesmal schon.

Man mag sich meine Gefühlswelt als wirbelndes Durcheinander vorstellen. Es gab so viel zu überlegen, zu bedenken. Ich trat ins Freie, überließ Shirley den Platz vor dem TV und rauchte die erste Zigarette seit zwanzig Jahren. Natürlich wendete ich jeden von Chris' Sätzen in Gedanken hin und her.

Umso mehr, als auch ich nicht vollständig Kenntnis darüber habe, was nun genau vorgefallen ist. Das ist keine *Koketterie, ich schwöre.*

Konnte dieser Satz ehrlich gemeint sein? War vielleicht Brady eine viel aktivere Figur gewesen, als bislang angenommen?

Mir kam es so vor, als würde Chris sich zwar immer noch sperrig geben, eigentlich aber reden wollen, als müsste man ihn nur möglichst schmerzlos anstechen, damit alles aus ihm gleichsam hervorquoll, herausplatzte.

Natürlich – ein Mensch, der weite Teile seines Lebens in Verborgenheit, Flucht und Fassade verbringen musste, konnte gar keine andere Sehnsucht haben, als endlich auszupacken – es war an mir, genug Geduld aufzubringen, sensibel zu sein, einfühlsam –, zugleich kam ich mir dabei als Betrüger vor, als Haustürverkäufer, der seinem Kunden etwas andrehen will. So war es im Grunde auch. Deshalb tarnte ich meine Strategie mit einem plumpen Vorstoß.

– Lieber Chris, einfache Frage: Lebt Deborah?

– Lieber Tony – warum sollte das eine einfache Frage sein? Was ich sehr lustig finde und dir nicht vorenthalten will: Sie lebte tatsächlich einmal ein paar Jahre in Seattle. Du warst soo nah dran. Gut, es ist für mich lustiger als für dich. Ich will dies deshalb nicht vertiefen. Was würdest du auch machen, wüsstest du mehr? Was hättest du von diesem Wissen? Jetzt bin zur Abwechslung mal ich neugierig. Sag an. Brächtest du ihr einen Strauß Rosen vorbei?

– Gute Frage. Könnte von meiner Frau stammen. Genügte als Antwort nicht einfach, dass ich mich freuen würde, sie noch unter uns zu wissen? Ob ich sie damals wirklich geliebt habe, wie du behauptet hast, weiß ich nicht hundertprozentig, aber im Lauf der Zeit ist sie mir sehr … nahegegangen. Ans Herz gewachsen.

– Bilder, Tony, nur Bilder. Wichsbildchen. Du hast sie doch kaum gekannt. Sie war schon … schwierig.

– Ich frage mich, warum du nicht einfach ja oder nein sagst. Was daran könnte dir denn wichtig sein? Oder dir gefährlich werden?

– Nichts, das ist richtig. Also schön. Ich weiß es nicht. Zufrieden? Nein, natürlich bist du damit nicht zufrieden. Hör mal, Tony, wir können uns gerne unterhalten. Über dies und jenes und manchmal auch über anderes. Aber es nervt, wenn du Hündchen spielst und nur mit dem Schwanz wedelst, wenn du ein Leckerli gezeigt bekommst. Das ist respektlos. Ich gehe jetzt schwimmen.

Mit dieser etwas beleidigten Auskunft endete der erste Tag meiner Korrespondenz mit Chris Bradshaw. Ich fragte mich, ob ich Shirley davon erzählen sollte und wie sie reagieren würde. Immerhin würde sie einsehen müssen, dass sich meine Beharrlichkeit ausgezahlt hatte. Ich wollte aber weder prahlerisch und selbstgefällig rüberkommen noch ihr Sorgen bereiten.

Stattdessen telefonierte ich mit Imogen und unterrichtete erst mal sie über die Neuigkeiten. Sie las sich alle Mails durch, und während sie zu Beginn noch *Wow! Wow! Wow!* gejubelt hatte, wurde ihr Tonfall immer ruhiger, nüchterner.

»Viel Neues hat er dir ja nicht erzählt, oder ist mir nur was nicht aufgefallen?«

»Na ja, er hat einen Schwur geleistet, dass er nicht GENAU weiß, was sich zugetragen hat damals …«

»Fantastisch.«

»Spar dir den Sarkasmus. Außerdem weiß er nicht, ob Deborah noch lebt. Das bedeutet, sie sind nicht zusammen irgendwo.«

»Toll.«

»Pflegen keinen Kontakt mehr zueinander.«

»So ist das Leben.«

»Und er hat gesagt, dass er jetzt schwimmen geht. Das bedeutet, er befindet sich nicht weit entfernt vom Meer, von einem Fluss, einem See oder einem Schwimmbad.«

»Ja … das ist schon … interessant, und wer wenig sagt, kann auch wenig lügen. Hör mal, Tony, ich würde nichts davon in den Blog stellen. Auf jeden Fall jetzt noch nicht.«

»Nein, nein, wo denkst du hin?«

Ich war etwas … *indigniert*, sagt man wohl, dass Imogen mir so einen banalen Ratschlag gab, als sei ich ein kompletter Idiot. Jetzt hatte ich erst recht keine Lust mehr, auch noch mit Shirley darüber zu reden. Es musste nicht unbedingt heute geschehen. Morgen oder übermorgen war auch noch okay.

Drei Tage vergingen, und Chris meldete sich immer noch nicht vom Baden zurück. Erwartete er etwa eine Entschuldigung von mir? Bitte, die konnte er haben.

– Chris? Habe ich dich verstimmt? Bist du ertrunken?
Das täte mir leid. Beides.

Eine Antwort blieb aus. Die Zeit verstrich, in der es angebracht gewesen wäre, Shirley von den neuen Entwicklungen zu unterrichten. Ich dachte mir Gründe aus, um mich später vor ihr zu rechtfertigen. War das absonderlich? Vielleicht. Absonderlicher war meine Furcht, sie könnte mir den Umgang mit diesem Menschen verbieten. Ich bin ein erwachsener Mann, um es milde auszudrücken – und fühlte mich wie der Schüler von einst, der vor allem Möglichen Angst haben musste. Das konnte so nicht weitergehen. Beim Frühstück am nächsten Morgen ließ ich beiläufig fallen, dass sich jüngst in einem Chat jemand als Christian Bradshaw ausgegeben hätte.

»Ach ja?«

Ich sah keinerlei Regung im Gesicht meiner Frau. Es schien ihr weitgehend egal zu sein. So wie von mir formuliert, konnte es ihr ja auch egal sein. Gut. Angelegenheit erledigt.

Umso mehr, als Chris weiterhin schwieg. Ich nutzte die Zeit, um mich zu erkundigen, ob man Mails zu ihrem Ursprungsort rückverfolgen könne. Buddy Naveed meinte, das sei theoretisch möglich, wenn man einen Server per Gerichtsbeschluss dazu zwinge. Doch um das zu verhindern, stünden dem Absender einige Möglichkeiten zur Verfügung, zum Beispiel Verschlüsselung durch VPN. Ich wusste nicht, was VPN bedeutet. Ob man denn wenigstens im Groben bestimmen könne, aus welchem Erdteil, also Kontinent, eine Mail stamme? Mir wurde einer jener Blicke zuteil, mit denen ältere Leute nicht gerne konfrontiert sein möchten.

Stille kann sehr verletzend sein, obgleich sie sich stets durch die Abwesenheit schlimmer Nachrichten definieren lässt. Nur Imogen rief mich beinah täglich an, erkundigte sich nach meinem Befinden. Das tat mir gut – und es mag sich banal anhören, aber ich begriff – *sie* tat mir gut. Ihr Name auf dem Display meines Handys war ein Augenblick der Freude. Selbst wenn sie mich mitunter auf die Schippe nahm.

»Wenn er sich wieder meldet, musst du ihn unbedingt fragen, ob das Wasser gechlort war. Damit können wir Seen und Flüsse und das Meer weitgehend ausschließen, dann bleiben nur noch die Schwimmbäder übrig.«

»Gute Idee. Genau das hatte ich vor.«

Von Imogen kamen aber auch ernstzunehmende Ratschläge.

»Sag mal, Tony, die Postkarte – mutmaßlich von Deborah, aus Paris, an meinen Vater –, von der wissen doch nur wir zwei, oder? Du hast sie nie im Blog gepostet, oder?«

»So ist es. Warum?«

»Na, dann könnte es sein, dass es sich auch für Chris um eine Neuigkeit handelt. Etwas, von dem er bislang keine Ahnung gehabt hat.«

»So wäre es vielleicht. Und?«

»Na, du hättest ein *Tauschobjekt*. Und etwas, womit du ein Gespräch mit ihm beginnen könntest – über Paris, die Stadt der Liebenden. Ach, Tony, wollen wir nicht für drei Tage nach Paris fahren? Natürlich rein sächlich – für Recherchezwecke? Dann wird dir die Stille auch nicht mehr so mächtig vorkommen ...«

»Sehr süß. Du bist wirklich ganz ausgesprochen süß.«

»Klingt wie ein Nein mit vielen Buchstaben.«

»Imo, du würdest doch sicher nicht gerne in einem winzigen Pariser Hotelzimmer aufwachen wollen, neben einem alten Sack, den gerade der Schlag getroffen hat.«

»Du, das mit den winzigen Zimmern ist schon lang nicht mehr so, es gibt Airbnb ... Oder wir kaufen ein Zelt und kampieren im Bois de Boulogne!«

»Das wäre sicher verboten. Und gefährlich.«

»Na eben drum.«

Es machte immer mehr Spaß. Ich hätte *es* vielleicht ernsthaft in Erwägung ziehen sollen. Das bedeutet ja noch lange nicht, *es* auch zu tun. Aber *es* nicht definitiv auszuschließen, erweitert Horizont und Spielfeld.

Eine Woche lang passierte nichts, außer ständigen Sticheleien von Shirley bezüglich der leeren Weinflaschen in unsrer Mülltonne. Sie warf mir etwas vor, aber was genau? Sollte ich etwas gesünder leben, damit ich sie länger entertainen konnte? Wo wir uns doch die meiste Zeit nur auf die Zehen traten? Eines Morgens fand ich vier leere Weinflaschen im Hausflur aufgestellt, in Form eines Ausrufezeichens. Für ein Fragezeichen wären es nicht genügend gewesen, *so what*? Ihre Aktion war eventuell mit einem Zwinkern gemeint, kann sein, wir haben nicht darüber geredet, zum Glück. Ich finde, ab einem gewissen Alter darf und muss man sich was gönnen.

Spät in der Nacht, einer tropisch warmen und windigen Nacht, kam mir ein Gedanke. Er war stark mit meinem Kontostand verbunden. Um es mal so zu sagen: Mein beruflicher Werdegang hatte mich relativ sorglos gemacht, ohne dass ich das je übertrieben ausgenutzt hätte. Es gab die Kinder und Enkel, die möglichst viel mitbekommen sollten, ohne sich dieselbe Mühe geben zu müssen wie unsereins. Warum eigentlich? Schuldete ich diesen Menschen wirklich etwas, das ich nicht schon längst geleistet hatte? Was folgte, war eine Weinidee, also besser als eine Schnapsidee.

Ich packte einen kleinen Koffer, ging frühmorgens aus dem Haus wie ein Arbeitnehmer. Nahm statt Arbeit den nächsten Zug nach Schottland. Wieso Schottland? Weiß ich nicht genau. Wusste nur, ich musste raus, was Neues sehen. In meinem Alter ist jedes Neue ein womöglich Letztes. Obwohl ich wohl noch zehn Jahre, mit viel Glück noch zwanzig vor mir habe, gewinnt jeder Tag die Aura eines Geschenks, einer Spende. In meinem Leben habe ich mich nie nördlicher aufgehalten als in Liverpool. Ich mag den Norden nicht, scheue die Kälte, die Armut an Laubwald. Schottland kannte ich nur von Fernsehbildern, hatte es nie als reizvolle Landschaft empfunden. Doch entsprach sie für den Moment exakt meinem Empfinden.

Shirley war von meiner Reise nicht unterrichtet. Sie sollte sich ruhig mal Sorgen machen um mich. Ja, das war grausam, kindlich grausam, das sah ich bald ein und rief sie an, vom Bahnhof in Edinburgh, behauptete, dass es mir gut gehe, dass sie sich keine Sorgen um mich machen müsse.

So klar war das aber gar nicht. Natürlich bestand Shirley spontan auf Erläuterungen. Die konnte ich ihr nicht geben, simulierte ein Funkloch. Edinburgh ist eine hübsche Stadt, und ich genoss den Dialekt ihrer Bewohner. Setzte mich in Cafés und lauschte Tresengesprächen, trank Bier statt Wein, und am Abend ging ich zum Bahnhof zurück, um Drogen zu kaufen. Das ist gar nicht so leicht, wenn man etwas anderes haben will als Gras oder Koks, Heroin, Crack, Crystal Meth, die gängigen Sachen. Ich wollte etwas, das meine Grenzen heftiger verschieben würde, LSD war mir zu krass, also Mescalin. Gab es erst mal nicht. Galt als ausgefallen. Doch gab es einen jungen Dealer, er nannte sich Francis, der meinte, er wisse um Leute, die mir Gewünschtes besorgen könnten. Ich müsse ihm einen gewissen Vorschuss zahlen, dann würde er tags darauf liefern. Was soll ich sagen? Ich habe gezahlt, denn es war mir einerlei, ob er mich betrügen würde. Hat er aber nicht. Vielleicht, weil er mich als Kunden dauerhaft behalten wollte, vielleicht, weil wir etwas per Handschlag vereinbart hatten? Niemand wird es je wissen. Jedenfalls traf er mich am nächsten Mittag und lieferte. Zwei Pillen für zusammen hundert Pfund. Ich fragte Francis nach der Dosierung. Er meinte, ich solle nicht beide auf einmal nehmen. Und ich bestieg einen Zug ins Landesinnere. Fuhr über Dundee Richtung Norden, nach Banchory. Stieg aus in diesem Kaff nahe dem Lieblingsschloss der Queen, nahm Logis in einer Pension mit kärglichem Frühstück. Ebenso kärglich präsentierte sich die Landschaft. Karst und Moos und Steine. Farblose Hügel und Felsen. Allerschärfstes Schottland. Mein Zimmerchen besaß einen Balkon und WLAN. Hätte es Neues von Chris gegeben, hätte ich jederzeit reagieren können. Außer in jener Nacht, in der ich das Mescalin einpfiff. Mit dem Gedanken daran hatte ich zweieinhalb Dekaden herumgespielt im Kopf, angeregt wohl durch meine Lieblingsepisode meiner Lieblingsserie *The Sopranos,* als sich mein Liebling Tony Soprano in der vierten Staffel dem schwarzen Zauber der Droge ergibt. Imo hätte das gewiss unterstützt, und ich war gierig darauf, ihr von meiner Exkursion zu erzählen. Man wird als Mann nie erwachsen genug, Frauen nicht imponieren zu wollen. Na ja. Der Rest der Geschichte ist wenig spektakulär. Die Pille blieb ohne Wirkung. Francis hatte mir wohl so was wie Johanniskraut angedreht, vielleicht sogar, das will ich zu seinen Gunsten mal annehmen, aus Sorge um den Gesundheitszustand eines älteren Mannes. Verdammt. Arschloch.

Ich fuhr nach Hause. Shirley stellte nicht allzu viele Fragen, schien einfach nur froh, mich wiederzuhaben. Das war eigentlich ganz angenehm, fast rührend. Ein winziges Happy End von keiner großen Sache.

Tags darauf fragte ich meinen Buddy Naveed vom Southampton Police Department, ob der Besitz von Mescalin straffrei sei, und wenn, bis zu wieviel Gramm.

»Wieso? Brauchst du was?«

»Wieso? Hättest du was?«

»Du fragst gerade einen Detective, ob er Mescalin für dich hat?«

»Nein. Also, höchstens hypothetisch.«

»Du fragst für einen Freund?«

»Ich frage einen Freund, keinen Detective.«

Das war für jemanden wie mich ein aufregendes Gespräch. Aber Naveed begann herumzudrucksen. Wir hatten zu viele Worte gewechselt, beide Seiten hatten zu viel Zeit gehabt, nachzudenken. Das ist einer der Gründe, warum solche Geschichten anders ausgehen, wenn junge Leute verhandeln.

Immerhin war ich mal aktiv geworden, hatte etwas probiert. Gewagt. Vielleicht war Opium eher was für mich, und ich könnte am Ende meines Lebens grinsen wie Robert de Niro in der letzten Einstellung von *Once Upon A Time In America*.

Damals, als Chris sich Mescalin besorgt hatte, war der Wirkstoff gar nicht so leicht zu bekommen gewesen, wenn man nicht in London wohnte. Er hatte von dem einzigen Trip, den er damit unternahm, geschwärmt, trotz der Übelkeit, die man anfangs meist ertragen muss. Er habe, sagte er, neue Farben gesehen und gerochen. Sogar gehört. Neue Farben! Das hatte mich immer neidisch gemacht. Will man wirklich mit dem Leben abschließen, wenn es irgendwo noch unerhörte Farben gibt?

Imo, der ich davon erzählte, meinte sehr trocken, sie kenne einen zuverlässigen Dealer, der das Zeug im Angebot habe, und zwar Bio-Mescalin, chemisch unbehandelten Pulverextrakt des Peyote-Kaktus. Grundgesund und gottgegeben. Bekömmlich und risikofrei.

Endlich, nach fast zwei Wochen Pause, kam wieder Post.

– Lieber Tony, sorry, aber ich musste ins Krankenhaus, das Rad der Zeit hat mich gerädert und meine Ausweidung geprobt. Ist nichts Schlimmes, nur ein verdammter Nierenstein. Was heißt, nichts Schlimmes? Ich musste ihn auspissen, durch meinen elend langen Schwanz hinauspressen ins Licht der Welt, quasi eine Erstgeburt im Greisenalter, so was wünsch ich meinem ärgsten Feind nicht.

– Bist du in guten Händen? Kann ich etwas tun für dich?

– Willst du mich besuchen kommen?

– Gern.

– War nur ein Witz.

– Klar. Auch wenn es eher traurig als witzig ist.

– Traurig?

– Weil wir nie echte Freunde sein können. Du müsstest immer Angst haben, dass ich dich hintergehen würde.

– Ja. Sicher. Mit Grund, oder etwa nicht?

– Ja. Weil du mich nicht kennst, wäre das so.

Auf diesen Satz hin verfiel Chris erneut in Schweigen. Ich deutete es positiv. Vielleicht überlegt er, dachte ich. Am nächsten Morgen schrieb er dann dies:

– Schalte diesen blöden Blog ab. Das wäre ein erster Schritt. Lösch alle Einträge. Und so, dass du sie nicht einfach wiederherstellen kannst.

– Chris, das ist unmöglich. Ich meine, löschen ginge. Aber das Internet vergisst nichts. Es gäbe immer irgendeinen Weg, das wiederherzustellen. Außerdem: Dieser Blog bedeutet mir viel. Er ist sozusagen das, wofür ich noch lebe.

– Wenigstens bist du ehrlich. Reduzierst dein Leben auf diese …

– Diese was?

– Mir fällt kein passender Name dafür ein. Irgendwas zwischen Bullshit und Arbeitsbeschaffungsmaßnahme. Zeittotschlagmaschinerie und Bedeutungshuberei. Ich spüre, wie du lauerst. Wie ein sehr ausdauernder uralter Jagdhund, der kaum noch laufen kann, aber seine Nase weiter in den Wind hält. Bei der kleinsten Witterung eines Furzes kläfft er laut, damit ihm wer über den Kopf streicht. Erbärmlich.

– Kotz dich ruhig aus. Mails riechen nicht. Es gibt auch nichts, was aufgewischt werden muss. Wenn du stirbst, gib mir einen Hinweis auf dein Grab.

– Wozu?

– Damit ich draufpissen kann. Oder ein paar Blumen dort ablegen. Beides wirst du dann nicht mehr voneinander unterscheiden können. Das nennt man Totsein. Jetzt sind wir noch beide lebendig, tu nicht so, als würde dir das rein gar nichts bedeuten.

– Vielleicht. Ein bisschen. Du triffst heute den richtigen Ton, das gestehe ich ein, erkenne ich an. Na los, frag mich was. Aber nichts zu Bedeutendes bitte. Wie man ein Mädchen fragt, ob es am Abend Händchen halten will. Kein Faustfick. Nicht vor der Hochzeit.

Aus diesen Zeilen schloss ich, dass er betrunken sein musste. Oder mich auf die Probe stellen wollte. Ich ging schlafen, ohne die Gelegenheit auszunutzen. Er sollte mich nicht als kläffendes Hündchen aburteilen können. Spät in der Nacht telefonierte ich mit Imo, las ihr vor, was Chris geschrieben hatte, bat um Rat, was ich ihm antworten sollte.

»Ganz klar, das ist eine Falle.«

»Meinst du?«

»Er will dich testen. Sei bloß nicht direkt. Sei poetisch. Dunkel. Elegisch. Ich denke, er möchte reden. Doch ohne das Gefühl zu haben, sich dir auszuliefern, sein Blut vor dir auszuschütten. Es muss ihm ein *Plaisir* sein, ein Akt der Befreiung, sich etwas von der Seele zu reden. Sofern da noch ein wenig Seele übrig ist.«

»Mir fällt nichts ein, was passend wäre. Nicht zu klein, nicht zu groß. Nicht zu banal, nicht zu bedeutend.«

»Honey, darf ich offen sprechen?«

»Na klar.«

»Sei so ehrlich, wie du sein kannst. Frag ihn nach Deborah. Ob er je etwas bei ihr erreicht hat. Männer sind Männer. Sie wollen prahlen, sie müssen prahlen – selbst wenn sie sich zuvor das Gegenteil geschworen haben.«

»Okay. Hab eine gute Nacht, Schätzchen.«

»Du auch.«

Nach langem Nachdenken habe ich am nächsten Morgen folgende Frage gestellt:

– Lieber Chris, eine ganz einfache Frage: Du und Deborah – habt ihr euch je geküsst?

– Ernsthaft jetzt? Das brennt dir auf dem Herzen?

– Ja.

– Großartig! Endlich redest du Tacheles. Gefällt mir. So subtil formuliert, wie aus einer Schlagerschnulze von 1965 …

– Und?

– Nein, haben wir nicht. Wieder etwas, das uns beiden gemeinsam ist. War's das? Warum diese Frage? Ich habe dir doch damals schon gesagt, dass nie etwas lief.

– Stimmt. Ich dachte nur eben, dass, als ihr beide in Paris wart, auf der Flucht, vielleicht der Esprit der Stadt, der Genius Loci, aus euch beiden mehr als, wie soll ich sagen – Leidensgenossen gemacht haben könnte.

– Ach ja? Dann frage ich jetzt dich, wie du auf Paris kommst? Woher hast du das?

– Es gibt konkrete Hinweise darauf, dass mindestens Deborah sich in Paris aufgehalten hat.
Ich dachte, und das mag einem Klischee entsprungen sein, du wärst erst einmal an ihrer Seite geblieben.

– Du bluffst, oder? Was für konkrete Hinweise sollten das sein?

– Spielt keine Rolle. Ich frage mich gerade, warum du das mit Paris nicht einfach zugeben kannst? Es sei denn, du lebst immer noch dort, dann allerdings verstünde ich es.

– Wer kann es sich schon leisten, in Paris zu leben? Nein, Tony, da bist du auf dem Holzweg.

~~Wie jetzt? Warum lügst du?~~ – Schade. Also haben sich eure Wege schon vor Paris getrennt?

Keine Antwort. Mir schien, als hätte ich, warum auch immer, einen wunden Punkt berührt.

Um Mitternacht telefonierte ich mit Imo und las ihr den Chatverlauf vor.

»Was hältst du davon?«

»Was willst du denn hören, Tony? Er sagt im Grunde NICHTS. Die beiden haben sich also nie geküsst. Na toll. Kann doch einfach nur gelogen sein. Sie könnten sogar irgendwann geheiratet haben, ohne dass es deswegen zwingend zu einem Kuss gekommen sein muss.«

»Du hast völlig recht. Aber er hat auch nicht dementiert, je in Paris gewesen zu sein, was doch eine natürliche Reaktion wäre für jemanden, der nie in Paris war. Ich hatte das Gefühl, ihn auf dem falschen Fuß erwischt zu haben.«

»Ich hoffe für dich, dass du recht hast. Aber ich würde dir raten, dir einmal zu überlegen, in welche Position du dich ihm gegenüber setzt. Er spielt doch mit dir. Vielleicht ist er für den Moment verunsichert, weil du ihm auf den Fuß getreten hast. Aber soll das ewig so weitergehen? Dass du ihm um den Bart streichst? Schreib ihm nicht mehr. Zieh dich zurück. Lass ihn kommen. Offenbar hat er hin und wieder Spaß daran, mit dir zu kommunizieren. Wenn nicht, ist ohnehin alles vergebens.«

»Okay.«

Imogen sagte all das, was ich mir aus dem Mund von Shirley gewünscht hätte. Die sich überhaupt nicht mehr erkundigte, ob es etwas Neues gab. Und am Morgen las ich im Posteingang Christians Antwort.

– Was weißt du denn über Paris? Ich finde darüber nichts in deinem Blog. Jetzt hast du mich neugierig gemacht.

– Als Anwalt habe ich gelernt, dass ich meine Quellen schützen muss. Deborah hat sich definitiv eine Zeit lang in Paris aufgehalten, wo zur selben Zeit eine Cousine von ihr wohnte. Weißt du das etwa nicht? Fände ich dreist, das zu leugnen.

– Nein, du hast einen Punkt. Es gab diese Zeit in Paris. Ich würde nur gern wissen, woher du das weißt? Sag es mir. Dann darfst du mir auch eine neue Frage stellen.

– Deborah hat jemandem eine Postkarte von dort geschrieben.

– Das glaub ich nicht. So dumm war sie nicht. Wem sollte sie eine Postkarte geschrieben haben? Das erfindest du doch!

– Nein, tu ich nicht. Sieh es dir an!

Ich schickte ihm einen Scan von der Karte, allerdings hatte ich die Empfängeradresse unkenntlich gemacht.

– Warum hast du die Empfängeradresse geschwärzt?

– Persönlichkeitsrecht. Ich fühle mich schon unwohl genug dabei, dir hier private Korrespondenz weiterzureichen.

– Wenn das deine Haltung bleibt, kannst du die neue Frage vergessen. Ich lasse mich nicht so abspeisen. Die Postkarte kannst du genauso gut selbst geschrieben haben.

– Dann hätte ich den Datumsstempel fälschen müssen. Du traust mir ja allerhand zu.

– Jemandem wie dir traue ich ALLES zu. No offence. Du hast dich ja völlig verrannt in deiner Obsession. Kennst du die Geschichte von Nostradamus' Sohn? Der hat ein großes Feuer prophezeit. Als es nicht kam, legte er es selbst. Das Ganze endete mit seiner Hinrichtung. Der Datumsstempel ist übrigens kaum noch lesbar. Du kannst die Postkarte auf irgendeinem Flohmarkt entdeckt haben. Wer weiß, ob sie überhaupt an irgendwen aus Raven Hall adressiert gewesen ist?

Ich schickte ihm einen neuen Scan. Diesmal war die Postadresse lesbar, nur der Name des Empfängers nicht.

– Okay, angenommen, es stimmt. Warum machst du aus der Identität des Adressaten eine große Sache?

– Weil es jemanden gibt, der noch lebt und mit dem Adressaten verwandt ist. Diese Person möchte vielleicht nicht in die Sache hineingezogen werden. Schließlich können wir nicht wissen, ob von dir irgendeine Gefahr ausgeht.

– Aha. Inwiefern meinst du, dass von mir eine Gefahr ausgehen könnte?

– Ist das eine ernsthafte Frage? Herrgott, Chris, du stehst im Verdacht, zwei Menschen getötet zu haben.

– Das traust du mir zu?

– Jemandem wie dir traue ich ALLES zu. No offence.

Darauf kam keine Antwort. Um Mitternacht telefonierte ich wieder mit Imogen und referierte die jüngsten Entwicklungen.

»Hmm. Ja, Tony, das hast du soweit ganz gut hingekriegt. Was ich aus Chris' Äußerungen schließen muss, ist, dass er tatsächlich keine Ahnung hat, wem Deborah die Postkarte schrieb. Das finde ich ein bisschen seltsam, angesichts des Fotos, das es von ihm, ihr und meinem Vater gibt. Soweit ich deinen Blog aufmerksam genug gelesen habe, besaß Deborah ja kaum Freunde in Raven Hall, am ehesten noch falsche Freunde, wie diese fürchterliche Abigail Jenkins. Der Wortlaut der Postkarte besteht aus schlichten Worten, die aber mit Bedeutung aufgeladen sind. *Danke. Für immer. D.* So bedankt man sich nicht für eine kleine Gefälligkeit, oder interpretiere ich da zu viel hinein?«

»Nein, ich nehme an, du hast recht. So bedankt man sich für etwas Enormes, Existentielles. Andererseits gibt es immer die kleinere Deutung – wenn man gerade betrunken ist und etwas pathetisch, kann man sich so auch für eine Büchernachsendung bedanken.«

»Stimmt auch wieder. Das Blöde ist, du kannst ihn jetzt nicht direkt danach fragen, was mein Vater für eine Rolle bei allem gespielt hat. Er müsste nur zwei und zwei zusammenzählen.«

»Ja, leider. Das wäre in der Tat meine nächste Frage gewesen.«

»Honey, hör zu. Egal, was von Chris jetzt kommt, sag nichts. Geh zur Abwechslung *du* einmal auf Tauchstation. Spring nicht länger über sein Stöckchen. Je mehr ich darüber nachdenke, komme ich zur Einsicht, dass ihm etwas an eurer Korrespondenz liegen muss. Auch er ist nur ein alter Mann, der das Gefühl haben will, noch wichtig zu sein.«

»Danke schön.«

»Nicht dafür. Aber ich hab noch was für dich. Ganz frisch.«

»Was ist es?«

»Stell dir vor: Mein Bruder Vincent hat mir erzählt, dass unser Dad ihm gegenüber Miss Rodgers mal erwähnt hat. Er weiß das noch, weil mein Vater sonst nie viel über sich geredet hat, schon gar nicht über irgendwelche Liebeleien.«

»Das hat dein Bruder all die Jahre für sich behalten – und ausgerechnet jetzt fällt es ihm ein?«

»Er hielt es für nicht wichtig. Ich hab ihm einfach mal das Foto gezeigt. Prompt hat es bei ihm geklingelt …«

»Was hat dein Dad ihm denn genau gesagt?«

Die Geschichte ging so: Vincent habe sich als junger Mann mal in eine deutlich ältere Frau verliebt, wollte sie sogar heiraten. Harold habe ihm dringend davon abgeraten. Ein Altersunterschied von über fünfzehn Jahren sei nicht erfolgversprechend, jedenfalls nicht bei jungen Leuten. Im Alter sei das etwas anderes. Vincent habe ihn gefragt, woher er diese Weisheit nehme, und Harold habe geantwortet, er habe sich selbst einmal in eine deutlich Jüngere verliebt. Keine gute Erfahrung. Er sei dabei eher ausgenutzt worden. Vincent habe ihm kein Wort geglaubt, und sein Vater, in seiner Ehre gekränkt, habe ihm genau dieses Foto gezeigt. Vincent war beeindruckt gewesen und hatte nach dem Namen der Frau gefragt, um die sein Vater einen Arm gelegt hatte.

Deborah.

Und wer war der junge Typ?

Ein Arschloch.

Warum?

Egal.

Ich habe tags darauf mit Vincent telefoniert und mir von ihm die Geschichte bestätigen lassen. Der Dialog war seiner Erinnerung nach komplett und exakt wiedergegeben. So kurz und wortarm er verlaufen war, so wichtig und aussagekräftig erschien er mir. Harold und Chris waren offenbar *keine* Freunde gewesen. Also Rivalen? Gar *Feinde*?

Fragen, die ich Chris stellen wollte.

Am Morgen war ich sofort zum Laptop gerannt, den ich zur Nacht nicht einmal ausgeschaltet hatte, nur um eine halbe Minute schneller zu erfahren, was es Neues gab. Es gab nichts Neues.

Nicht im Juli 2019 und nicht im August. Chris schien jede Lust auf mich verloren zu haben.

»Imo, du hast dich anscheinend getäuscht. Vielleicht habe ich ihn mit etwas verschreckt. Ich glaube, da kommt nichts mehr.«

»Vielleicht ist er einfach gestorben … Bei euch alten Säcken muss man immer damit rechnen.«

»Danke.«

»Nicht dafür.«

Ein bisschen was Neues ergab sich Anfang September. Der weitläufige Verwandte aus Berlin, Hans Kramer, der Gerda Bradshaws Wohnung in Brighton geerbt und alsbald wieder verkauft hatte, schrieb mir, es gebe da noch ein paar Kartons mit ihrem Nachlass. Die habe er nie weggeworfen, für den Fall, dass sich unter den Papieren etwas Wichtiges befände. Er hatte wohl die Befürchtung gehabt, die englischen Finanzbehörden könnten ihm Ärger machen und Erbschaftssteuer nachfordern, weil er für die Wohnung viel mehr bekommen hatte, als sie laut Katasteramt wert gewesen war. Hans Kramer meinte, sein Englisch sei unzureichend, und er habe nie Lust verspürt, die etwa zwölf Kilo an Papieren, Urkunden und privater Korrespondenz zu durchforsten. Das könne ja ich tun, wenn ich dies wolle und das Porto bezahle. So kam ich in den Besitz von einer Menge Krempel – und einigen maschinengetippten Briefen, unterzeichnet von jemandem namens *C.*, gerichtet an Gerda Bradshaw. Zum Beispiel diesem:

Liebe Ma,
ich danke aus tiefstem Herzen für die Überweisung, die mich wieder ein paar Monate über Wasser hält. Was deine Bitte um ein Telefonat betrifft – lassen wir das lieber. Alle englischen Telefone werden von der Regierung abgehört, glaub mir. Du wirst von mir sofort unterrichtet werden, sobald sich an meiner Lage und meinem Befinden etwas ändert. Ich umarme dich beidarmig, dein C.

So der Tenor von etwas mehr als einem Dutzend Briefen. Es fanden sich auch Quittungen von Überweisungen per *Western Union* aus England. Wohin? Nach Frankreich, in die USA, nach Australien. Sehr gut. In welche Städte? Das ließ sich nicht näher spezifizieren. Die Summen waren beträchtlich, zwischen 20.000 und 40.000 Pfund, kurz vor Gerdas Tod 2003 gab es sogar zwei Transaktionen von jeweils 150.000 Pfund. Wow. Chris wurde während seiner Flucht sicher selten von Hunger geplagt.

Interessant für die Meute war das alles nicht mehr, und ich postete auch nichts davon. Die Klicks auf dem Blog gingen stark zurück, auf kaum zwanzig am Tag. Shirley meinte, ich könne die Seite doch nun endlich vom Netz nehmen. Aber die Betriebskosten waren nicht wild.

Im Oktober flog ich mit Shirley nach Palermo. Mit einem Laptop und einer schnellen WLAN-Verbindung gesegnet, ist es egal, wo man sich aufhält. Es war ein überraschend harmonischer Urlaub, wir näherten uns einander wieder an. Wir besuchten die Katakomben des Kapuzinerklosters mit den dort ausgestellten

8000 Mumien. Es mag sich banal anhören, doch nie wurde uns beiden derart bewusst, dass man die allermeiste Zeit tot ist, vor und nach der kurzen Spanne des Atmens.

Shirley wollte es zuerst vermeiden, sich die besterhaltene Mumie der Welt anzusehen, die der kleinen Rosalia Lombardo, 1920 mit knapp zwei Jahren an der Spanischen Grippe gestorben und im letzten Saal zur Ruhe gebettet. Sie entschied sich dann spontan um, die Neugier hat gesiegt. Und wirklich war der Anblick nicht erschütternd. Das Kind schien zu schlafen, und bis auf eine leichte Verfärbung der Haut wies nichts auf eine Tote hin.

»Das ist nicht zu fassen«, meinte Shirley, und ich wunderte mich über den Tonfall, in dem sie das sagte, er klang so flapsig-alltäglich, frei von Betroffenheit, eher von kindlichem Staunen grundiert. »Wie schön sie ist.«

Ich traute meinen Ohren kaum. »Findest du?«

»Sie ist vollkommen.«

»Echt jetzt?«

»Ja klar. Ich meine, klar ist das traurig, wenn ein Kleinkind sterben muss. Aber alle sterben, und manche eben früh. Dieses Kind ist zum Kunstwerk geworden, das ist doch etwas Schönes. Ich finde diesen ganzen Bau hier schön.«

»Echt jetzt?«

»Ja, die Leute wollten ja hierher, wollten nicht unter die Erde, wollten beisammen und über der Erde sein und von ihren Verwandten immer mal wieder betrachtet werden, ohne Holz, Erde, Gras und Stein dazwischen. Das finde ich schön und nachvollziehbar. Ich bin sehr froh, dass wir hergekommen sind. Die ganze Angst, die ich hatte, ist weg.«

»Wow.«

»Ich glaube an Gott.«

»Was? Seit wann?«

»Ich glaube, alle Lebewesen auf dieser Erde sind Teilchen eines übergeordneten Lebewesens, und wenn eines der Teilchen stirbt, ist das nur so was wie Haarausfall oder eine Zelle, die sich gegen eine andere tauscht.«

»Wow.«

»Ja, und jetzt fahren wir von hier aus direkt nach Mondello, baden im Meer, essen Eis und zeigen unsre Haut der Sonne. Danach Pizza. Heute trink ich auch mal Wein. Und du weißt, was das für Konsequenzen hat.«

»Oha!«

Es war ein wunderbarer Urlaub in einer wundervollen Stadt. Was einmal Liebe gewesen war, verwandelte sich in Respekt für die Frau, die es so lange an meiner Seite ausgehalten hatte. Die man nun, da es ins Alter ging, nicht allein lassen durfte. Das war keine altmodische Ehrensache, das entsprang schlichter Herzensgüte.

Imogen zeigte sich darüber erfreut. Kann sein, sie log, doch tat sie es charmant. Die Wochen, die folgten, waren hingegen keine besonders gute Zeit für mich. Ich hatte nichts zu tun, besaß keine Aufgabe, genoss keine Erfolgserlebnisse. Wie hatte Chris es formuliert? *Du warst soo nahe dran*. Das fühlt sich schlimmer an, als komplett gescheitert zu sein. Zurück in England, gab mir Shirley hilfreiche Ratschläge, wie ich meinen Alltag wieder sinnvoll gestalten könne. Ich solle ein Boot kaufen und angeln fahren, Fisch sei gesund. Ich solle endlich das so oft erwogene Klavier kaufen und Stunden nehmen. Oder einfach etwas klimpern, ohne Stunden zu nehmen, man könne das mit Kopfhörern tun, dann füge man seinen Mitmenschen kein Leid zu. Beinahe wäre ich nach Crawley aufgebrochen, um endlich eine Affäre mit Imogen zu beginnen. Unsere Beziehung litt zunehmend daran, dass ich nichts Neues zu erzählen hatte. Sie musste mich längst als öde empfinden, und ich konnte es ihr kaum krummnehmen. Manchmal saß ich stundenlang vor dem Laptop und überlegte, wie ich Chris wieder dazu bringen konnte, zu antworten. Dachte mir wilde Geschichten aus, um ihn aus der Reserve zu locken. Kurz gesagt, ich ähnelte immer mehr Nostradamus' entartetem Söhnchen.

Shirley bemerkte, dass ich zu trinken begonnen hatte, also etwas über das frühere Maß hinaus. Noch nicht bedenklich, aber zählbar. Im Suff ließ ich mich manchmal dazu hinreißen, Chris einen Gruß zu senden.

Hey, alter Freund, lass mal wieder was von dir hören,
ich vermisse deine Sprüche.

Am nächsten Morgen kamen mir diese Versuche so peinlich vor, wie sie tatsächlich waren. Vielleicht war Chris beleidigt, weil ich ihm eine Information vorenthalten hatte.

Ende November war mein Widerstand gebrochen. Nach zwei Flaschen Sauvignon blanc griff ich zum letzten Mittel. Ich postete das Foto von Chris, Deborah und Harold Brady.

Lieber Chris, dein Schweigen bringt mich um – könntest du mir vorher noch Auskunft geben, ob und welche Rolle der Hausmeister Brady in deinem Leben gespielt hat? Ich frage für eine Freundin. Übrigens – Brady war der Empfänger der von Deb aus Paris geschickten Postkarte. Jetzt weißt du das.
Herzlich, dein Tony

Was gab es noch zu verlieren? Imogen, der ich meinen Fehltritt beichtete, zeigte Verständnis. Gott, dafür begann ich sie zu lieben.

Und ich erhielt Antwort. Viel Antwort. Mehr, als ich jemals für möglich gehalten und erträumt hätte. Der pure Wahnsinn.

Lieber Tony, es freut mich, dass du von deiner Seite wieder ehrlich spielen willst. Von meiner Seite gibt es auch eine Neuigkeit, eine grundlegende sogar. Das ist kein arg witziges, aber treffendes Wortspiel. Ich sterbe bald, der Krebs ist fortgeschritten, wurde nicht früh genug erkannt, die Metastasen haben gestreut, man gibt mir noch ein paar Monate. Mit dieser Aussicht ist es deutlich wertvoller, jemanden zu haben, dem man Nachrichten zukommen lassen kann. Ich will nicht jammern. Alles hat seine Zeit, ich hatte meine. Nun gut. Ich möchte dir eine kleine Freude bereiten.
Sicher wirst du wissen wollen, wie es uns gelungen ist, good old England zu entkommen. Nun, damals gab es Möglichkeiten, sich falsche Papiere zu verschaffen, die kaum von echten zu unterscheiden waren. Deborah hat in der Tat eine Weile in Paris gelebt, bevor sie eine Aufenthaltserlaubnis für die Vereinigten Staaten be-

kam, wo sie ein neues Leben begann. Nein, zwischen uns ist es wirklich nie zu Vertraulichkeiten gekommen – das interessiert dich späte Kaulquappe doch sicher am meisten. Aber es hat ein paar Tage gegeben, um Neujahr herum, wo wir gezwungen waren, zusammenzuarbeiten. Ich kann dir auch verraten, dass ich es gewesen bin, der ihr riet, alle Brücken abzubrechen, die Flucht anzutreten. Tatsächlich sind wir, wie du gemutmaßt hast, zu Fuß nach Westcott marschiert, nahmen den Frühzug nach London. Ein Flugzeug zu besteigen, wagten wir nicht. Es war Winter und Deborah verhüllte ihr Gesicht hinter einem dicken Schal. Per Fähre kamen wir nach Calais, von dort nach Paris. Deborah kam bei einer Cousine dritten Grades unter, blondierte sich die Haare, lernte einen Mann kennen, herrje, sie wusste, wie man überlebt. In Paris konnte man alles haben. Wie bereits erwähnt: Falsche Pässe in hoher Qualität kosteten tausend Pfund und lagen binnen dreier Tage auf dem Tisch.
Meine Mutter überwies mir Geld, so viel ich verlangte und benötigte, sie war tough und verschwiegen, grandios, ich habe sie neu schätzen, beinahe lieben gelernt. Ich sprach ziemlich gut Deutsch, wie du vielleicht noch weißt; mein Vater hatte 1945 meine Mutter als Kriegsbeute mitgebracht nach Brighton. Nun, ich bin nach West-Berlin gegangen, machte dort eine Lehre als – egal, tut nichts zur Sache.
Ab dem Jahr 1968 wurde es für jemanden wie mich sehr ungemütlich in Westdeutschland. Wegen der Studentenbewegung, aus der bald die Rote-Armee-Fraktion entstand, stocherte die Polizei in allem, was sie etwas anging oder auch nicht. Ich machte meine

Lehre fertig und setzte mich ab, in die USA, bat Deborah um Hilfe. Ein wenig habe ich sie auch damit erpresst, im Falle einer verweigerten Kooperation zu plaudern. Wir kamen zu einem Agreement. Mehr will ich darüber nicht sagen, bitte um Verständnis.
Jahre vergingen, Jahrzehnte, das haben sie so an sich. Meine Mutter, leider habe ich nie gewagt, sie noch einmal zu treffen, starb, und weil es für mich zu kompliziert gewesen wäre, das Erbe anzutreten, hatte sie, in weiser Voraussicht, alles verkauft, was zu Geld zu machen war. Sehr viel Geld. Nur für mich. Daraus kannst du schließen, dass sie mich nie im Verdacht hatte, meinen Vater umgebracht zu haben, auch wenn sie selbst das mir wahrscheinlich verziehen hätte. Die Liebe der Mütter zu ihren Kindern besitzt etwas Wunderbares, aber eben auch Schauriges. Ich hatte immer in der Furcht gelebt, sie könnte im Alter schwatzhaft werden. Dabei gab es nie eine konkrete Gefahr.
Da in Raven Hall niemals Leichen gefunden wurden, gab es keinen echten (Mord-)Fall, der der Lösung harrte, nicht mal einen Cold Case. Ende der Geschichte. Herzlich grüßt
Chris

… *Ein wenig hab ich sie auch damit erpresst, im Falle einer verweigerten Kooperation zu plaudern. Wir kamen zu einem Agreement. Mehr will ich darüber nicht sagen, bitte um Verständnis*. Woraus hatte dieses *Agreement* bestanden? Hatten die beiden geheiratet? War Chris damit zum US-Bürger geworden?

Ich rief mitten in der Nacht Imo an und las ihr das alles vor. Sie sagte nur: »Wow. Bisschen viel auf einmal.

Weswegen?« Ihre Bedenken erwiesen sich leider als berechtigt.

Am nächsten Tag traf eine weitere Mail ein.

Lieber Tony, hat dich das glücklich gemacht? Du hattest noch mal einen Harten, oder? Freut mich. Nein, ich bin nie in Berlin gewesen. Nur als Beispiel. Wenn ich dir nichts Wahres sage, Tony, bin ich nett zu dir. Erspare dir sinnlose Nachforschungen, die ins Leere führen müssen. Begreif das!

Mir kam es so vor, denn ich wollte es einfach anders nicht wahrhaben, als hätte er mir, im Großen und Ganzen, die Wahrheit erzählt, nur um sie im nächsten Moment als Erfindung zu verkaufen. Dieses Hin und Her machte mich krank, buchstäblich.

– Lieber Chris, nein, es ist ziemlich unwahrscheinlich, dass du je in West-Berlin warst. Ich habe hier die Briefe, die du an deine Mutter geschrieben hast – und die Quittungen von Western Union, über ihre Geldanweisungen an dich, nach Frankreich, in die USA und Australien.

– Oho! Du hast dich ja richtig ins Zeug gelegt. Allerhand. Na schön. Respekt. Du bist gut.
Weißt du, anfangs habe ich mich über dich geärgert, Tony, weil du immer wieder nachgebohrt hast. Weil du etwas in der öffentlichen Diskussion gehalten hast, das ansonsten längst vergessen gewesen wäre. Andererseits genoss ich es, deine Artikel zu lesen. So vieles kam wieder. Es war, wie in einem alten Fotoalbum zu

> blättern. Bin ich wirklich so ein Monster gewesen? Gewiss, da gibt es nichts zu deuteln. Schließlich hat es mich sogar gefreut, dass Menschen in der Zukunft von meiner Existenz erfahren werden, wenn auch nur jene, die 20 Pfund bezahlen, um im Archiv des *Southampton Chronicle* zu blättern. Immerhin. Du wirst dich fragen, was ich seit jener Zeit gemacht habe? Nichts Besonderes. Aber gilt das nicht für die meisten von uns?
> Sei herzlich gegrüßt, lieber Tony, ich fühle mich gerade wie ein Gespenst, das zu einem Gespenst redet.
> No offence. Dein Chris

> – Also hat Deborah deinen Vater getötet? Darf ich das so zusammenfassen? Liebe Grüße, Tony

Drei Tage lang herrschte Schweigen, und ich dachte bereits, Chris habe den Kontakt erneut abgebrochen. Dann, am 14. Dezember, früh um sieben Uhr, traf Antwort ein.

> – Lieber Tony, du bist beharrlich wie ein Kind. Ich sagte bereits, dass ich nicht alles weiß, manches nur vermuten kann. Deborah war keine Frau, die immer die Wahrheit gesagt hat. Ich möchte sie hier nicht konkret belasten. Es muss zu einem nicht verabredeten Zusammentreffen zwischen Deb und meinem Vater gekommen sein. Er soll ihr schwere Vorwürfe gemacht haben, sei cholerisch geworden, wie auch immer, Debbie sprach zuerst von einem Unfall, dann von Notwehr, dann von beidem zugleich, sie verstrickte sich in Widersprüche und wollte schließlich gar nicht mehr darüber reden, was vorgefallen war. Sie bat mich um

Hilfe, und als ich herbeieilte, lag mein Vater tot im Schnee, mit einer blutenden Kopfwunde. Ich korrigiere mich: Als ich kam, blutete die Wunde nicht mehr, aber ziemlich viel Schnee hatte sich rot gefärbt. Deborah erzählte wilde Geschichten, an die sie selbst nicht glaubte, und wir hatten keine Zeit, lange zu diskutieren. Zu zweit haben wir weißen Schnee auf den roten gehäuft, dann auf den Leichnam. Tony, du wirst dich fragen, ob ich meinen Vater nicht betrauert habe? Doch, ein wenig schon. Ich war geschockt, voller Adrenalin, war konfrontiert mit der brutalen Macht des Faktischen. Das alles ist sehr schwer zu erklären. Binnen Sekunden galt es, Entscheidungen treffen. Und John war eben nun mal tot, ich hingegen in einem Alter, da man zu verrückten Abenteuern neigt und sich für den weißen Ritter eines verehrten Fräuleins hält. Um es kurz zu machen: In der Nacht sind wir an den Ort des Geschehens zurückgekehrt, haben den roten Schnee in Säcke geschippt und den Leichnam meines Vaters auf eine Karre gehoben. Wir waren Stunden damit beschäftigt – und es war unfassbares Glück, dass niemand unseren Weg kreuzte. Wir versteckten den Körper; wo, das sage ich hier nicht, denn das könnte den Fall erneut anheizen, um es salopp zu sagen. Die Sache mit Iris Pinkerton ist selbst mir bis heute unklar. Debbie hat jede Verantwortung von sich gewiesen, zwischendurch hat sie sogar Zachary Wright eines Racheaktes verdächtigt bzw. beschuldigt. Was ich für Unsinn halte. Deborahs Geisteszustand war nicht der gesündeste, um es milde auszudrücken. Sie verhielt sich auch bei den Befragungen nicht besonders clever.

Das machte ich ihr zum Vorwurf, aber sie reagierte trotzig. Unlogisch. Uncool, würde man heute sagen.
Ich habe Pinkertons Leichnam gesehen. Er wies keine sichtbaren Gewaltspuren auf. Sie muss erfroren sein, war wohl besoffen in Richtung Wald gegangen. Warum und zu welchem Zweck – ich weiß es nicht. Es kann Selbstmord, kann ein Unfall gewesen sein. Deborah kam auf die Idee, mein Vater und die Direktorin könnten ein Verhältnis gehabt haben. Das ist abwegig genug, aber so habe ich es später meiner Mutter erzählt. Ich weiß, was sie zu dieser Theorie gegenüber Perkins geäußert hat, dank des von dir veröffentlichten Protokolls. Aber sie war irgendwann bereit, jede Räuberpistole für möglich zu halten, solange nur ich damit nicht direkt etwas zu tun hatte.
Bleibt die Frage, weshalb Deborah die angeblich schon tote Mrs Pinkerton im Wald gefunden hat. Meine persönliche Theorie lautet: Deb hat Pinkerton in ihren Gemächern aufgesucht, hat ein Versöhnungsbesäufnis angeboten und danach einen Nachtspaziergang vorgeschlagen. Genau weiß ich das nicht.
Tatsache ist, dass wir beide den Entschluss fassten, die Leiche nicht dort zu belassen, wo sie zwei Tage gelegen hatte. Wir brachten die Direktorin und meinen Vater posthum zusammen. So. Der eine Schuh ging uns verloren, den anderen stellten wir zurück in den Schuhschrank. Deb hat ihn gesäubert, aber nicht an ihre Fingerabdrücke gedacht. Ich bekam Panik. Das Kartenhaus drohte über uns zusammenzustürzen. Und obwohl ich mich keines Kapitalverbrechens schuldig gemacht hatte, erwartete mich doch mindestens eine Anklage der Mittäterschaft und der Strafvereitelung.

Hinzu kam die romantische Aussicht, mit Deborah auf der Flucht zu sein. Ich redete auf sie ein, sagte ihr auf den Kopf zu, dass sie die Sache verbockt hatte, dass wir fliehen müssten, jetzt, sofort. Sie wehrte sich zuerst, behauptete, ich würde spinnen. Aber sie war hinter ihrer Fassade hysterisch und zu fast allem bereit. Auch beschickert. Ich hingegen wollte einfach nur weg, in ein anderes Land, in ein neues Abenteuer mit der schönen Deborah. Vielleicht findest du das lustig bis tolldreist – so war es eben. In gewisser Weise bin ich heute dafür dankbar, du musst das nicht verstehen. Wäre ich nur zwei Jahre älter gewesen … Alles hätte wahrscheinlich anders geendet. Bitte sehr, nun hast du meine Version. Natürlich kann ich lügen. Ich hoffe hingegen sehr, dir ein wenig geholfen zu haben.
Herzlich, dein Chris

– Lieber Chris, ich danke für diese Darstellung, die plausibel wirkt. Es gibt aber ein, zwei Punkte, die mir unklar erscheinen. Als wir beide unser kleines Abenteuer in der Krypta der Kapelle erlebten, waren Pinkerton und dein Vater also tot, das macht verständlich, warum du dermaßen neben dir standest, bedrückt und abweisend gewirkt hast und kaum noch jener Mensch warst, den ich ganz gut zu kennen glaubte. Meine Frage lautet: Wie um Himmels willen kamst du, in deiner äußerst prekären Situation, auf den Gedanken, mit mir die Kapelle zu besuchen, um das Grab einer seit dreihundert Jahren toten Frau zu schänden? Standest du unter Drogen? Wenn ja, welchen? Verrätst du mir das?
Herzlichen Gruß, Tony

– Lieber Tony, ja, es gab ein paar Mittelchen, die ich mir reingepfiffen habe, aber an jenem Morgen war ich relativ nüchtern. Denk doch mal nach. Wir waren zwei junge, kräftige Burschen. Ich brauchte jemanden mit Muskelkraft an meiner Seite. Jemand Besseren als dich habe ich für den Moment nicht gefunden. Es ging darum, auszuprobieren, ob wir zwei fähig sein würden, den Deckel des Sarkophags zu verschieben, so weit zu verschieben, dass man vielleicht jemanden dort unterbringen konnte. Entsorgen konnte. Deshalb musste ich dir auch diese kranke Geschichte mit dem Schädel Agnes Dyers vorsetzen. Dir die Wahrheit zu sagen, war zu riskant, das verstehst du sicher. Ich war verzweifelt auf der Suche nach einem Versteck. Wobei – selbst wenn sich dieser Scheißdeckel hätte bewegen lassen, wäre es noch ein kaum lösbares Problem gewesen, die Leichen unbemerkt in die Krypta zu schaffen, aber wir hätten es trotzdem versucht. Eine aufregende Zeit, wie ich aus der Distanz urteilen darf.
Herzlich, Chris

– Lieber Chris, verstehe. Ich hätte selbst darauf kommen müssen. Danke – auch wenn ich mich im Nachhinein etwas ausgenutzt fühle. Wo ihr die Leichen letztendlich *entsorgt* habt, wirst du mir sicher nicht erzählen, dafür habe ich Verständnis. Ein anderer Punkt: Du hast behauptet, Deborah habe in Seattle ein neues Leben begonnen, unter falschem Namen. Möglich. Lieber Chris, sag einfach, dass du ihre Identität schützen willst, aber erzähl mir keinen Käse bitte.
Herzlich, Tony

– Lieber Tony, gut, du hast einen Punkt. Deborah ist kinderlos geblieben und hat auch auf diesem Weg etwas Bedeutendes gegen die Überbevölkerung unsrer Erde geleistet. Würdest du ernsthaft wollen, dass gegen diese Frau noch ermittelt wird? Lass sie in Ruhe! Bitte! Diese rote Grenze darfst du nie überschreiten!
Herzlich, Chris

– Lieber Chris,
was hältst du bloß von mir? Niemand will Deborah vor Gericht zerren, am wenigsten wir zwei. Aus der Tatsache, dass du mit mir sprichst, entnehme ich, dass du ein gewisses Vertrauen zu mir hast, obwohl du nicht wissen kannst, was die Jahrzehnte aus mir gemacht haben. Was wäre, wenn ich dir mein Wort gäbe, dass nichts, was hieraus entsteht, je in die Öffentlichkeit dringen wird? Würdest du dann meiner Neugier weiterhelfen?
Übrigens – könntest du mir bitte doch noch Auskunft geben, ob und welche Rolle der Hausmeister Brady bei alldem gespielt hat?
Herzlich, dein Tony

– Lieber Tony, dein Wort wäre nur ein Wort. Ehrgeiz ist auch eine Droge, und sie kann das Gehirn eines alten Mannes, der sonst für nichts mehr gebraucht wird, vergiften und verwüsten. Im Sinne deiner geistigen Gesundheit will ich dir meine Hilfe verweigern.
Ich spüre, wie es in dir brodelt, denn, und das ist nur eine Vermutung, nichts in deinem Leben war von ähnlicher Bedeutung wie das RHM. Lieber Tony, wäre ich nur schon tot und Deborah auch – wie sehr würde

ich dir einen Scoop gönnen, einen späten Ruhm für die lokalen Geschichtsbücher, lächerlich irgendwie, aber das Menschsein ist aus dem Big Picture heraus nun einmal lächerlich, weise Menschen wissen das und fügen sich mit einer Portion guter Pasta und einem Glas Rotwein in die Müllpresse Unendlichkeit. Deine Frage nach Hausmeister Brady verstehe ich nicht ganz. Welche größere Rolle sollte dieser Mensch gespielt haben? Er war nach meiner Erinnerung ein recht annehmbarer Typ, der wohl ein wenig um Deborah herumgeschwänzelt ist, ohne sich je echte Hoffnungen zu machen. Ich nehme an, du fragst, weil es dieses Foto gibt, das ihn, Deb und mich zeigt. Welches du neulich wie eine Riesensensation gepostet hast. Ich glaube, es entstand an jenem Tag, als in unseren Übungsraum zusätzliche Mikrofone geliefert wurden. Ich weiß leider nicht mehr, wer das Foto geknipst hat, vermutlich ein zufällig anwesender Schüler.
Herzlich grüßt Chris

War es möglich, dass Chris damals und bis heute keine Ahnung hatte, dass es zwischen Harold Brady und Deborah Rodgers eine vor ihm verheimlichte Verbindung gab?

– Lieber Chris, aus deiner letzten Mail *(Lieber Tony, wäre ich nur schon tot, und Deborah auch)* schließe ich, dass Deborah eventuell noch unter uns Lebenden weilt. Ich kann es nachvollziehen, wenn du mir nichts über ihren Aufenthaltsort und Gesundheitszustand verraten willst. Ich möchte dich aber fragen, ob du ihr

eine Nachricht von mir zukommen lassen könntest. Das wäre doch mit keinerlei Risiko für einen von uns drei verbunden …
Herzlich, Tony

– Lieber Tony, du bohrst und bohrst. Ohne Sinn und Zweck. Jede Zecke hätte mehr Grund dazu. Wenn Deborah lebt, und das weiß ich nicht hundertprozentig, würde ich sie mit allen Mitteln vor deinen Zudringlichkeiten behüten wollen. Wie du sagtest, sie ist – oder wäre – sehr alt. Lass es damit gut sein. Endgültig. Du besitzt ein schönes Häuschen, nahe am Meer. Hast Kinder und Enkel, bist schuldenfrei und, wie ich hoffe, einigermaßen gesund. Besinne dich auf dieses Glück, genieß die Sonnenuntergänge, heb ein Glas auf mich. Und damit –
Lebwohl, mein Freund.

Das waren die letzten Zeilen, die ich von Christian Bradshaw bekam. Keine meiner weiteren Mails hat er beantwortet. Mit nicht einem Wort. Seine Mailadresse hatte er inzwischen gekündigt.

Mail delivery failed: returning message to sender – lautete irgendwann der deprimierende Kommentar des Molochs namens WorldWideWeb.

Diese Stille. Dieses Schweigen.

Ich bekam viel Zeit, um nachzudenken. Im Grunde war der Fall ja gelöst. Die Gebeine von John Bradshaw und Iris Pinkerton lagen irgendwo auf dem Gelände von Raven Hall. Oder in der Nähe. Es konnte sogar sein, dass Chris und Deborah die Leichen des Nachts in John Bradshaws Buick fortgeschafft hatten, das würde die dort gefundenen Blutspuren erklären, die nie irgendwem zugeordnet werden konnten. Brady hat den beiden vielleicht auf irgendeine Weise geholfen. Warum und weshalb? Das würde nie herauszufinden sein. Was lag der Welt an weiteren Details?

Im März 2020 wurde der Denkmalschutz von Raven Hall teilweise aufgehoben. Endlich war ein interessierter Investor gefunden worden. Innerhalb der kernsanierten Mauern sollte ein *Sanatorium* entstehen, sagten die einen, ein *Wellness Resort,* sagten die anderen. Die Domizile der Schüler und Lehrer sowie der längst baufällige Marstall sollten abgerissen werden.

2021, im Mai, war es so weit. Bei den Arbeiten kamen auf dem Terrain des Marstalls Knochen zum Vorschein, ein komplettes Skelett, auseinandergerissen nur durch die Bewegungen der Baggerschaufel. Plötzlich war Raven Hall wieder Thema in den Boulevardblättern. Mein Buddy Naveed von der Polizei Southampton versorgte mich mit Insider-Informationen, die erst Tage später in den Nachrichten auftauchten. Es handele sich um ein männliches Skelett, begraben in gut zwei Meter Tiefe, was genau der Grenze entspricht, bei der Leichenspürhunde nicht mehr unbedingt anschlagen. Naveed zufolge können sie verwesendes Fleisch bis etwa drei Meter tief im Erdreich erschnüffeln, besonders ausgebildete Tiere gar noch weit tiefer. Anders verhalte es sich aber, wenn ihr Geruchssinn durch etwas abgelenkt werde, durch stark ätzende Substanzen, zum Beispiel Schwefelsäure, die ja auch als Grundlage für Stinkbomben Verwendung finde. Rückstände genau jener

Substanz konnte an den Knochen nachgewiesen werden. Der Körper musste damit getränkt worden sein. Wer immer ihn vergraben hatte, wusste Bescheid, wie er mit seiner Tat davonkommen konnte.

Was folgte, riss mich genauso in Stücke, wie es der Bagger mit dem Leichnam getan hat.

Ich ging kurz in den Garten und schrie. Brüllte mir die Seele aus dem Leib. Die Knochen waren nicht die eines älteren Mannes über fünfzig. Eher die eines noch jungen Erwachsenen. What? Aufgrund des wiedererwachten öffentlichen Interesses vergingen nur wenige Wochen, bis der Amtsschimmel gesattelt wurde. Vorhandene DNA verglich man mit jener der exhumierten Leiche Gerda Bradshaws. Es gab einen Treffer. Der Leichnam musste mit über neunundneunzigprozentiger Wahrscheinlichkeit der ihres Sohnes, ihres einzigen Kindes Christian Bradshaw, sein.

Eine exakte Todesursache war nicht mehr zu ermitteln. Die Knochen lieferten weder Anhaltspunkte für Gift noch stumpfe Gewalt gegen den Kopf. Ob überhaupt ein Tötungsdelikt vorlag, wollten die Behörden weder bestätigen noch dementieren. Chris konnte beispielsweise an einem Stromschlag gestorben sein oder aufgrund einer natürlichen Ursache wie zum Beispiel Herzschwäche – allerdings war dies nicht allzu wahrscheinlich bei einem Achtzehnjährigen. Anklage würde in jedem Fall erhoben werden, schon wegen eines ausreichenden Anfangsverdachts sowie des Tatbestands einer unvorschriftsmäßigen Leichenbeseitigung.

Mit wem hatte ich all diese Mails hin- und hergeschrieben? Ich war vor Wut außer mir, die Trauer geriet dabei fast in den Hintergrund. Imogen hielt es für nötig, ohne vorherige Absprache nach Southampton zu kommen, und als sie an meinem Haus klingelte, öffnete ihr Shirley, denn ich schlief noch. Nach einem gewaltigen Rausch. Wir beschlossen, uns zu dritt zusammenzusetzen. Es ging um den neuen Eintrag im Blog, den ich nachts verfasst hatte, am 25. Juli 2021.

> Soeben habe ich erfahren, dass mein Jugendfreund Christian Bradshaw, nach dem ich, auch mit der Hilfe von EUCH, liebe Follower, Jahrzehnte gesucht habe, genauso viele Jahrzehnte gar nicht mehr am Leben war. Statt als vermeintlicher TÄTER auf der FLUCHT zu sein, lag er die ganze Zeit als OPFER unter der ERDE. Ich bin darüber mehr als bestürzt, es gibt kein angemessenes Wort für meinen Zustand. Ihr wisst leider nicht alles.
> Vor etwa zwei Jahren hat sich jemand bei mir per Mail für ihn ausgegeben, hat mir eine Version dessen erzählt, was sich zugetragen haben soll, bevor er den Kontakt abbrach und seine Adresse löschte, sodass ich ihn nun nicht zur Rede stellen kann. Wer immer diese Person war, ich fordere sie hiermit dringend auf, sich bei mir zu melden und mir die Beweggründe ihres Handelns darzulegen.

»Warum hast du das nicht erst mit mir abgesprochen, Tony?« Imogen klang vorwurfsvoll, blieb aber leise, um nicht zu sagen kleinlaut. Das Szenario besaß etwas Bizarres. Shirley starrte sie an, starrte mich an.

»Was hat diese Frau – Entschuldigung, was haben *Sie* mit der Sache zu tun?«

»*Sie* – Imogen Brady – ist die Tochter des Hausmeisters von damals, ich hab dir doch von ihr erzählt.«

»Hast du?«

»Ja, hab ich«, murmelte ich, irgendwo unterhalb meines Brummschädels. »Nein, mach dir keine Sorgen, wir haben ein rein *sachliches* Verhältnis. Es kann sein, dass ihr Vater in die Geschehnisse verwickelt war. Deshalb hat sie ein gewisses Anrecht auf ...« Auf was genau? Mir fielen die passenden Worte nicht ein.

»Was Tony sagt, stimmt hundertprozentig. Großes Indianer-Ehrenwort. Schön, Sie bei dieser Gelegenheit mal kennenzulernen, darf ich Shirley sagen?«

»Bitte. Aber darf ich fragen, warum Sie es unbedingt für nötig hielten, hierherzukommen?«

»Ich habe einfach geglaubt, dass Tony in dieser Situation einen Freund braucht, emotionalen Support.«

»Dazu wäre *ich*, denken Sie, nicht befähigt?«

Oje. Das Gespräch nahm keine gute Wendung. Imogen, dachte ich, halt jetzt den Mund, mach dich mauseklein und sag nichts Falsches.

»Offen gestanden, nein. Ich wäre Tony in den letzten Jahren eine viel passendere Gefährtin gewesen, und Sie können von Glück reden, dass er ein so braver und treuer Ehemann ist. *No offence.*«

Shirley wurde blass, hielt sich aber im Zaum. Ich horchte auf. No offence. Zwei Worte, die der angebliche Chris ein paarmal verwendet hatte. Guter Gott, konnte es sein, dass ...

»Guter Gott!«, sagte ich nun laut. »Kann es sein, dass DU ...«

»Dass ich was?«

»Warst DU etwa Chris? Hast DU dich für ihn ausgegeben?«

Imo sah mich verblüfft an. »Blödsinn. Bist du noch immer betrunken, Tony?«

Shirley erhob sich und sagte, sie fühle sich mit der entstandenen Situation unwohl, sie würde sich lieber in ihr Zimmer zurückziehen, wir zwei könnten dann machen, wozu wir Lust hätten. Oje. Das alles drohte mir über den Kopf zu wachsen. In dem Moment machte es *Ping!*

Dieses Geräusch bedeutete, dass jemand auf dem Blog eine Nachricht hinterlassen hatte.

»Ihr beiden beruhigt euch jetzt bitte mal. Shirley, du kennst Imogen nicht, sie besitzt mitunter eine Art, sich etwas brüsk auszudrücken, ist aber normalerweise keine Nervensäge. Wollen wir Kaffee trinken und uns zivilisiert verhalten?«

Shirley schwieg. Es wäre zu viel gewesen, ihr zuzumuten, jetzt, in diesem Moment, in die Küche zu gehen und für uns alle Kaffee aufzubrühen. Ich hätte das tun müssen. Stattdessen saß ich am Laptop und rief die neu eingetroffene Nachricht auf. Sie stammte von jemandem, der sich schlicht D nannte.

– Hallo, Tony! Man hat Chris gefunden? Ehrlich? Oh, ich sehe gerade, es steht heute schon in den Zeitungen. Mein Beileid.

– WER ZUM TEUFEL BIST DU DENN?

Shirley und Imogen waren nahe an mich herangerückt und starrten auf den Bildschirm. Ich kann mich an keinen ähnlich absurden Moment in meinem Leben erinnern. Keinen.

– Na ja, du wolltest doch, dass ich mich melde …

Vor Aufregung war ich nah daran, mich zu erbrechen, und griff zu einer Blumenvase, für den Notfall.

– Bist du das? Deborah?

– Wer weiß …

– Du wärst jetzt 84 Jahre alt.

– Ich weiß. Weiß es leider nur zu gut. Aber du würdest es nie wissen. Nichts wirst du jemals sicher wissen.

– Doch, doch, du müsstest mir nur ein Foto von dir schicken, ein aktuelles, mit einer aktuellen Tageszeitung neben deinem Gesicht. Wie es Terroristen mit Entführungsopfern machen.

– Auch das, hab ich gehört, lässt sich inzwischen leichthin fälschen. Finde dich damit ab. Ich möchte dir sagen, dass ich unsre Plaudereien genossen habe. Du bist ein guter Kerl. Anders als Chris. Von dem lässt sich das weiß Gott nicht sagen, auch wenn du dir alle Mühe gegeben hast, ihn interessanter zu gestalten, als er nun mal war.

»Glaub ihr kein Wort!«, rief Shirley.

»Sag ihr«, riet Imogen, »dass sie sich auf irgendeine Art ausweisen muss. Lass dich nicht noch mal verarschen!« Ich reagierte mit einer beruhigenden Geste, der Behauptung, alles wäre unter Kontrolle. Eine Lüge. Doch statt mich erst mal zu beruhigen, tippte ich meinen Zorn ins Netz.

– Hör zu, ich könnte dich beschimpfen, könnte dich verfluchen, das wäre dir vermutlich egal, doch hör zu: Es gibt jetzt eine Leiche. Der Fall wird neu aufgerollt. Du bist die Hauptverdächtige. Es wird nach dir gefahndet werden. Mord verjährt hierzulande nicht. Und wenn du Chris getötet hast, kannst du von mir aus im Gefängnis verrecken!

– Das wäre unschön. Du klingst nicht besonders nett im Moment. Ich weiß gar nicht, warum ich dir weiterhin schreiben soll, Tony. Was soll ich denn auch sagen? Was möchtest du hören?

– Die Wahrheit. Warum nicht einfach die Wahrheit?

– Gibt es eine? Ich kann dir eine präsentieren. Ich kann dir sogar mehrere heraussuchen, dann wählst du dir eine, die passt? Machen wir es so?

Imogen legte mir eine Hand auf die Schulter, wohl in der Absicht, mir anzuraten, nicht zu schnell zu antworten. Shirley betrachtete diese Hand mit deutlichem Missvergnügen und begann mich im Nacken zu kraulen. Wie um zu demonstrieren, was ihr als Ehefrau erlaubt war.

Ich kam mir von zwei Seiten betatscht vor und schüttelte mich.

– Ich verstehe, wenn du keine Lust hast, dich selbst zu belasten. Beantwortest du mir eventuell ein paar Fragen, die nicht direkt mit Christians Tod zu tun haben?

– Ach, Tony, ich habe rein gar nichts zu befürchten. Egal, was ich dir hier und heute erzähle. Ich weiß, dass du Chris geliebt hast. Dein ganzes Leben hast du in den Dienst dieser unerwiderten Liebe gestellt. Das ist so traurig und sinnlos. Im Alter entwickelt man einen eigenen Blick auf die Menschheit. Als sähe man auf einen Ameisenstaat hinab, in dem viele wichtige Entscheidungen gefällt werden, die völlig unwichtig sind. Manches bereut man, zum Beispiel keine Kinder gehabt zu haben. Andererseits hab ich mir damit auch vieles erspart.

– Hast du von Gerda Bradshaws Geld gelebt? Das fände ich witzig, selbst unter Ameisen.

– Das war schon witzig, stimmt. Die Frau war unerträglich. Hat mir gefallen, wenn sie mir was überwies. Dabei ging es gar nicht so sehr ums Geld. Obwohl es hilfreich war, durchaus.

Eine andere spannende Frage lautete, ob Deborah je schwanger gewesen war. Wenn ja, wer wäre der wahrscheinlichste Vater gewesen? John Bradshaw? Oder gar Harold Brady? Eine Lehrerin wie Deborah Rodgers hätte – unverheiratet – nie ein Kind in die Welt setzen können, ohne ihr Berufsleben zu ruinieren. Hatte sie aus einem Malheur, einem erotischen Versehen, schlicht das Beste machen wollen? Ich dachte an ein Gespräch mit Imogen von vor ein paar Monaten zurück, als wir diese These diskutierten. Imogen hatte damals gesagt: »Stell dir vor, Tony, vielleicht habe ich einmal eine Halbschwester, einen Halbbruder gehabt, wenn auch nur in einem embryonalen Zustand, dann wäre ich mit Deborah verwandt. Aufregend, oder?«

Ich antwortete, kopulieren habe schon so viel angerichtet, nicht nur Gutes.

»Ist das der Grund, warum du mich nie vögeln wolltest?«

»Nein, du hättest einfach etwas hübscher sein müssen.«

»Ah! Da liegt der Hase begraben!«

»Der Hund. Der Hase liegt im Pfeffer.«

»Aber er ist tot, oder nicht?«

»Wie Schrödingers Katze.«

An diesen lustigen Tag dachte ich zurück und tippte:

– Bist du je schwanger gewesen?

– Wozu ist das denn wichtig?

»Wozu fragst du sie das? Das ist viel zu direkt und privat!« Shirley wirkte beinahe empört. Ich musste lachen.

Hatte John Bradshaw für eine Abtreibung bezahlt, die er gar nicht zu verantworten hatte? War er, wodurch auch immer, dahintergekommen und wollte Deborah zur Rede stellen? War es zu einer fatalen Aussprache gekommen? Hatte er gar damit gedroht, sein Engagement für Raven Hall zurückzunehmen? Jede Menge denkbarer Gründe, warum das Ganze in eine tödliche Auseinandersetzung gemündet haben könnte.

– Ich will es einfach wissen.

– Weil es meinen Charakter beleuchten würde? Na gut. Nein, ich war es nicht, habe es nur behauptet. John gab mir die Adresse eines Engelmachers. Das war Beihilfe zu einer Straftat. Ich hatte ihn an den Eiern. Das hat er mir nie verziehen.

– Hast du ihn getötet?

– Sagen wir: Plötzlich war er tot.

– Und du? Bist du gesund?

– Nein, ich habe tatsächlich Krebs. Aber er schreitet nicht so schnell voran wie damals befürchtet. Ein paar Wochen werden mir wohl noch bleiben.

– Was hattest du mit Brady laufen?

– Was für eine Rolle spielt das?

– Seine Tochter sitzt hier neben mir.

– Ach, wirklich? Grüße.

– Grüße zurück. Wir müssen annehmen, dass Brady Chris verbuddelt hat. Du sicher nicht. Dafür hättest du nicht die Kraft gehabt. Und schon gar nicht die Zeit. Du warst ja dann auch weg.

– Alles plausibel. Ja, Harold war in der Tat ein guter Freund, der mir geholfen hat. Nachdem Zachary uns verlassen hatte, brauchte ich einen neuen Beschützer. Niemanden aus der Lehrerschaft. Harold war ein stiller Typ. Ein Macher, kein Schwätzer. Als Hausmeister hatte er eine Menge Möglichkeiten. Und eine etwas abseits gelegene Wohnung. Es war eine pragmatische Verbindung, keine Liebe.

– Hat er nur hinter dir aufgeräumt? Oder war er es, der Chris getötet hat? Und aus welchem Grund?

– Denk dir aus, was du willst.

– Ich stelle es mir so vor: Chris muss dich zu einer gemeinsamen Flucht aufgefordert haben, hat dich womöglich erpresst, ansonsten gegen dich auszusagen. Der eifersüchtige Harold muss durchgedreht sein, mit dem Ergebnis, dass du tatsächlich die Flucht ergreifen musstest. In der Folge hast du Chris virtuell am Leben gehalten, bist in seine Rolle geschlüpft und hast seine Mutter geschröpft und abgezockt.

– So könnte es sich zugetragen haben.

Es waren immer noch etliche Szenarien denkbar, bis hin zu der härtesten Annahme von allen. Der zufolge

Deborah Rodgers beschlossen haben könnte, jene drei Menschen, die ihr am meisten auf die Nerven gegangen waren, loszuwerden. Vielleicht war sie auch komplett unschuldig, und Chris hatte die Morde begangen, war dann von Brady getötet worden. Aus Eifersucht oder sonst was. Vielleicht, um noch Schlimmeres zu verhindern?

– Es gibt eine Frage, die mir niemals Ruhe gönnen wird. Warum und woran ist Chris gestorben?

– Lieber Tony, du stellst manchmal seltsame Fragen. Hast du ernsthaft gedacht, ich würde ihn so einfach davonkommen lassen? Nach allem, was er mir angetan hat?

– Er war ein Junge. Ein zugegeben manchmal recht böser Junge. Den Tod hatte er deshalb nicht verdient.

– Lieber Tony, es geht nicht immer darum, wer was verdient. Es ist spät, ich muss ins Bett, gute Nacht.

Shirley stand auf und holte eine Flasche Sauvignon aus dem Kühlschrank.

»Ich glaube, wir haben alle ein Glas nötig, oder?«

Imogen saß da, mit offenem Mund und gekräuselter Stirn. Fand sie Shirleys plötzliche Spendierlaune so verblüffend?

»Was ist mit dir?«

»Na, hör mal!«

»Wir haben auch noch Kekse irgendwo. Habt ihr Hunger?« Shirley wirkte ganz verändert, wie jemand, der plötzlich Gefallen an etwas gefunden hatte.

»Hört mal, ihr zwei«, rief Imo mit bebender Stimme, »Habt ihr es nicht mitbekommen? Sie – diese Person da – hat eben geschrieben, es sei spät, sie müsse *schlafen*. Hier ist es gerade halb zwölf, bald Mittag. Wo auf dieser Welt ist es gerade spät?«

Wir sahen uns alle an. Konnte es sein, dass Deborah uns soeben ihren Aufenthaltsort verraten hatte? Wenn nicht exakt ihren Aufenthaltsort, dann doch dessen Breitengrad?

»Einer Frau dieses Alters kann so ein Lapsus leicht passieren«, meinte Shirley.

»Wo auf dieser Welt ist es gerade, sagen wir – zehn Uhr abends? Das ist doch die wahrscheinlichste Uhrzeit, zu der ältere Damen zu Bett gehen. Nicht?« Imogen zündete sich eine Zigarette an.

Shirley verzog das Gesicht. »Bitte nicht hier drinnen rauchen, danke!«

Wir gingen alle drei in den Garten. Shirley schenkte uns Wein ein. Ihr eigenes, nur zu einem Drittel gefülltes Glas kippte sie in einem Zug. Ich hatte inzwischen bei Google die Weltkarte abgerufen, mit den Zeitzonen. Wenn es hier fast Mittag war, war es später Abend in – es kam *Melbourne* in Frage. Oder *Wellington* in Neuseeland.

Dieser Tag war bislang schon sonderbar genug gewesen. Der ersten Flasche folgten eine zweite und eine dritte. Und schließlich bot Shirley sogar an, dass Imogen bei uns nächtigen dürfe. Imo nahm das Angebot an, rollte einen Joint, und Shirley, die ihr ganzes Leben lang diese Erfahrung strikt vermieden hatte, brach nach zwei, drei Zügen in ein fast unheimliches Gelächter aus. Schließlich kochten wir einen großen Topf Spaghetti Pomodoro.

»Parmesan!«, rief Shirley.

»Basilikum!«, rief Imogen.

Ich lief los, zum nächsten Supermarkt, um beides zu besorgen. Dazu zwei Flaschen Wodka. Später sahen wir zu dritt in den Topf und stellten uns vor, in den Abgrund des Lebens zu blicken. Eingeweide und Blut. Ja, ich weiß. Ein sonderbarer Tag.

Es gab einiges zu tun. In den Blog kam wieder Leben. Es genügte bereits, die neuen Fakten aufzulisten, und die Klicks stiegen ins Fünfstellige. Miss Deborah Rodgers wurde sechzig Jahre nach den fatalen Geschehnissen in Raven Hall zur Fahndung ausgeschrieben. Den Hinweis auf ihren möglichen Aufenthaltsort, also Melbourne oder Wellington, behielt ich für mich. Fragt nicht, warum. Vielleicht habe ich sie tatsächlich immer geliebt.

Nachtrag vom Februar 2023

Die Fahndung nach Miss Rodgers ist bisher erfolglos geblieben.

Auch die Leichen von John Bradshaw und Iris Pinkerton wurden bis heute trotz intensiver Suche nicht gefunden. Debbie und Harold müssen sie weit weg von Raven Hall begraben haben.

Imogen hatte zwischenzeitlich einen Gastauftritt in meinem Blog. Im Interview sagte sie unter anderem: »Irgendwie bin ich sogar stolz darauf, dass mein Daddy was – was auch immer genau – mit dieser Frau hatte. Dass er für immer ein wichtiger Teil des RHM sein wird. Es kann ihm nicht leichtgefallen sein, diese Geliebte ziehen zu lassen. Entsagung ist ja doch die ergreifendste Form der Romantik, nicht?«

Ach ja.

Im März gab es eine Selbstanzeige bei der Polizei. Ein gewisser *Joshua Stone* gab zu Protokoll, er wolle die laufenden Ermittlungen nicht länger durch Falschaussagen behindern, die er in den letzten Jahren unter diversen falschen Identitäten im Dialog mit mir getätigt habe und die er nun bedaure. Als Grund für seine Charaden gab er an, sein ehemaliger Mitschüler Anthony Brewer habe sich, damals und auch später, wie ein Arschloch benommen, habe ihn einen Knirps genannt, verklemmt und öde, und ihn aus der Gemeinschaftsdusche gejagt, in einer kalten, verregneten Nacht im Januar 1966 – der Nacht, in der mein bester Freund gestorben ist.